10
18

12, AVENUE D'ITALIE. PARIS XIIIe

Sur l'auteur

Ressortissant britannique né en 1948 au Zimbabwe, où il a grandi, Alexander McCall Smith vit aujourd'hui à Édimbourg et exerce les fonctions de professeur de droit appliqué à la médecine. Il est internationalement connu pour avoir créé le personnage de la première femme détective du Botswana, Mma Precious Ramotswe, héroïne d'une série qui compte déjà treize volumes. Quand il n'écrit pas, Alexander McCall Smith s'adonne à la musique – il fait partie de « l'Orchestre épouvantable » – et aux voyages. Il est également l'auteur des aventures d'Isabel Dalhousie, présidente du Club des philosophes amateurs et de *44 Scotland Street*, qui inaugure les « Chroniques d'Édimbourg », un roman-feuilleton relatant les tribulations d'un immeuble peuplé de personnages hauts en couleur.

ALEXANDER McCALL SMITH

LES CHARMANTS TRAVERS DE NOS SEMBLABLES

Traduit de l'anglais
par Martine Skopan

10/18

Grands détectives

créé par Jean-Claude Zylberstein

ÉDITIONS DES 2 TERRES

Titre original :
The Charming Quirks of Others
Éditeur original : Little, Brown, London

ISBN 978-2-264-05897-3

À Robin Straus,
avec toute ma reconnaissance.

CHAPITRE 1

— Samedi soir, dit Isabel Dalhousie. C'est l'heure où sifflent les oreilles.

Guy Peploe, assis en face d'elle dans le petit box au fond du café Glass et Thompson, la regarda, interloqué. Il connaissait la propension d'Isabel à faire des déclarations énigmatiques et s'en accommodait, mais celle-ci était particulièrement sibylline.

— Je ne vous suis pas très bien, Isabel, répondit-il en remuant la cuillère dans sa tasse de café. Les oreilles qui sifflent ?

Isabel, qui n'avait pas eu l'intention d'être obscure, lui sourit. Elle ne faisait que reprendre le fil de la conversation : c'était lui, après tout, qui avait le premier évoqué le sujet en décrivant le vernissage auquel il avait été convié le samedi précédent. Il s'agissait d'un peintre écossais réaliste resté méconnu de son vivant, mais que tout le monde considérait maintenant comme un génie. Il y avait foule, enfin celle des habitués des vernissages du samedi soir, avait plaisanté Guy. Les quelque quatre cent quatre-vingt mille autres habitants d'Édimbourg et de sa banlieue avaient sans doute eu mieux à faire.

Voilà pourquoi Isabel avait parlé d'oreilles qui sifflent. Elle chercha à s'expliquer.

— Ce que je veux dire, c'est que le samedi soir, il y a beaucoup de dîners en ville à Édimbourg. C'est un mouvement incessant où les mêmes convives se retrouvent autour des mêmes tables. Et de quoi parlent-ils ?

— Des absents ? suggéra Guy.

— Exactement. Certaines personnes sont des sujets privilégiés. C'est une toute petite ville en fait, presque un village.

— Les villes ont toutes leur village, même les très grandes. Londres se flatte d'en avoir une multitude. New York aussi.

— Mais New York possède vraiment un village, LE Village. C'est finalement assez commode.

Guy se mit à rire. C'était là un exemple typique des commentaires un peu désabusés qu'Isabel lâchait de temps à autre, et qu'il trouvait si frappants, même si, à l'analyse, il était difficile d'expliquer pourquoi. Sans rien dire d'exceptionnel, Isabel l'avait désarçonné.

— Ce qui est certain, poursuivit Isabel, c'est qu'utiliser l'article défini dénote, au minimum, une solide confiance en soi. Ce chef de clan qu'on appelle *LE* MacGregor, est-ce qu'il lui arrive de corriger ceux qui ont l'audace de parler d'*un* MacGregor ? « Je vous prierai de dire *LE* MacGregor, s'il vous plaît. »

— Sûrement pas, répondit Guy. En général, ces gens-là sont très modestes. Quand on appartient à une famille vieille de cinq cents ans, on n'éprouve pas le besoin de faire de l'esbroufe.

Isabel ne pouvait qu'acquiescer. Elle avait parmi ses connaissances un Prix Nobel qui en parlait comme de « ce petit prix qu'on a eu la gentillesse de me décerner, de façon tout à fait imméritée, naturellement ». Elle admirait cette attitude, révélatrice d'une certaine force de caractère. Combien seraient capables de cacher ainsi un prix Nobel sous le boisseau ? Il lui avait confié avoir appris la nouvelle par un message laissé sur son répondeur téléphonique. *Ici le comité du prix Nobel à Stockholm. Nous avons le grand plaisir de vous annoncer que nous vous avons décerné cette année le prix Nobel de...*

Mais Isabel n'en avait pas fini avec les MacGregor.

— Vous savez que le nom a été interdit ? James VI a réagi un peu vivement à une incartade d'un membre du clan MacGregor et a proscrit l'usage de ce nom. C'est une drôle d'idée de proscrire un nom, vous ne trouvez pas ? Il a fallu qu'ils se rabattent sur d'autres patronymes, comme Murray.

Guy ne l'ignorait pas. Isabel évoquait souvent le sujet des Stuart, pour une raison qui lui restait mystérieuse. Certes, on s'enthousiasme parfois pour telle ou telle période de l'Histoire et les Stuart ne respirent pas l'ennui. Il eût mieux valu d'ailleurs, pour eux, être plus ternes...

— Cela dit, reprit Isabel, n'oublions pas que James VI était un triste sire. J'ai beau essayer d'apprécier les derniers Stuart, c'est difficile. Charles Ier était un homme faible, incapable de se dominer, et quand on en arrive à Bonnie Prince Charlie, les gènes sont très altérés. James VI fut sans doute le plus intelligent de tous, mais ça ne devait pas être une partie de plaisir de le côtoyer au quotidien. Il est intéressant pourtant, comme tous les rois homosexuels.

— Il a eu une enfance malheureuse, non ? demanda Guy. C'est souvent une excuse. Si on a souffert enfant, cela explique beaucoup de choses.

— Vous croyez ? Je n'en sais rien. Personnellement, je trouve très bien qu'on s'applique à dépasser ses premières années. Une fois à l'âge adulte, beaucoup de gens parviennent à tirer un trait sur le passé.

— Ça ne veut pas dire qu'on a oublié, répliqua Guy, songeur. Si on a été très malheureux, ça marque à vie.

Isabel voulait bien convenir que c'était le cas de James VI.

— Il ne faut pas oublier Buchanan, l'abominable précepteur, dont il avait si peur.

— Un humaniste inhumain, souligna Guy. Triste combinaison.

— Il a eu une jeunesse sans tendresse, totalement dénuée d'amour maternel, sa mère a été décapitée, il faut en tenir compte. Tout ça ne prédispose pas au bonheur. Sans compter que son père a été assassiné. Perdre un parent dans ces circonstances, ce n'est pas très enviable. Pour personne, d'ailleurs.

C'était là un des sujets de prédilection d'Isabel. Elle avait toujours estimé que Darnley était un fat, sournois et narcissique de surcroît. Sans souhaiter la mort de personne, on pouvait penser qu'il l'avait bien cherché.

— Même sans ça, il n'aurait sans doute pas été un très bon père : c'est quand même lui qui a fait assassiner le secrétaire particulier de Mary. Et toutes ses liaisons…

Elle regarda autour d'elle. À la table voisine, une femme écoutait ouvertement la conversation. Grand bien lui fasse ! Avait-elle compris que l'épisode remontait à quatre siècles ?

— Pire, au moment où un rayon de soleil entre dans sa vie, on le lui arrache.

— Un rayon de soleil ?

— Son cousin, répondit Isabel. Esmé Stuart, son cousin de France. Quand il a débarqué en Écosse, James avait treize ans et il en est tombé amoureux. Il était, paraît-il, très beau. James avait enfin un ami. Pauvre garçon.

La cliente indiscrète ouvrit de grands yeux tandis qu'Isabel poursuivait son récit. Ce garçon triste, cet enfant-roi d'Écosse, faisait des vers. Quand Esmé Stuart avait été chassé d'Écosse par un complot d'aristocrates, James avait écrit un poème à la gloire d'un phénix rare d'Arabie, persécuté en Écosse.

— Le garçon qu'il aimait s'appelait Esmé. Il l'a déguisé en phénix femelle dans son poème pour ne pas faire scandale. Évidemment, à l'époque… Tout ça est très triste. Ces vers évoquent le chagrin d'avoir perdu l'être cher, et ils sont très beaux.

Rien d'étonnant à cela, pensait Isabel. On souffre d'aimer sans être payé de retour, et aussi d'aimer d'un amour interdit.

— Vous parliez d'oreilles qui sifflent, continua Guy après un silence.

— Ce que je voulais dire, c'est que certaines personnes savent pertinemment que, chaque samedi soir, on va parler d'elles dans les dîners en ville. Vous vous imaginez ça ? Dix ou vingt tables où l'on va vous examiner sous toutes les coutures… Bien heureux si vous vous en tirez indemne.

Guy fit la grimace.

— Effectivement, ce n'est pas très agréable.

— Non, ce n'est pas une partie de plaisir de se faire démolir. Voilà pourquoi je parlais d'oreilles qui sifflent. On dit que ça arrive quand on parle de vous derrière votre dos. C'est une légende, mais tout de même, ça doit faire un sacré vacarme pour les tympans de ces malheureux.

— Les ragots, répondit Guy, ça ne tire pas à conséquence.

— Vous croyez ? répliqua vivement Isabel. Moi, je trouve que c'est très blessant.

— Si c'est vraiment méchant. Mais la plupart du temps, ce n'est pas très grave, et surtout ça n'a pas tellement d'intérêt.

— Je suis bien d'accord. Regardez toutes ces feuilles à scandales remplies des derniers potins sur telle ou telle personnalité. Ces gens-là n'apportent rien à la société et pourtant leur vie privée fascine les lecteurs. Il rompt avec elle, elle achète une villa en France, on la voit sur le bateau d'Untel, elle est prise en photo au moment où elle sort de la salle de sport, et ainsi de suite. Pourquoi a-t-on besoin de lire ça ?

— Vous les lisez, vous, ces journaux ? demanda Guy.

— Moi ? Non, bien sûr.

Elle se rendit compte en disant ces mots que ce n'était pas vrai. Il ne faut jamais tromper un ami, ni même un ennemi : il lui incombait de rétablir la vérité, cette vérité que l'on doit à chacun, qu'on le respecte ou non.

— Je n'en achète pas, et je ne les lis jamais, sauf quand j'ai mal aux dents.

Encore une fois, Guy semblait perplexe.

— Je les lis quand je vais chez le dentiste, expliqua Isabel. Il y a des magazines que l'on ne lit que chez le dentiste. Le mien en a toute une collection dans sa salle d'attente. Il est abonné à ces magazines de luxe pleins de publicités pour des lunettes de soleil haut de gamme, et aussi à des revues spécialisées dans la navigation de plaisance. Je sais qu'il a un bateau. Donc j'en lis de temps en temps, mais seulement quand je vais le voir. Je devrais peut-être avoir honte.

Elle le regardait d'un air un peu contrit.

— Non, pas du tout, répondit Guy, on a tous des plaisirs défendus, et les vôtres sont assez inoffensifs. Pour en revenir aux oreilles qui sifflent, vous pensez à qui en particulier ?

— Les directeurs d'établissements scolaires, répondit Isabel en souriant. La prochaine fois que vous irez à un dîner, prêtez l'oreille : c'est toujours le principal sujet de conversation.

Guy digérait l'information, le sourcil froncé.

— C'est curieux.

— Ça aide les gens à survivre. Ces enseignants n'ont rien fait de bien méchant, en général. Il y a bien eu un cas qui a fait grand bruit l'année dernière. Un lycée s'était choisi un nouveau chef de département de français pour ensuite annuler sa nomination, avant même qu'il ne prenne son poste. Un désappointement, au sens propre.

Guy en avait effectivement entendu parler.

— La machine à rumeurs a fonctionné à plein régime. Tout le monde avait quelque chose à raconter.

— Par exemple ?

— Des histoires invraisemblables. Il aurait posé sa candidature sous un faux nom, il aurait eu la police française à ses trousses. Évidemment, c'est moins prosaïque, plus exotique que la police de Glasgow ! Être recherché par la police française, ça a un certain cachet.

— Et qu'en était-il vraiment ?

— Le conseil d'administration avait simplement changé d'avis, pour des raisons sans doute plus terre à terre, et qui ne mettaient pas en cause le candidat. Je doute que la police française y ait été mêlée.

Changeant de sujet de conversation, Guy sortit le catalogue qu'Isabel lui avait demandé, consacré à une vente de tableaux chez Christie's, dont un Raeburn qui avait excité sa curiosité. Quand il posa la publication sur la table, Isabel alla directement au marque-page qu'il avait glissé entre les feuilles de papier glacé.

— Sir Henry Raeburn, dit Guy. *Portrait de Mrs Alexander et de sa petite-fille.*

La photographie occupait presque toute la page : une femme assise, en robe rouge à col blanc, sur un fond vert foncé. À côté d'elle, une fillette d'environ huit ans, à demi accroupie, appuyée sur le siège.

— Ce sont bien ses couleurs, dit Isabel. Vous ne trouvez pas ça fabuleux, cet univers rouge et vert foncé ? Est-ce qu'Édimbourg était comme ça, à l'époque ?

— Les intérieurs, oui, c'est probable. Regardez ces rideaux.

Isabel effleura du doigt la photographie, suivant les contours des tissus drapés derrière les personnages.

— Je me demande toujours à quoi ressemblait leur monde. Quelle est la date ? C'est indiqué ?

— Il date de la fin de la vie de Raeburn, répondit Guy. Aux alentours de 1820.

— Et donc, cette petite fille aurait pu vivre jusqu'en… disons… 1870, avec un peu de chance.

— C'est possible.

— Alors sa propre fille, l'arrière-petite-fille de cette Mrs Alexander, aurait vécu de 1840 à 1900, et sa fille à elle, de 1870 aux années 1930 ou même 1940. En fait, elle est morte un peu plus âgée.

Guy lui lança un regard interrogateur.

— Je parle de ma grand-mère paternelle, dit Isabel en s'appuyant sur le dossier de sa chaise. Et cette petite fille, c'est ma trisaïeule.

Guy ne dissimulait pas sa surprise.

— C'est pour ça que vous m'en avez parlé ? Vous connaissiez son existence ?

— Je savais qu'une ancêtre avait été peinte par Raeburn. Deux, en fait. Mon père me l'avait raconté quand j'étais adolescente, en me montrant les Raeburn de la Portrait Gallery. Nous sommes des Alexander du côté de sa mère. Le tableau était cité dans l'un des ouvrages consacrés à Raeburn, mais on avait perdu sa trace. Jusqu'à aujourd'hui.

— Je vois. Donc, cette vente a de l'importance pour vous. Vous voulez l'acheter ?

Isabel se pencha pour ouvrir le catalogue à la page du Raeburn.

— Qu'est-ce que vous en pensez ?

— C'est un joli double portrait, dit Guy en haussant les épaules. On y retrouve tout ce qui fait de lui un grand portraitiste. Sa facilité… Vous savez qu'il peignait très vite, ce qui rend ses toiles merveilleusement fluides. Et les visages sont charmants, non ? La fillette a un petit air espiègle, comme si elle méditait quelque coquinerie. Ou bien Raeburn lui racontait une histoire amusante pour qu'elle se tienne tranquille. On a une sensation de grande intimité.

Isabel en convenait, mais ce qui comptait surtout, c'était ce lien entre elle et les deux personnes sur la toile. Ma famille, se dit-elle. Ma famille.

— À votre avis, ça se vendra combien ?

Tous deux savaient à quel point il est difficile de répondre avec exactitude.

— Tout dépend des circonstances de la vente. On ne sait jamais qui sera là. On ne peut pas prévoir qui va tomber amoureux d'un tableau. Et puis, certains acheteurs sont plus riches que d'autres.

Isabel insista pour avoir un chiffre.

— Quarante mille livres, dit-il enfin, dans ces eaux-là. Mais avec un peu de chance, vous pourrez l'avoir pour vingt-cinq ou trente mille. Vous êtes intéressée ?

Isabel avait les quarante mille livres, pas en espèces bien sûr, mais il lui suffisait de vendre quelques actions. Elle avait déjà acheté deux tableaux, cette année. D'une valeur de trois mille et huit cents livres respectivement. Généralement, elle ne dépensait pas beaucoup plus pour une œuvre d'art, même si cela lui était déjà arrivé. Mais ici, c'était différent. Elle hocha la tête.

— Vous essaierez de me l'obtenir ?

— Je ferai de mon mieux, dit Guy. Je vais demander un examen technique et procéder aux vérifications. Et puis on se lancera. Donnez-moi un plafond.

Fermant les yeux, elle eut, à sa grande surprise, une vision de sa mère, sa « sainte américaine de mère ». *Ne laisse pas passer les occasions que t'offre la vie*, lui disait souvent celle-ci. Et voilà qu'elle le répétait.

— Trente… dit-elle en hésitant.

Sa sainte américaine de mère avait encore un conseil à prodiguer. *Trente-huit*.

— Oui ?

— Un prix final de trente-huit mille livres. C'est ma limite.

— Ça devrait suffire, dit Guy en inscrivant quelques mots sur le catalogue.

Isabel regarda sa montre. Grace avait emmené Charlie voir une amie qui avait un enfant du même âge. Elle serait de retour à quatorze heures, et Isabel voulait être là.

— Il faut que je rentre, dit-elle en se levant. Quand aura lieu la vente ?

— Dans six semaines, répondit Guy. Nous avons tout le temps. C'est à Londres, on enchérira par téléphone. Tenez-moi au courant si vous changez d'avis.

— Je ne changerai pas d'avis.

La connaissant, Guy savait qu'elle disait vrai. Il avait noté chez Isabel deux caractéristiques : elle ne mentait pas, et elle tenait parole. Au moment où lui aussi se levait, une femme âgée installée à une table voisine se pencha pour lui parler.

— Monsieur Peploe ? Vous êtes bien monsieur Peploe ?

Guy inclina la tête.

— Je voulais juste vous dire que j'aime beaucoup vos tableaux, dit la femme. Ces beaux paysages de l'île de Iona, et Mull aussi. C'est très impressionnant.

Isabel se mordit la lèvre pour ne pas rire.

— Hélas, répondit Guy, ce ne sont pas mes tableaux, mais ceux de mon grand-père, Samuel Peploe. C'est lui qui les a peints.

— Ah bon ? répliqua la femme d'un air surpris. Mon Dieu, comme le temps passe ! De toute façon, je voulais vous dire que je les aime beaucoup, même s'ils sont de votre grand-père et non de vous.

Guy, évitant de croiser le regard d'Isabel, la remercia poliment. Une fois dehors, il la regarda, les yeux brillants de malice.

— Eh bien !

Isabel pensait au Raeburn, à cette femme et sa petite-fille. Nous sommes tous liés les uns aux autres, liés à ceux qui nous ont précédés. Cette ville était aussi leur ville, ces rues leurs artères, ces bâtiments de pierre leurs foyers. Ce que montrait la curieuse erreur de chronologie de la cliente de Glass et Thompson, c'est que les barrières entre le présent et le passé peuvent être poreuses, tout simplement.

En fermant les yeux, Isabel avait revu sa mère, et il lui suffirait d'observer son reflet dans un miroir pour y voir quelque ressemblance avec les deux modèles du portrait, dans la forme de son nez ou l'angle de son front. Nous sommes nous-mêmes, mais nous sommes aussi les autres. Notre passé est inscrit en nous comme les lignes d'un palimpseste, ou l'ébauche grossière de l'artiste sous la surface de la toile achevée. Elle se voyait parfois dans le petit Charlie, dans la façon qu'il avait de sourire en tordant la bouche. Elle retrouvait aussi son propre père dans les yeux de Charlie, deux petites flaques d'un gris-vert pétillant.

À nouveau, elle consulta sa montre. Elle avait juste le temps de rentrer avant Charlie. Elle voulait l'attendre dans l'entrée, l'enlever à Grace et le serrer dans ses bras, ce qu'il tolérait quelques secondes avant de chercher à s'échapper. Tel est le destin d'une mère avec son fils : même dans son âge tendre, elle a beau le tenir serré très fort, il se débat pour, inéluctablement, la quitter.

CHAPITRE 2

Le jour suivant, Isabel avait du travail. En tant que directrice, et maintenant propriétaire, de la *Revue d'éthique appliquée*, elle organisait sa journée comme elle l'entendait, du moins dans une certaine mesure. Le profane qui prendrait la direction d'une revue trimestrielle pour une sinécure se tromperait, comme cela arrive souvent. Les trois mois qui s'écoulaient entre chaque numéro étaient rythmés par une série de tâches revenant aussi régulièrement, aussi impitoyablement, que la marée. Il fallait faire lire les articles, préparer pour la publication ceux qu'elle retenait. Les universitaires qui écrivaient pour la revue n'en étaient pas moins hommes : ils n'étaient pas à l'abri d'une erreur, notamment sur le plan grammatical, les solécismes mineurs voisinant avec des fautes criantes. Elle en corrigeait la plupart en essayant de ne pas paraître trop pédante. Pour ne pas avoir à préciser « lui ou elle » à chaque fois et éviter les lourdeurs d'un style par trop formaliste, elle tolérait le pronom pluriel avec un sujet singulier. Elle acceptait les multiples cas d'infinitif séparé de sa particule. Cette dernière interdiction était presque universellement bafouée, et son bien-fondé d'ailleurs discutable. Qui avait décrété que l'on n'avait pas le droit de séparer l'infinitif de sa particule si l'on en avait envie ? Que l'infinitif fût inviolé, ou au contraire arraché à sa particule, ne changeait en rien le sens.

Ce travail de préparation n'occupait pas tout son temps. Une part importante de chaque numéro était consacrée à des comptes-rendus d'ouvrages venant de paraître, dans le domaine de l'éthique. Une demi-douzaine d'entre eux étaient analysés assez longuement, et quelques autres, moins favorisés, faisaient l'objet d'une petite note. Il y avait aussi la brève rubrique intitulée « Livres reçus », énumérant les livres envoyés par les éditeurs qui ne seraient pas commentés dans la revue. Destin ignominieux pour un ouvrage, mais préférable au silence. La revue reconnaissait la publication du livre, et certains auteurs ne pouvaient guère exiger davantage. Tous les livres n'ont pas cette chance, et quelques-uns sombrent dans le néant dès la sortie de l'imprimerie, ni lus, ni remarqués par qui que ce soit. Et pourtant, derrière chacun de ces volumes illisibles, se cache un auteur, fier d'avoir enfanté tel ou tel ouvrage, peut-être le couronnement de sa carrière : et voilà que seul le silence salue l'événement, un silence insondable.

Ce matin-là, en entrant dans le bureau de sa grande maison victorienne du quartier de Merchiston, Isabel remarqua les quatre enveloppes matelassées grand format qui l'attendaient sur sa table de travail. Elle referma la porte derrière elle. Il s'agissait visiblement de livres ; sa gouvernante, Grace, avait récupéré dans l'entrée d'autres enveloppes paraissant contenir des articles proposés à la revue. Il lui faudrait bien toute la matinée pour s'en occuper. Jamie n'avait pas d'obligation ce matin-là, pas de cours de basson, pas de répétitions d'orchestre ; il pouvait donc se consacrer à son fils. Il avait prévu de l'emmener à Blackford Pond, dont les canards avaient le don de fasciner Charlie. Ensuite ils iraient ailleurs, il ne savait pas encore où. *Charlie aura sûrement une idée, il me dira ce qu'il veut faire.*

Charlie parlait maintenant très bien, avec des phrases très simples comportant un sujet, le plus souvent lui-même, et un verbe, en général au présent mais parfois au passé. Isabel avait fait remarquer à Jamie que ce choix n'était pas neutre.

— Il utilise un passé particulier, disait Isabel, le *passé de regret*. C'est le temps qu'il emploie pour exprimer le regret. *Tout fini*, par exemple, ou encore *Tout le pain mangé par les canards*.

Naturellement, il n'oubliait pas les olives. *Olive* était le premier mot qu'il avait prononcé, et il les aimait toujours autant. *Olives, c'est bon*, avait-il déclaré la veille à Isabel.

Elle en avait convenu. Ils s'étaient ensuite longuement regardés, Charlie avec cette expression fixe et intense caractéristique des jeunes enfants, Isabel attendant qu'il en dise davantage. Mais il en était resté là, ayant apparemment fait le tour du sujet. Elle s'était penchée pour lui poser un baiser léger sur le front.

Elle repensait à la scène en contemplant son bureau. Avec un soupir, elle se rappela qu'elle était aussi philosophe, et directrice de revue ; il lui fallait se mettre au travail. Elle s'installa et ouvrit la première enveloppe matelassée, d'où tombèrent deux livres, accompagnés d'une petite note sur laquelle on avait griffonné à la hâte *Pour compte rendu, merci*, avec au-dessous la date de publication et la mention *Merci de ne pas faire paraître le compte-rendu avant cette date*. Cela ne poserait pas de problème, dans la mesure où les comptes-rendus sortaient parfois deux ans après la publication. Elle-même avait rédigé l'un d'eux un an et demi après la sortie de l'ouvrage, pour s'apercevoir, au bout du compte, que l'auteur était mort six mois plus tôt. Ce n'était pas un très bon livre, et elle avait espéré que l'auteur ferait sans doute mieux la prochaine fois. Pire encore, elle avait critiqué une certaine absence de vie dans le style… Elle frissonna en imaginant l'auteur composant ce livre pendant ses derniers instants. Ses efforts pour se montrer charitable n'étaient pas allés assez loin. Depuis cet épisode, elle s'était promis de toujours se souvenir, dans ses rapports avec les autres, qu'ils n'avaient peut-être que peu de temps à vivre.

Les deux livres avaient l'air intéressants. L'un traitait des dilemmes éthiques chez les jumeaux, l'autre de la notion de justice dans la prise de décisions économiques. Ce dernier ne l'enthousiasmait guère, et serait relégué à la rubrique « Livres reçus », sauf si son auteur était à l'article de la mort, naturellement. Sur la quatrième de couverture, la photo de l'auteur la rassura : il avait l'air suffisamment jeune et en bonne santé pour être à même d'écrire un autre livre, qui aurait peut-être l'honneur d'un compte-rendu *in extenso*. Elle pouvait donc, en toute bonne conscience, le reléguer. Et pourtant non, c'était injuste de sa part. Si elle se désintéressait du débat sur la notion de justice en matière d'économie, d'autres au contraire étaient susceptibles de s'y intéresser. Finalement, elle décida de promouvoir l'ouvrage en question à la rubrique « Brèves », au nom de l'équité. En ouvrant le livre sur les jumeaux, elle lut cette phrase : *Dans la mesure où le devoir moral est une résultante de la proximité, on peut soutenir que le jumeau a une plus grande obligation envers son alter ego que ce n'est habituellement le cas entre frères et sœurs.*

Elle fronça le sourcil. Et pourquoi donc ? Elle feuilleta quelques pages, cueillant çà et là quelques bribes : *Parmi les nombreux dilemmes auxquels les jumeaux sont confrontés, l'un des plus épineux concerne la décision d'informer l'autre d'un diagnostic médical. Si l'un des jumeaux a une maladie génétique, une forme de cancer à caractère familial marqué, par exemple, il doit mettre l'autre au courant.* Mais ceci n'est pas un dilemme, se dit Isabel, cela va de soi.

Il fallait faire un compte-rendu de cet ouvrage. Pourquoi ne pas en charger un collaborateur ayant lui-même un jumeau ? Elle aurait du mal à trouver un jumeau philosophe, il lui faudrait appeler l'auteur à l'aide. Elle garderait, bien entendu, le contrôle sur le choix final, car il était impensable qu'un auteur choisît celui qui va rendre compte de son livre, mais ce serait un début.

L'enveloppe suivante contenait un mince ouvrage à la reliure bleue ; entre deux pages, un feuillet plié avait été inséré. Elle l'ouvrit. En voyant l'en-tête, elle eut le souffle coupé, puis se mit à lire.

La lettre émanait du professeur Lettuce, l'ancien président du comité de rédaction de la revue, ami et collaborateur du professeur Christopher Dove, seul ennemi qu'Isabel se connût. Elle ne l'avait pas désigné comme tel, il avait lui-même adopté ce rôle, se comportant envers elle avec une rare agressivité. Il l'avait récemment accusée d'avoir publié un plagiat ; Isabel avait heureusement pu repousser ses attaques. Lettuce avait d'abord soutenu Dove, avant d'être convaincu par les arguments d'Isabel. *Je ne suis qu'une foutue bête*, avait-il fini par avouer, mémorablement. Il semblait que les deux hommes se fussent rapprochés, puisque Lettuce envoyait à Isabel le dernier livre de Dove, et se proposait d'en rendre compte. *Chère Isabel*, écrivait Lettuce,

J'espère que ce mot vous trouvera en bonne santé, et que la revue prospère entre vos mains compétentes. Comme vous le savez sans doute, notre ami mutuel (notre ami mutuel, grinça Isabel, *sotto voce*) *Chris Dove* (Chris !) *vient de publier un livre très intéressant. Peut-être la maison d'édition vous a-t-elle déjà envoyé un exemplaire ? Au risque de vous encombrer, je vous en envoie un autre. Je me propose de vous en faire un compte-rendu, si vous n'y voyez pas d'inconvénient, et à cet effet j'ai jeté quelques idées sur le papier. Je suggère deux mille mots car l'ouvrage mérite un débat digne de ce nom. Je suis très occupé en ce moment, en particulier par les évaluations de projets de recherche, tâche assommante s'il en est. Ma femme Dolly* (Dolly ! Dolly Lettuce ! Pauvre femme, pensa Isabel) *est en train de réaménager notre maison de Wimbledon, et les choses sont un peu difficiles sur le plan domestique, mais je pense toutefois avoir fini ce travail dès la fin du mois. Je vous l'enverrai aussitôt. Mille mercis pour votre compréhension. Surtout, si un jour vous vous arrachez à votre province pour venir à Londres, prenez contact. Cette fois, c'est moi qui vous inviterai à déjeuner.*

Bien à vous,

Robert Lettuce.

Non seulement Isabel se sentait offensée, mais elle avait la désagréable impression de ne pas savoir au juste pourquoi. Difficile de trouver pire injure pour une Écossaise que de parler de province, quand l'Écosse est une nation, ancienne par-dessus le marché, liée à l'Angleterre par un acte d'union. Lettuce aurait dû le savoir et éviter ainsi de l'offenser gratuitement. Isabel aurait pu, à la rigueur, digérer cette atteinte à un sentiment de fierté personnelle, mais elle n'acceptait pas l'arrogance incroyable qui faisait considérer au professeur Lettuce qu'il pouvait rédiger un compte-rendu sans même lui demander son avis. Il la remerciait par avance d'accepter de publier ce dernier, sans qu'elle eût donné son accord, ce qu'elle n'avait pas du tout envie de faire. Cette invitation à déjeuner un peu cavalière n'était pas un appât assez puissant.

Elle décida de répondre à Lettuce pour le remercier, tout en déclinant sa proposition avec toutes les marques du regret. Quelle raison lui donner ? Elle était *très* tentée de déclarer que l'ouvrage de Dove n'était pas assez intéressant pour faire l'objet d'un papier. Il serait encore plus tentant de dire qu'elle s'en réservait l'analyse, car elle pourrait alors jeter sur lui tout le discrédit qu'il méritait, avec un jugement sans appel du genre « Cette contribution assez mince à ce qui existe déjà sur le sujet risque fort de ne pas attirer le lecteur », ou encore « Une courageuse tentative d'éclairer un sujet difficile, qui se solde par un échec ».

Elle se reprit : il ne fallait pas céder à ce fantasme de vengeance primaire. Dove avait comploté contre elle ; il aurait réussi à prendre sa place à la direction si elle n'avait pas eu les moyens d'acheter la revue à son nez et à sa barbe, et de se débarrasser de lui et de son complice Lettuce. Certes, Dove avait tout manigancé, mais cela ne justifiait pas qu'elle s'abaissât à descendre son livre en flammes ; se mettre à son niveau serait répréhensible.

Elle leva les yeux au plafond. C'est l'un des inconvénients du métier de philosophe que de savoir ce qui est défendu. On est donc privé des plaisirs si humains que sont la vengeance, la cupidité, les chimères. Isabel partageait tout à fait l'avis de saint Augustin demandant à Dieu de lui accorder la chasteté, mais pas tout de suite… Mais pour Isabel, il était tout simplement impossible de se faire plaisir en exerçant des représailles sur Dove, parce que c'est toujours mal de se venger. Son devoir moral lui dictait de *pardonner* à Dove ses offenses et, allant même encore plus loin, de l'*aimer*. Que disait donc la sagesse populaire ? C'est le péché qu'il faut haïr et non le pécheur.

Elle posa la lettre sur son bureau, ouvrit le livre de Dove et fit la grimace en découvrant le titre : *Liberté et Libre Arbitre : les limites de la responsabilité dans un monde aux rôles préétablis*. Elle doutait que les rôles fussent vraiment préétablis. Le sujet l'intéressait ; au temps où elle occupait un poste de chercheur, elle lui avait d'ailleurs consacré quelques articles. L'ouvrage comportait une bibliographie annotée. À l'évidence, Dove avait bien fait son travail de compilation de la littérature traitant du sujet, et Isabel y trouva ses deux articles. Le premier, publié dans le *Journal de Philosophie*, souvent cité depuis, faisait l'objet d'un commentaire de Dove. Il n'en disait qu'un seul mot : *contestable*.

Jamie revint à midi. Charlie, petit paquet d'humanité en barboteuse écossaise et chaussures vertes, s'était endormi dans sa poussette. La barboteuse était humide de jus d'orange et de salive enfantine, les chaussures s'ornaient d'une mince couche de boue. Elle sourit devant ces marques d'une matinée active avec son père. Elle posa un baiser léger sur le front de Charlie pour ne pas le réveiller et embrassa

Jamie sur la bouche. Il la retint contre lui, prolongeant leur étreinte.

— Tu m'as manqué, dit-il.

— Ce matin ? s'étonna Isabel.

— Oui, j'aurais bien aimé que tu sois avec nous. On a vu les canards. En fait, on a eu une rencontre très intense avec eux, on a dû rester une demi-heure.

Isabel eut un sourire.

— À cet âge-là, dit Isabel en montrant Charlie, c'est fascinant. Ils doivent lui paraître énormes.

— Il est K.O., déclara Jamie. On le laisse là ?

— Oui, laissons-le dormir, répondit Isabel en prenant Jamie par le bras. J'ai quelque chose à te demander.

Elle l'emmena dans son bureau pour lui montrer le livre de Dove. Jamie regarda la page de couverture.

— Christopher Dove. Ton ami.

— C'est le professeur Lettuce qui m'a envoyé ça ce matin. Tu te rends compte ?

— Je n'ai jamais pu les distinguer, dit Jamie en haussant les épaules. Lettuce, c'est le plus gros, assez pompeux, c'est ça ? Et Dove, c'est le grand à l'air fourbe ?

— Bravo pour la description. C'est tout à fait ça.

— Bon, alors Dove a écrit un livre. Tu ne veux tout de même pas me le faire lire ?

Isabel lui résuma la lettre de Lettuce, et sa proposition déplacée.

— Il a vraiment du culot, ajouta-t-elle. Et le pire, c'est que je ne sais pas quoi faire. C'est de ça que je voulais te parler.

— Tu n'as qu'à refuser, répondit Jamie en se laissant tomber dans un fauteuil. Renvoie-lui le livre en disant poliment, mais fermement, que c'est toi qui décides des titres qui font l'objet d'un compte-rendu.

C'était un bon conseil, elle le savait. Il ne fallait pas que Lettuce puisse profiter de la moindre ambiguïté ; si elle ne prenait pas les devants, il allait écrire son article et ce serait alors encore plus difficile de le refuser. Et pourtant… Jamie était trop pacifique, et trop généreux, pour se retrouver impliqué dans un conflit de ce type. Il disait franchement ce qu'il pensait et, contrairement à elle, il hésitait rarement avant de se faire une opinion.

— Tu as sûrement raison, dit-elle. Mais quelque chose m'ennuie.

Jamie leva un sourcil.

— Tu n'as pas peur de Lettuce, quand même ?

— Bien sûr que non. Seulement, quel est le véritable motif de mon refus ? Est-ce qu'il ne risque pas, et d'autres avec lui, de me trouver mesquine et vindicative ? Imagine que Dove répète partout que j'ai rejeté son ouvrage par dépit personnel. C'est tout à fait son style.

— C'est vrai. Mais ne te fais pas de souci pour ça. On ne le croira pas forcément.

Elle en doutait, hélas. Les gens ont une forte propension à confondre mensonge et réalité, surtout quand ce mensonge montre la victime sous un mauvais jour. On a vite fait de juger l'autre comme quelqu'un de faible, ou velléitaire, parce qu'ainsi on se sent supérieur, tout simplement.

— Tu comprends, poursuivit Isabel, Dove a écrit dans la bibliographie qu'un de mes articles était contestable.

— Contestable ? demanda Jamie, l'air surpris. Il a dit ça ?

Isabel hocha la tête, sentant grandir son dégoût pour Dove. La colère brûlant lentement, Isabel commençait seulement à accuser le coup porté par ce petit mot méprisant : *contestable*. Comment osait-il ? Et que voulait-il dire exactement ?

Elle ferma les yeux. La colère enlaidit, se dit-elle avec détermination. Il ne faut pas que j'y cède, quel que soit mon degré d'indignation.

— Le mieux, c'est que je le laisse écrire son compte-rendu, dit-elle.

— Malgré le petit mot perfide ?

— Si je lui montre que je suis prête à publier une critique de mon propre travail, il reviendra peut-être à de meilleurs sentiments.

— Envers toi ?

— Oui, envers moi.

Jamie se leva et posa le livre de Dove sur la table. Puis il se dirigea vers Isabel, la prit dans ses bras et l'embrassa soudain avec passion. Isabel, se demandant ce qu'elle avait fait pour provoquer ou mériter ce baiser, répondit avec fougue. Dove ne comptait pas, et Lettuce non plus ; ils ne lui étaient rien, comparés à ce charmant jeune homme qui avait bouleversé sa vie de façon si inattendue. Elle avait tout, eux n'avaient rien. Il fallait pardonner les offenses et publier le papier de Lettuce. Si, comme elle le redoutait, celui-ci n'était qu'un panégyrique de Dove et de ses œuvres, tant pis. Elle était assez comblée pour se montrer généreuse.

Elle s'arracha à l'étreinte de Jamie.

— J'ai décidé de le publier, dit-elle.

— Si c'est vraiment ce que tu veux…

Il la regarda tendrement.

— Tu as vraiment très bon cœur, tu sais. C'est en partie pour ça que je t'aime. Ton altruisme.

— Il y a plein de gens qui sont meilleurs que moi, répondit Isabel, surprise.

— Cite-moi une seule personne, dit Jamie, l'air dubitatif.

— Toi.

Il prépara le déjeuner, pâtes aux champignons et salade, qu'ils prirent dans la cuisine, tout en discutant du concert qu'il devait donner la semaine suivante. Isabel commençait à mieux comprendre les rapports de force dans le milieu musical, les manies des chefs d'orchestre, des directeurs de salles, des administrateurs tatillons et capricieux. Jamie regrettait que le concert n'ait pas fait l'objet d'une promotion plus active.

— Et après, ils se demandent pourquoi la salle n'est pas remplie.

— Si les gens ne savent pas qu'un concert va avoir lieu, ils ne peuvent pas y aller, ajouta Isabel avant d'éclater de rire devant une telle évidence.

« Au fait, dit-elle brusquement, est-ce qu'il y a des musiciens qui oublient de venir ?

— Ne m'en parle pas, répondit vivement Jamie, soudain sérieux.

— Ça t'est arrivé ? demanda Isabel, curieuse.

Jamie baissa les yeux.

— Je ne peux même pas en parler.

Elle vit qu'il était très mal à l'aise. La conversation, démarrée sur un ton léger, prenait un tour plus grave. Elle repensa à cet article qu'elle avait écrit alors que l'auteur était déjà mort.

— Il ne faut pas y penser, dit-elle doucement. Ce genre d'accident peut arriver à tout le monde. On ne peut pas s'en vouloir toute la vie.

— Il a fallu annuler le concert, répondit Jamie en baissant la tête. Il a fallu rembourser les spectateurs.

— Tu dois arrêter de te culpabiliser.

— Tu crois ?

— Mais oui. Les gens s'en veulent parfois pendant des années. Cela ne sert pas à grand-chose. Le pardon permet de repartir de zéro, sans être accablé par un passé encombrant.

Elle repensa à ces études sur la conversion, démontrant que les gens se tournent vers une nouvelle religion ou une nouvelle idéologie pour se débarrasser du fardeau du passé. Ils pensent pouvoir faire table rase, oublier leurs erreurs. Pour Isabel, cette sorte de réinvention de soi, distincte du pardon, était une solution de facilité. Cela revenait à dire *Ce n'est pas moi qui ai commis ce méfait, j'étais quelqu'un d'autre à l'époque*. Pourquoi pas, d'ailleurs ? On change, en grandissant. L'adulte n'est plus l'enfant.

— Quel genre de petit garçon étais-tu ? demanda Isabel d'un air songeur.

— Un petit garçon comme les autres, répondit Jamie en haussant les épaules.

Isabel essayait de l'imaginer à sept ans.

— Tes cheveux ?

— Comme aujourd'hui. Et toi ?

— J'avais des nattes, et une poupée qui s'appelait Bébé Isabel. On était habillées de la même manière. Si je portais une robe à carreaux, Bébé Isabel avait la même.

— Bébé Isabel ! C'est un très joli nom. Tu devais l'aimer beaucoup ?

Isabel détourna le regard.

— Un jour, on l'a oubliée dans l'autobus. J'ai beaucoup pleuré. Je ne voulais pas me consoler avec mes autres poupées, c'est Bébé Isabel que je voulais.

— Tu sais quoi, Isabel ? demanda Jamie après un silence. J'ai tué mon ours en peluche. Je l'ai jeté pardessus Dean Bridge, au-dessus de la Leith, là où les gens sautent pour se suicider. J'ai jeté mon ours en peluche par-dessus la rambarde. Je ne sais pas pourquoi j'ai fait ça. Sans doute pour le voir tomber, mais de toute façon le parapet était trop haut. Voilà comment il a fini. Ma mère m'a dit : « Regarde ce que tu as fait ! Plus de Nounours maintenant. » Je n'en ai jamais parlé à personne.

Elle se pencha pour le toucher.

— Je crois que ça aussi, tu peux te le pardonner, dit-elle.

Il se leva pour desservir.

— D'accord, je me pardonne.

— À la bonne heure.

Elle retourna dans le hall, où ils avaient laissé Charlie endormi dans sa poussette. Elle le souleva précautionneusement pour le porter dans son lit, en songeant à cette intimité des aveux qu'elle venait de partager avec Jamie, à ces petits événements de l'enfance en apparence insignifiants, préservés dans un recoin de la mémoire où leur influence est sans doute plus puissante que l'on ne l'imagine. L'amour que l'enfant porte à ses biens est d'une intensité étonnante ; tout simples, abîmés même, ce sont des objets précieux. Bébé Isabel n'était qu'une poupée bon marché, mais elle l'avait adorée avec passion comme Jamie avait adoré l'ours qu'il avait sacrifié.

En portant Charlie endormi au premier étage, Isabel se demanda pourquoi Jamie avait jeté son nounours dans la rivière. Pour le punir, ou se punir lui-même, mais de quoi ? Elle poserait la question à une amie psychologue qui connaissait bien le sujet. Celle-ci avait un jour déclaré à Isabel que les gens s'autoflagellent pour toutes sortes de raisons ; la plupart du temps, ce n'est pas mérité.

— D'ailleurs, avait remarqué Isabel, qui mérite vraiment un châtiment ? Cela ne sert à rien, et ne fait qu'ajouter aux souffrances du monde.

— Oui, effectivement, avait répondu son amie, désarçonnée.

Elle avait pris le temps de réfléchir.

— Effectivement, avait-elle répété, ce que tu dis est très convaincant, et pourtant je suis sûre que tu te trompes, Isabel.

Isabel en était bien persuadée.

CHAPITRE 3

Cat avait demandé à Isabel de la remplacer au magasin le lendemain. Isabel avait accepté, comme toujours. Sa nièce ne faisait appel à elle qu'en dernier recours, et elle avait le meilleur des motifs : un rendez-vous médical.

Isabel n'avait pas pu cacher son inquiétude. On a toujours tendance à penser qu'une visite chez le médecin est mauvais signe, et c'est bien naturel, même s'il y a quantité de raisons tout à fait innocentes d'aller consulter.

— Tout va bien ? avait-elle demandé.

Elle se disait : *Je ne supporterais pas de te perdre.*

— Je vais voir un dermatologue. J'ai une espèce de tache sur la peau et le généraliste a dit que…

— Oh Cat !

— Mais ne panique donc pas ! C'est très courant d'avoir ces taches. Elle m'a dit que cela lui paraissait anodin, mais elle m'a conseillé quand même de vérifier.

— Je sais, je sais. Seulement…

Elle avait failli dire tout haut : *Je ne supporterais pas de te perdre.*

— Seulement je me fais toujours du souci quand mes proches vont voir un médecin.

— Inutile. Est-ce que tu peux…

— Je serai là, avait répondu Isabel promptement. Tu veux que je fasse l'ouverture ?

Cat expliqua qu'Eddie ouvrirait le magasin mais ce serait préférable qu'Isabel arrivât tôt.

— Au début, tout va très bien, mais quand il reste tout seul trop longtemps, il s'angoisse. Tu sais comment il est.

Isabel aimait bien Eddie, qu'elle connaissait depuis quelques années ; elle savait qu'il était vulnérable, sans avoir jamais réussi à comprendre pourquoi. Il lui semblait étrange qu'un jeune homme d'apparence pourtant robuste fût incapable d'assumer la responsabilité du magasin parce qu'il manquait de confiance en lui. Mais c'est là justement la nature de l'angoisse, elle n'a ni rime ni raison et ne repose sur rien de tangible. Quand quelqu'un a peur du noir, il ne sert à rien de lui démontrer qu'aucun danger n'est tapi dans l'obscurité.

Eddie avait, dans le passé, subi un traumatisme. Cat savait de quoi il s'agissait, mais refusait toujours d'éclairer Isabel. Celle-ci n'insistait pas ; si Eddie lui avait fait promettre le secret, il fallait qu'elle tienne sa promesse. Elle croyait deviner que cet incident avait un caractère sexuel, avec toute la honte que cela sous-entend. Elle plaignait Eddie de tout son cœur et aurait voulu le prendre dans ses bras et lui dire de ne pas avoir honte ; ce n'était pas sa faute, il n'avait rien fait de mal, il ne devait pas se sentir coupable. Elle aurait voulu lui dire encore que cela arrive aux hommes comme aux femmes, et ne le diminuait en rien. Mais elle savait bien que nombre d'autres personnes avaient dû lui tenir ce langage, et que cela n'avait rien changé. On n'efface pas l'horreur et la honte avec quelques mots, cela ne marche pas.

Naturellement, Eddie avait fait des progrès. À une période, il avait même eu une petite amie, dont le style gothique, teint blafard et vêtements noirs, n'avait pas vraiment plu à Isabel. Mais elle devait reconnaître qu'avec elle, il s'était épanoui. Elle n'était plus dans le paysage, et Isabel devinait qu'elle n'avait pas été remplacée.

— Isabel ?

— Désolée, j'étais perdue dans mes pensées.

Cat avait l'habitude. Sa tante pensait trop.

— Je te demandais si Jamie pouvait s'occuper de Charlie.

La question avait un peu surpris Isabel. La nièce avait eu le plus grand mal à accepter que sa tante, une tante très jeune pourtant, la remplaçât dans le cœur de Jamie. Au début, elle évitait même soigneusement de prononcer son nom. Apparemment, cela lui était devenu plus facile.

— Oui, avait répondu Isabel. Jamie s'en occupera, sinon ce sera Grace, s'il a un cours. De toute façon, Charlie sera en de bonnes mains.

Elles avaient pris leurs dispositions et, ce matin-là, peu après neuf heures, Isabel se dirigeait vers Bruntsfield Place en suivant Merchiston Crescent. Depuis le début du mois de juillet, les températures avaient timidement remonté et il faisait beau. Les jardins arboraient une végétation luxuriante. Elle dut contourner un rosier grimpant particulièrement opulent qui commençait à coloniser le trottoir. D'ailleurs, un petit morceau d'étoffe bleue s'était trouvé empalé sur une grosse épine, fragment de chemise ou de chemisier harponné au passage. Elle s'arrêta pour détacher le morceau de tissu. Si le propriétaire ne voulait pas tailler cet obstacle à la libre circulation sur le trottoir, qui risquait d'éborgner le passant, elle le ferait elle-même. Elle leva le bras pour saisir une branche qui traversait la grille et la plia sur le côté d'un coup sec, essayant en vain de la briser. La branche pointait maintenant vers le sol, découragée, mais toujours attachée à la plante.

— Je vous demande pardon !

Isabel sursauta ; la voix venait du jardin.

— Mais qu'est-ce que vous faites ?

Un homme apparut, la cinquantaine, un râteau à la main.

— Votre rosier grimpant envahit le trottoir, expliqua Isabel. Je trouve que c'est dangereux. Je le taillais pour vous.

L'homme fit un pas en avant. Sa chemise kaki était trempée de sueur sous les bras. Il avait le teint rougeaud, les traits bouffis. On aurait dit qu'il venait d'avoir une attaque.

— Vous ne pouvez pas faire tout ce que vous voulez, dit-il sur un ton peu aimable. C'est mon rosier, mon rosier. Vous n'avez pas le droit de casser les branches comme ça. Vous vous prenez pour qui, qui ?

— Votre rosier envahit le trottoir. Quelqu'un s'est déjà fait déchirer un vêtement : regardez ce morceau de tissu que j'ai retiré d'une épine. On peut se faire très mal, si on prend une branche dans les yeux.

L'homme fit un nouveau pas en avant. Elle l'entendait maintenant respirer par saccades. Manifestement, il n'était pas en bonne santé.

— N'importe quoi, dit-il en élevant la voix. N'importe, n'importe quoi. Vous n'avez pas le droit de casser, casser les roses des gens, des gens. Vous n'avez pas le droit, droit.

Isabel ne répondit rien, décontenancée pas cette curieuse répétition des mots.

— Alors vous allez laisser mes roses tranquilles, tranquilles.

— Je suis désolée, dit Isabel en reculant. Vous pourriez peut-être le tailler un peu ?

— Tailler, tailler, répéta l'homme en fronçant les sourcils. Oui.

Elle s'éloigna, secouée par cet échange. Il souffrait sans doute d'une maladie neurologique et elle ne lui en voulait pas de l'avoir ainsi prise à partie, mais elle se sentait troublée. Ces perturbations du langage suggéraient des lésions au cerveau, des connexions neuronales endommagées, voire absentes. Maisons en pierre, carrosseries des voitures garées le long du trottoir : tout autour d'elle semblait si compact, si résistant, comparé au cerveau humain si vivant, si fragile. Il suffit de quelques cellules qui se dérèglent jusqu'à oublier leur fonction première, pour que le merveilleux don du langage disparaisse. Que d'autres cellules encore soient détruites, puis un vaisseau sanguin, et c'est le coup de massue, la mort. Entre nous et le désastre, entre nous et l'anéantissement, il n'y a que la fine membrane qui encercle ce vaisseau.

Quand elle arriva au magasin, Eddie était déjà derrière le comptoir. Il l'accueillit avec un grand sourire.

— Cat a laissé un mot, dit-il. Merci d'être venue.

Elle lui rapporta son aventure.

— Un rosier avait débordé sur le trottoir, une longue branche pleine de grosses épines, et j'ai essayé de la briser. Le propriétaire l'a mal pris. Il avait un tic de langage curieux : il répétait certains mots.

— Oh, je le connais, répondit Eddie, c'est un client. Il demande du fromage, du fromage. Et quand je lui rends sa monnaie, il dit : « Et merci beaucoup, merci beaucoup, beaucoup. » C'est très bizarre.

— Vous connaissez son nom ?

— Il me l'a déjà dit, mais je ne me rappelle que son prénom. Gerald, je crois. Quelque chose comme ça. Il m'a raconté toute sa vie, mais il y avait la queue et les gens s'impatientaient. Il a travaillé longtemps à Amsterdam, dans une banque.

— Quelle banque ?

— Je ne sais pas, répondit Eddie avec un haussement d'épaules. Il m'a dit que sa femme est hollandaise, mais je ne l'ai jamais vue.

— C'est étrange, cette maladie du langage, très curieux.

— C'est comme l'écholalie, déclara Eddie.

— L'écholalie ? demanda Isabel, surprise. Qu'est-ce que c'est ?

Eddie entreprit de balayer des miettes de fromage sur le comptoir.

— Mon grand-père était comme ça, il reprenait systématiquement tout ce qu'il entendait. Si quelqu'un disait « Je suis allé en ville », ou « Il pleut des cordes », il répétait « en ville », « des cordes ». Comme un écho, vous comprenez ?

— Vous comprenez ?

— Exactement, c'est ça.

— Étrange, dit Isabel.

— Étrange, répéta Eddie en riant. Il n'en souffrait pas, je crois qu'il ne s'en rendait pas compte.

L'homme au râteau était-il malheureux ? Sans doute. Mais comme deux clients venaient d'entrer, elle alla s'occuper d'eux et n'eut pas le temps de creuser la question.

Cat revint vers onze heures. L'affluence du début de la matinée s'était un peu calmée. Isabel essaya de deviner sur le visage de Cat comment s'était déroulée la consultation.

— Tout va bien ? demanda-t-elle en baissant la voix pour ne pas être entendue d'Eddie.

— Pas de problème, répondit Cat en haussant les épaules.

Isabel lui sourit, soulagée.

— Donc la tache ne les inquiète pas ?

— Je ne crois pas, répondit Cat, ils l'ont excisée, c'était assez petit. On m'a injecté de la novocaïne et je n'ai rien senti.

— Ce n'est rien, alors ?

— Ils l'ont envoyée au laboratoire.

— Oh ! s'exclama Isabel, le cœur battant.

— C'est la procédure habituelle, Isabel, il ne faut pas t'inquiéter. Ils le font systématiquement en cas d'excision, par précaution. Le médecin a dit que ça ne lui semblait pas dangereux, mais ils vérifient quand même.

— Bien sûr.

Cat se mit à dénouer le tablier d'Isabel.

— Donne-moi ça et va t'asseoir, je t'apporte un café. Il y a *La Repubblica* d'hier sur la table, tu pourras perfectionner ton italien.

Tous les soirs en rentrant du travail, un employé du consulat d'Italie en laissait un numéro à Cat. Si elle-même ne le lisait pas, beaucoup de clients le consultaient en buvant leur café, ou faisaient semblant.

— Dans le nombre, il y en a un ou deux qui ne connaissent pas l'italien, disait Cat. Comme ils aimeraient bien le parler, ils font comme s'ils le comprenaient. Ils espèrent peut-être que ça leur donnera un air plus sophistiqué.

Isabel, elle, comprenait cette langue. La seule difficulté qu'elle avait en lisant *La Repubblica* tenait aux arcanes du système politique italien. Sans doute chaque système politique a-t-il sa complexité. Ce n'était pas un problème linguistique, puisqu'elle avait les mêmes difficultés avec les États-Unis. Apparemment, les électeurs se rendent dans l'isoloir tous les quatre ans pour élire un président aux pouvoirs très étendus. Seulement, une fois élu, celui-ci risque de ne pas pouvoir honorer ses promesses de campagne à cause d'autres politiciens susceptibles d'opposer leur veto. Pourquoi, alors, organiser une élection ? Quand les discours ne peuvent pas se traduire par des actes, il n'est pas étonnant que la frustration s'installe. Dès sa jeunesse, la politique avait semblé à Isabel un mystère impénétrable. Un jour, parlant d'un homme politique américain, qui était par ailleurs un lointain cousin, sa mère avait déclaré : *Je ne l'aime pas beaucoup. Pour lui, tout peut s'acheter, même les voix.*

Isabel, encore enfant, avait trouvé la remarque un peu sévère. Ce n'était sans doute pas sa faute, à cet homme. Plus tard, elle avait compris que la critique visait le type d'électoralisme sans scrupule qui caractérise parfois le système parlementaire américain. Politiquement viable, mais dangereux en termes de gouvernance.

Elle alla s'asseoir au fond avec *La Repubblica*. Quelques minutes plus tard, Eddie lui apportait une grande tasse de café-crème.

— Comme vous l'aimez, dit-il.

Elle le remercia et se replongea dans la lecture du journal. On avait repêché en mer le corps d'un magistrat de Naples : à Rome, le gouvernement prenait l'affaire très au sérieux et allait débloquer toutes les ressources nécessaires pour faire la lumière. *Nous n'allons pas nous laisser intimider par la Mafia*, déclarait un porte-parole. À Naples, toujours, un informateur anonyme, *proche de certains groupes d'intérêt*, clamait que le drame n'avait rien à voir, de près ou de loin, avec la ville, et soulignait qu'il faut toujours être prudent quand on nage en mer. Isabel fut choquée par ce cynisme. Partout, ces gens-là, ces puissants groupes d'intérêt, se rapprochaient dangereusement des centres du pouvoir. La corruption régnait, les défenseurs de l'honnêteté et de l'intégrité devenant de plus en plus vulnérables, de plus en plus isolés au milieu de hordes de barbares dépourvus de sens moral. L'Italie n'était pas seule en cause : en Écosse même, la frontière entre intégrité et compromis était désormais poreuse. L'Écosse, malgré son héritage de rigueur morale presbytérienne, voyait de riches hommes d'affaires essayer d'acheter les services des élus, parfois ouvertement, et y parvenir. Quand des protestations s'élevaient, les personnages politiques mis en cause balayaient d'un revers de main les accusations, ne voyant rien de répréhensible dans ces petits arrangements. C'était peut-être de la franchise : l'argent sait se faire entendre, dans toutes les langues, tous les dialectes. Rares sont ceux qui résistent à l'appel des sirènes. Tout ce qui touche aux affaires des hommes est pourri, se dit Isabel, et la moralité politique, c'est peut-être tout simplement d'essayer de limiter cette corruption.

Elle posa le journal. Au moment de prendre sa tasse, elle sursauta. Une femme, que le journal lui avait dissimulée, se tenait debout devant elle.

— Isabel Dalhousie ?

Isabel chercha vainement dans sa mémoire où elle avait pu rencontrer cette personne.

— Oui, dit-elle aimablement.

Le visage de la femme était peu commun, très anguleux, difficile à oublier.

— Bonjour.

Comme Isabel l'avait craint, son embarras n'avait pas échappé à l'inconnue.

— Vous ne vous souvenez sans doute pas de moi, dit-elle. Vous permettez que je m'asseye à votre table ?

— Je vous en prie, répondit Isabel en indiquant le siège libre en face d'elle.

La femme prit place. Elle était bien habillée, avec cette discrétion qui suggère à la fois le bon goût et un certain niveau de vie. Ce qui épuise la carte de crédit, c'est la sobriété, pas l'ostentation.

— Pardonnez-moi de vous déranger, commença-t-elle. Jillian Mackinlay. Nous nous sommes rencontrées chez…

— Les Stevenson, interrompit Isabel, qui l'avait enfin reconnue. En effet, je me rappelle. Désolée d'avoir mis si longtemps…

Si l'on est incapable de mettre un nom sur un visage, mieux vaut l'avouer franchement et s'excuser, car de toute façon, on ne pourra le cacher. S'excuser est en général nécessaire. Certains trouvent plus honnête de dire tout de go *Je ne me souviens absolument pas de vous*. Voilà qui n'est pas fait pour amadouer ceux qui se froissent de ne pas avoir été reconnus. Si je me souviens de quelqu'un, comment peut-il m'avoir oublié ? Suis-je donc si facile à oublier ?

Jillian hocha la tête.

— J'ai croisé Susie l'autre jour à un concert. C'est elle qui m'a parlé de vous, en fait. Elle m'a dit que vous aviez aidé une de ses connaissances.

Isabel ne sut pas quoi répondre. Certes, il lui arrivait de rendre service à tel ou tel, mais elle n'aimait pas en faire étalage.

— Oui, poursuivit Jillian. Et je me suis dit que j'allais essayer de vous contacter. Quand je vous ai vue ici, j'ai pensé que ce serait plus facile que de vous parler au téléphone.

Elle s'arrêta et regarda Isabel, comme si elle attendait un encouragement.

— C'est effectivement mieux de se rencontrer, en général, répondit Isabel. De nos jours, on parle de plus en plus souvent à des machines, parfois tout à fait serviables, mais ça reste des machines. Pardonnez-moi de vous demander ça, mais, est-ce que vous avez des ennuis ?

— Non, non, Dieu merci, répondit Jillian en rougissant. Il ne s'agit pas de moi.

Isabel se sentit soulagée. Elle avait cru un instant que Jillian allait lui faire une confidence, mari volage ou autre problème familial, et si c'était le cas, il lui faudrait expliquer que son souhait était vraiment d'aider les gens, mais… Les mots de Jamie lui revinrent en mémoire. *Écoute Isabel, je sais que tu aimes rendre service, mais ne te mêle pas des histoires conjugales. Ça ne sert presque jamais à rien.*

Il avait raison. Dans ce genre de situation, on recherche toujours des alliés, pas des conseils.

— Je ne sais pas si je peux vous aider, dit Isabel, parce que je ne sais pas quel est le problème. Si vous vouliez m'en dire plus ?

Elle sourit pour encourager Jillian, qu'elle devinait embarrassée, et qu'elle voulait mettre à l'aise, tout en pensant *Je suis déjà très occupée, Charlie, la revue, Jamie, Maître Renard…*

Jillian fit signe à Eddie, qui vint prendre sa commande. Quand il retourna au comptoir, elle dit en baissant la voix :

— Ce jeune homme, il a un air un peu perdu, vous ne trouvez pas ?

— Eddie ? demanda Isabel prudemment.

— Oh, vous le connaissez ?

— Oui. Ce magasin appartient à ma nièce, et je viens l'aider de temps en temps.

— J'ai gaffé, dit Jillian en rougissant à nouveau. Pardonnez-moi.

— Mais pas du tout. Vous avez raison au sujet d'Eddie, mais il progresse, il a davantage confiance en lui. Il est très sympathique.

La remarque sembla faire plaisir à Jillian.

— Tant mieux. Je côtoie beaucoup de jeunes car mon mari travaille avec des adolescents, dans une école. On ne se rend pas toujours compte des difficultés qu'ils traversent aujourd'hui. Les filles se débrouillent mais les garçons sont plus facilement désorientés. Ils n'ont plus les mêmes repères qu'autrefois : la force physique compte moins, tout ça…

— Tout à fait.

— Il est fréquent de rencontrer des garçons très perturbés, repliés sur eux-mêmes, ou qui forment de petites tribus très fermées. Le meilleur exemple, c'est la planche à roulettes.

Isabel songea à ces mordus des acrobaties et voltiges *ad nauseam*, à leur manque total d'intérêt pour le reste du monde. C'étaient surtout des adolescents, et cette période ne dure qu'un temps, même si certains sont plus âgés, presque trentenaires, garçonnets attardés incapables de grandir. Elle frissonna, comme toujours quand elle pensait à tel ou tel groupe, les extrémistes et leur idéologie de haine, les orgueilleux, les arrogants, toute la jet-set narcissique qu'engendre une culture de la notoriété. Ces gens-là sont pourtant des *êtres humains*, et à ce titre, il faut les aimer, ou du moins essayer…

— Les adeptes de la planche à roulettes, c'est l'illustration du culte-refuge, ajouta Jillian. Ils se fondent dans le groupe et ne parlent à personne d'autre.

Pour Isabel, le phénomène concernait tous les adolescents.

— C'est vrai, répliqua Jillian, mais chez eux, c'est extrême. Ils choisissent d'ignorer le reste du monde. Ils divisent les gens en deux groupes : ceux qui pratiquent et les autres. Ça va jusque-là. Je suis bien placée pour le savoir, parce que c'est arrivé à notre fils. Il ne nous a pas adressé la parole pendant deux ans et demi, à part quelques grognements.

— Mais il en est sorti ?

— Oui, il en est sorti, mais il a gaspillé ces précieuses années de jeunesse. Quand on pense à ce qu'il aurait pu faire ou voir, au lieu de sillonner les rues sur sa planche, sans but… Vous vous rendez compte ?

— Quand il s'agit de perdre son temps, on a tous une stratégie, dit Isabel. Tenez, le golf, par exemple. Et votre fils, que fait-il maintenant ?

— Il travaille dans la finance, pour un fonds de placement spéculatif.

Isabel ne put s'empêcher de sourire.

— Oui, je sais, ça a l'air ridicule, dit Jillian, mais les enfants ne choisissent pas toujours ce qui plaît à leurs parents. Et vous ?

— J'ai un fils, mais il est encore très jeune. Il n'a pas encore dévoilé son jeu…

Eddie revint à leur table ; il avait apporté un autre café pour Isabel. Sur la mousse, il avait tracé avec du chocolat en poudre un trèfle à quatre feuilles, qu'elle admira.

— C'est pour vous souhaiter bonne chance, dit-il avec un clin d'œil.

— C'est très gentil, dit Jillian quand il fut reparti, en léchant sa cuillère qu'elle avait trempée dans la mousse. Cela vous ennuie si je vous appelle Isabel ?

Isabel n'y voyait pas d'inconvénient, mais elle avait du mal à cerner l'autre femme. Il y avait en elle quelque chose d'impérieux et d'autoritaire qui empêchait toute intimité. S'il y a une nette distinction entre amis et connaissances, Jillian entrait clairement dans la seconde catégorie.

— Alex, mon mari, est membre de plusieurs conseils d'administration. Il était chef d'entreprise, avant que nous nous installions dans notre ferme de Biggar, et il a été sollicité par presque tous les établissements publics du Lanarkshire. Il aime ça, alors je ne me plains pas. Il est très occupé, comme vous pouvez l'imaginer.

— Vous savez ce qu'on dit : si on veut réaliser quelque chose, mieux vaut demander à une personne très occupée.

— C'est vrai. Et il est très efficace. Il est très doué pour ce genre de choses.

Jillian s'interrompit pour prendre une petite gorgée de café.

— En particulier, il fait partie du conseil d'administration du lycée Bishop Forbes. Vous connaissez ? Juste à côté de West Linton.

— Oui, bien sûr, répondit Isabel. Quand j'étais au lycée à Édimbourg, les garçons de Bishop Forbes venaient en car lorsqu'il y avait un bal.

— C'est toujours le cas. Comme l'établissement n'est pas mixte, la direction essaie toujours d'organiser des activités avec les lycées de filles. En fait, les garçons se débrouillent très bien tout seuls.

Isabel tourna la tête vers la fenêtre. Elle se souvenait qu'à l'un de ces bals, une fille avait prétendu s'être éclipsée avec un garçon qu'elle aurait attiré dans le laboratoire de chimie pour coucher avec lui. Les autres ne l'avaient pas crue, tout en la pressant de donner plus de détails. Elle avait éclaté en sanglots, les accusant de gâcher ce qui était pour elle une merveilleuse aventure. *Tu mens comme tu respires*, avait accusé une de ses condisciples. *Tu prends tes désirs pour des réalités*, avait déclaré une autre. Les jeunes sont cruels.

Isabel fit un effort pour revenir à l'histoire de Jillian.

— Alex préside le conseil d'établissement, en fait. C'est son deuxième mandat. J'ai essayé de le convaincre de passer la main après trois ans, mais vous savez ce que c'est, on se croit toujours indispensable. Et puis, il a le sens du devoir.

Isabel essayait de situer le mari de Jillian, ce qui n'était pas facile, car il y avait ce soir-là une douzaine d'invités chez les Stevenson. Un homme grand, à l'air plutôt distingué, qui ressemblait tout à fait à un président de conseil d'administration. De quoi avaient-ils parlé ? D'art. Oui, de Cowie, de la rétrospective Cowie montée par la Galerie Dean.

— Naturellement, je ne veux pas qu'il abandonne tout, poursuivait Jillian. Il n'y a rien de plus embêtant que d'avoir son mari dans les jambes toute la journée. Donc il continue, avec ma bénédiction, et je joue de mon mieux le rôle de l'épouse du président. Mais je trouve le petit monde de l'éducation plutôt abêtissant, et mesquin surtout. Je suppose que c'est le cas de toutes les institutions. Le principal est un homme très bien, il s'appelle Harold Slade, vous le connaissez peut-être ? Autrefois, il a représenté l'Écosse aux jeux Olympiques, en aviron, comme cet homme politique, comment s'appelle-t-il déjà ? Ming Campbell. Lui, c'était la course, il me semble. Bref, Harold a annoncé qu'il partait à Singapour pour prendre la direction d'un lycée international. Ce n'est pas pour l'argent, je pense qu'il veut juste bouger un peu, c'est bien compréhensible. Il est principal depuis douze ans, ce qui est long pour ce genre de poste. Alors on a fait passer une annonce. Alex préside le comité de recrutement, bien sûr.

Jillian marqua une nouvelle pause pour boire une gorgée de café.

— On a reçu plus de candidatures que prévu, certaines excellentes. Une ou deux ont été retirées, pour diverses raisons, et à la fin, il est resté trois candidats solides, tous écossais. Nous pensions avoir de très bons candidats venant d'Angleterre, mais il se trouve que les Anglais n'étaient pas les meilleurs. C'est donc une sélection très locale, ce qui permet d'obtenir leurs références plus facilement. Alex préfère rencontrer lui-même les personnes qui ont recommandé les candidats. Comme les trois sont écossais, c'était possible.

— C'est important de rencontrer ces gens, acquiesça Isabel. C'est très difficile d'être honnête quand on écrit une lettre de recommandation pour quelqu'un. On a toujours peur que le candidat puisse en avoir connaissance d'une façon ou d'une autre. Si on écrit un commentaire très négatif, on peut avoir des tas d'ennuis. C'est comme pour les dossiers médicaux : depuis que les patients ont le droit de les consulter, les médecins ne peuvent plus être francs.

Jillian avait des vues très arrêtées sur le sujet.

— Et tant mieux ! s'écria-t-elle. Les médecins écrivaient des choses horribles. Une des mes amies a découvert qu'on la qualifiait de « virago » dans son dossier médical.

— Et c'était vrai ?

Isabel, qui avait parlé sans réfléchir, s'empressa de s'excuser.

— Pardonnez-moi, ce n'est pas ce que je voulais dire…

Isabel n'alla pas plus loin. Les gens impossibles, cela existe bel et bien, et les médecins ne peuvent pas les éviter.

— Pas du tout, répondit Jillian. Elle est peut-être un peu *exigeante*, mais ce n'est pas la même chose.

— Non, bien sûr.

— Bref, alors que nous pensions trouver sans problèmes un très bon remplaçant, mon mari a reçu une lettre anonyme. En général, il jette ce genre de courrier à la poubelle, mais là, quelque chose l'a arrêté.

— Cela concernait les candidats ?

— Oui. Enfin, oui et non. Un des candidats. Malheureusement, l'auteur ne précisait pas lequel et se contentait de dire que l'un d'eux était susceptible de causer le maximum d'ennuis à l'établissement s'il était choisi. Sans autre détail.

— Un coup au hasard, suggéra Isabel, l'auteur a tenté de semer le doute. Peut-être s'agit-il d'un des candidats malheureux ? Ce genre de situation peut susciter une réaction violente.

— C'est ce que j'ai d'abord pensé, dit Jillian. Mais ce qui est significatif, c'est que les noms des trois personnes retenues sont cités. L'auteur connaissait donc la sélection, et pourtant le secret était bien gardé. Il est peu probable que ce soit l'un des membres du comité. Et… il y a la secrétaire, mademoiselle Carty, une de ces personnes qui travaillent dans les établissements scolaires et dont on ne connaît jamais le prénom. Mais elle, c'est Janet. Une femme assez effacée, mais qui a peut-être des griefs, qui sait ?

C'est valable pour beaucoup d'entre nous, se disait Isabel. Qui n'a pas de griefs ?

— Autre chose ? Qu'y avait-il d'autre, dans la lettre ? demanda-t-elle.

— Rien.

— Tapée à la machine ?

— Non, manuscrite, à l'encre verte.

Isabel sourit.

— Les gens croient que l'encre verte est la préférée des malades mentaux. Ce n'est pas vrai, bien sûr. Mais on continue à entendre ça. Les fous préfèrent l'encre verte.

Jillian, qui semblait avoir dit tout ce qu'elle avait à dire, but une nouvelle gorgée de café, attendant qu'Isabel réagît.

— Je comprends que vous soyez inquiets, mais à part ça…

— Accepteriez-vous d'enquêter ?

— Je ne vois pas très bien ce que je pourrais faire, vraiment.

Jillian se pencha vers Isabel, l'air suppliant.

— Je vous en prie. Il faut que nous choisissions quelqu'un, mais nous ne pouvons pas risquer de nommer une personne vulnérable à cause de son passé. Vous comprenez ?

Isabel répondit que, certes, la priorité était de préserver la réputation de l'établissement. Mais cela ne parut pas satisfaire Jillian, qui retourna à son thème.

— C'est vital d'éviter toute publicité négative. Il y a une telle concurrence entre les établissements, maintenant que les parents ont le choix. Un soupçon de scandale suffirait à nous faire perdre des élèves, je vous assure.

— Je comprends bien. Mais qu'est-ce que vous voulez que je fasse ?

Un jeune couple venait d'entrer dans le magasin et s'était installé tout près de leur table. La femme les regardait avec une attention qui suggérait plus qu'une simple curiosité. Jillian baissa la voix.

— Nous avons besoin de quelqu'un de discret. Je crois que c'est votre cas. Quelqu'un qui puisse poser des questions et découvrir lequel de ces trois candidats a… un passé.

— Nous avons tous un passé.

Jillian balaya l'objection.

— Il y a passé et passé. Aidez-nous, je vous en prie. Nous ne pouvons pas nous permettre d'engager des professionnels, cela risquerait de se savoir. Nous avons besoin de quelqu'un comme vous, qui connaisse bien Édimbourg, qui comprenne le problème. Personne ne peut vous soupçonner. Je me suis renseignée, vous savez : on dit que vous rendez ce genre de services.

Isabel, la tête baissée, songeait que les semaines à venir étaient déjà très occupées. Cependant, elle n'avait jamais encore refusé son aide. Jillian ne pouvait pas le deviner, naturellement, mais Isabel avait le plus grand mal à dire non à ceux qui avaient besoin d'elle.

— D'accord, fit-elle enfin.

Jillian lui prit la main et la serra.

— Vous êtes un ange.

Loin de là, songeait Isabel. Je suis lâche, c'est tout.

— Écoutez, poursuivit Jillian, je ne sais pas trop comment on procède, mais je vais vous envoyer une photocopie des dossiers de candidature, avec les C.-V. Vous y trouverez tout ce que vous voulez savoir.

— Et peut-être plus que je ne *dois* savoir.

Jillian n'avait pas l'air de comprendre.

— Je ne vois pas…

— La confidentialité ?

— Oh, répondit Jillian avec un petit rire. Ce n'est pas un problème pour nous. Ça vous gêne ?

Isabel la regardait, incrédule.

— Mais vous avez dit vous-même que vous faisiez appel à moi pour éviter que la chose ne s'ébruite. Vous prenez donc ça au sérieux.

— Quand c'est nécessaire, répliqua Jillian catégoriquement. Seulement quand c'est nécessaire.

CHAPITRE 4

Isabel était assise à la table de la cuisine.

— Jillian Mackinlay, dit-elle.

Jamie, au fourneau, leva à peine les yeux. Charlie, épuisé dès cinq heures de l'après-midi, avait pris son bain, dîné de bonne heure, et dormait à poings fermés. On n'entendait pas un bruit. Dès que les enfants sont couchés, le silence ordinaire du soir devient brusquement plus profond. Un petit enfant bouscule tout sur son passage comme une bruyante tornade, mais l'heure du lit venue, la tempête s'apaise et le calme règne à nouveau.

— Jillian qui ?

— Mackinlay. Nous les avons rencontrés chez les Stevenson, il y a quelque temps déjà…

Elle dut faire un rapide calcul mental. Dans la vie de chacun, il y a deux périodes, avant et après le conjoint. Pour Isabel, c'était avant Jamie et après Jamie. Mais « après Jamie » semblait évoquer quelque chose de révolu, il était plus correct de dire « pendant Jamie ». Cette rencontre chez les Stevenson datait donc de la période « pendant Jamie ».

— Me souviens pas, marmonna Jamie.

Pas étonnant, se dit Isabel. Sans sortir énormément, ils avaient rencontré tant de monde qu'il était impossible de se rappeler toutes les conversations à tel ou tel cocktail, tel ou tel dîner, d'autant plus qu'elles étaient si banales qu'aucune ne ressortait vraiment ; elles se confondaient, et on les oubliait aussitôt.

— Il n'y a pas de raison que tu t'en souviennes. Moi-même j'ai failli ne pas la reconnaître ce matin, c'est elle qui m'a rappelé son nom. Les gens le voient bien, quand on n'arrive pas à les reconnaître.

— De l'ail, dit Jamie.

— De l'ail ? répéta Isabel, moqueuse.

— Excuse-moi, mais j'essaie de faire ce truc correctement. Je n'ai pas mis d'ail et elle dit qu'il faut en mettre. Je crois.

— Elle ?

Jamie trempa une cuillère dans la marmite pour goûter.

— Mary Contini.

— Vérifie sur la recette.

— Je ne sais plus où j'ai mis le livre. Il est quelque part, mais où ? Tu crois que l'ail fait une grosse différence ?

— Sûrement, dit Isabel avec un sourire. Si tu mets de l'ail dans un plat, il a un goût d'ail.

Elle s'interrompit. Jamie ne semblait pas dans son état normal.

— C'est vrai, poursuivit-elle. Tandis que les plats sans ail…

— N'ont pas un goût d'ail, conclut Jamie avec un soupir.

Isabel le regarda. Cela ne lui ressemblait guère de soupirer ainsi, comme si sa remarque était idiote, et que sa plaisanterie tombait à plat.

— Tu veux que je prenne ta place ?

Il s'était proposé de préparer le dîner ce soir-là. Bon cuisinier, il suivait les recettes à la lettre, ou presque, contrairement à beaucoup d'hommes, plutôt indisciplinés quand il s'agit de respecter les quantités, ou le choix des ingrédients. Le père d'Isabel, lui, appartenait à une génération qui ne s'aventurait guère dans une cuisine, mais il lui était pourtant arrivé de se lancer, avec panache mais sans grand respect pour les instructions, remplaçant par exemple le basilic par de la menthe. Lors d'un repas mémorable, il avait même substitué des oignons aux pommes de terre.

Jamie refusa l'offre d'Isabel, d'une manière qu'elle jugea à peine aimable. Il était rarement irrité et Isabel se demanda ce qui pouvait bien le préoccuper. Oserait-elle lui poser directement la question ? Même dans ses gestes, il semblait tendu, comme hostile à la tâche qu'il était en train d'effectuer, sur le point de tout abandonner. On aurait dit un chanteur d'opéra qui, jouant la fureur, se prépare à sortir de scène avec éclat.

— Est-ce que tu veux…

— C'est bon, interrompit Jamie. C'est juste que j'aimerais bien retrouver la recette… De l'ail.

— Mets-en. De toute façon, tu ne risques pas de te tromper.

Ce qui n'était pas tout à fait vrai. Il marmonna quelques mots qu'elle ne comprit pas, remua une dernière fois le contenu de la marmite, et la recouvrit.

— Alors, dit-il, se tournant enfin vers elle, cette Jillian Machin-Truc, qu'est-ce qu'elle veut ?

— Jillian Mackinlay. Je l'ai rencontrée au magasin aujourd'hui. Elle est venue s'installer à ma table.

Jamie s'approcha et prit une chaise pour s'asseoir.

— Ah bon ? Ça ne t'a pas dérangée ? Moi, ça m'énerve toujours qu'on vienne me déranger quand je veux lire, ou réfléchir.

— Non, pas du tout.

— Et…

Il hésita et la regarda attentivement.

— Elle ne t'a pas…

Il poussa un soupir.

— Elle t'a demandé de faire quelque chose pour elle ? C'est ça ?

Isabel ne répondit pas tout de suite. Elle savait très bien ce que Jamie allait dire – et penser – de tout cela. Il lui avait déconseillé de continuer à se mêler des affaires des autres. Mais ce n'était pas comme cela qu'elle le voyait. Elle ne s'occupait pas des affaires d'autrui de sa propre initiative : on l'appelait à l'aide. Il y avait aussi une autre différence. Elle n'était pas mue par ses propres intérêts, comme cela arrive parfois, ni par une curiosité vulgaire. De toute façon, quelle est la différence entre curiosité vulgaire et curiosité légitime ? N'est-ce pas tout simplement que nous justifions notre propre curiosité et dénigrons celle du voisin ? L'idée la fit sourire : ce genre de distinction est trop souvent la base de nos jugements de valeur. Ce que j'aime est de bon goût, ce que l'autre aime est kitsch. Ma vieille voiture a de l'allure, la tienne n'est qu'une épave.

— Qu'est-ce qui te fait rire ? demanda Jamie en fronçant le sourcil.

— Je pensais à quelque chose, dit-elle sur un ton égal.

— Tu n'as pas répondu.

Elle porta le verre à ses lèvres et le regarda.

— Effectivement, elle m'a demandé de l'aider. Avant que tu protestes, je ne vois pas pourquoi je refuserais ce genre de requête. Mon métier, c'est l'étude de l'éthique, et quand je me sens obligée d'aider autrui, ce n'est pas facile de résister. Tu comprends ?

À sa grande surprise, Jamie ne discuta pas.

— Comme tu veux, répondit-il en haussant les épaules. D'accord.

Elle attendit. Il avait détourné les yeux et regardait par la fenêtre. À ce moment précis, elle eut la conviction intime qu'il y avait un problème. C'est alors qu'elle comprit qu'elle devait lui poser la question sans attendre.

— Qu'est-ce qui ne va pas ?

Il continuait à fixer l'espace devant lui sans rien dire, comme s'il n'avait pas entendu.

— Jamie ?

Quand il se retourna, elle vit qu'il avait les yeux pleins de larmes. Elle se leva et fit le tour de la table pour venir près de lui, faisant tomber son verre, vide heureusement, qui décrivit un arc de cercle sur la nappe avant de s'immobiliser.

— Qu'est-ce qui se passe, mon chéri ? Mon chéri, qu'est-ce que tu as ?

Il lui prit la main.

— J'ai passé une journée horrible.

— Pourquoi ? Raconte. Allez, raconte.

Elle sentit la tension jusque dans la main de Jamie. Il s'essuya les yeux, malhabile.

— Tu te rappelles ce nouveau groupe avec lequel je joue de la musique de chambre ?

Elle hocha la tête. Il lui en avait parlé.

— Celui qui répète à Stockbridge ? dans St Stephen Street ?

— Oui. C'est là qu'habite Tom, le chef. On va donner un concert au mois d'août, dans le cadre du festival off. On s'est déjà produits une ou deux fois.

Ce sera un mariage. On a peut-être aussi un engagement au château de Stirling.

— Oui ? Et ça ne marche pas bien ?

— Si, si, ça marche très bien. Mais il y a une fille, une violoncelliste. Elle s'appelle Prue.

Isabel se raidit.

— Oui ?

— Il y a deux semaines, elle m'a dit qu'elle était malade. Un truc incurable. Elle n'a que quelques mois à vivre, pas plus.

Tout en gardant sa main dans la sienne, Isabel lui posa le bras autour des épaules.

— Mon Dieu !

— Tu comprends, elle a cette maladie. Je savais qu'elle n'allait pas bien, elle m'avait raconté qu'elle allait à Glasgow voir un médecin. Un spécialiste, je crois. J'ai eu l'impression que c'était un truc assez rare. Bref, aujourd'hui, pendant qu'on jouait, elle avait si mauvaise mine, elle était toute maigre et pâle. Ça m'a bouleversé. Nous sommes partis ensemble le long de St Stephen Street. Elle habite Leslie Place, juste de l'autre côté du pont. Elle m'a demandé de monter avec elle dans son appartement, parce qu'elle avait besoin de parler et qu'il n'y avait personne. Alors je l'ai suivie, elle m'a fait du thé et… C'était très pénible.

Isabel resta silencieuse ; il n'y avait rien à dire. Dans ce genre de situation, les mots de réconfort sonnent creux, quand ils n'attisent pas le chagrin. Lorsqu'elle était jeune, une de ses amies de lycée était décédée dans un accident de voiture. Le père d'Isabel, voulant la consoler, n'avait rien trouvé de mieux à dire qu'une banalité : *Au moins, elle n'a pas souffert*. Cela partait d'une bonne intention, mais ces mots étaient malvenus et elle en avait conçu de la colère contre lui. L'absence de souffrance, c'était secondaire. Ce qui comptait, c'était la disparition brutale.

Mais elle pouvait néanmoins exprimer des regrets, ce qu'elle fit. Jamie pressa sa main et la remercia. Puis il se leva ; il fallait s'occuper du dîner, et il se faisait tard. Elle l'observa pendant qu'il servait les pommes de terre accompagnant le plat principal, d'abord deux pour lui, deux pour Isabel puis, scrupuleusement, comme une femme de service dans une cantine scolaire, une pomme de terre entière et une moitié dans chaque assiette.

Une évidence la frappa soudain : les gestes des êtres réellement beaux ont quelque chose d'étrangement fascinant, jusqu'à revêtir un caractère presque sacramentel. Quand les gens ordinaires effectuent des gestes simples, renouer un lacet, se coiffer, disposer des pommes de terre dans une assiette, on n'y trouve rien d'exceptionnel. Mais ces mêmes actions, accomplies par un homme comme Jamie, transcendent leur aspect familier. Les artistes le sentent bien, et nous le rendent visible. On peut rester des heures devant *La jeune fille lisant une lettre*, car le tableau évoque bien plus qu'une jeune fille lisant une lettre.

Il s'attabla et ils dînèrent en silence, échangeant uniquement quelques banalités. Au cours du repas, elle avança la main pour lui toucher le bras. Il s'arrêta de manger, la regarda et ferma les yeux. Elle le toucha à nouveau, légèrement, et ils se remirent à manger.

— Pardonne-moi, dit-il, les yeux baissés. Je ne suis pas très bien.

— Je comprends.

C'était vrai. Elle imaginait ce qu'il ressentait : les nerfs à vif après l'annonce de mauvaises nouvelles, le sentiment d'impuissance quand on réalise que l'on mourra tous, certains avant l'heure. Le seul moment où l'on peut supporter cette souffrance, c'est quand on est assez jeune pour se croire immortel. Mais Jamie n'était plus assez jeune.

À la fin du repas, elle décréta qu'elle débarrasserait la table et chargerait le lave-vaisselle.

— Non, non, je m'en occupe, protesta Jamie.

— Va plutôt jouer du piano. Laisse la porte ouverte pour que je puisse entendre.

Il n'insista pas et sortit. Elle l'entendit ouvrir la porte de la salle de séjour, et quelques minutes plus tard, les premières notes. Schubert.

Il joua pendant une demi-heure environ. Une fois la cuisine rangée, Isabel alla dans son bureau et reprit un article qu'elle avait abandonné un peu plus tôt. La lecture en était ardue. Elle savait qu'elle ne pourrait pas le publier dans la revue, mais il y avait dans la démarche de l'auteur une obstination telle qu'elle le termina. Il concluait ainsi : *Au bout du compte, on choisit le bien car sa présence est manifeste, comme celle du soleil. Du soleil, on ne discute pas. Il est là, nous sommes là, un point c'est tout. Impossible à expliquer, impossible à nier.*

Elle reposa l'article, pas vraiment convaincue. Dire que l'on agit de façon morale parce que le bien existe ne constitue pas une explication, sauf si l'on en reste au stade de l'intuition. Comment savoir si ce que l'on perçoit comme le bien est effectivement le bien ? C'est là le domaine des spécialistes de l'éthique, se disait Isabel avec une irritation grandissante : on ne va pas très loin en se contentant de dire que le bien existe, au même titre que le soleil. Mais soudain, elle eut une illumination : et si justement le bien était immanent, quelque chose que l'on sent, comme les rayons du soleil sur la peau ? Si c'était une lumière, une source d'énergie, une radiation, un phénomène impossible à expliquer mais dont la réalité s'impose ? Après tout, la gravité est là, on en ressent les effets, mais rares sont ceux qui en comprennent vraiment le mécanisme, hormis les théoriciens de la physique. Il en va peut-être de même pour le bien, capable de nous attirer dans son orbite, même si l'on ne peut ni le voir, ni le goûter.

L'idée lui donnait un peu le vertige : une force morale qui serait tout aussi puissante, à sa manière, que les forces physiques qui maintiennent les électrons en circulation autour du noyau d'un atome. On la perçoit confusément, même quand on s'en défend, même quand on enfreint ses lois. On peut appeler cette force Dieu, ou lui donner quantité d'autres noms. De la même façon qu'un croyant est convaincu jusqu'au tréfonds de lui-même de la présence de Dieu. Sans pouvoir en décrire la nature, on sait que cette force existe.

Autre hypothèse : une configuration particulière du cerveau, due aux hasards de la biochimie, une force dont le siège est en nous, plutôt qu'en dehors de nous. Ce choc que l'on éprouve en présence du bien n'est peut-être qu'un état tout à fait subjectif, causé par des stimuli extérieurs, réels ou imaginaires. Auquel cas la perception du bien n'est pas différente de la douce euphorie narcissique qu'apportent l'alcool ou les psychotropes, fantasme chimique dont tout le monde connaît la nature illusoire.

Le moment passa. Elle avait cru accéder à une meilleure appréhension du sujet, mais ce n'était qu'une impression fugitive, un éclair passager. C'est peut-être ainsi que le bien se manifeste, dans une vision si fugace et imprévisible que l'on risque de passer à côté, mais assez perceptible pour métamorphoser notre monde au-delà de tout ce que l'on peut imaginer.

Le lendemain matin, alors qu'Isabel travaillait dans son bureau, Jillian Mackinlay emprunta l'allée qui menait à la porte d'entrée de la maison, une enveloppe à la main. Grace jouait avec Charlie dans le jardin et l'intercepta avant qu'elle arrive à la porte.

— Oui ? dit-elle. Bonjour.

Jillian sursauta.

— Désolée, vous m'avez fait peur. Vous étiez cachée, j'ai été surprise.

Grace se rebiffa.

— Mais je ne me cachais pas ! Avec Charlie, on…

— Je suis désolée, dit la visiteuse en rougissant. Je ne voulais pas vous vexer.

Elle s'interrompit pour sourire à Charlie, qui la regardait fixement, sans ciller.

— C'est bien ici qu'habite Isabel Dalhousie ?

Grace tendit la main vers la grande enveloppe que Jillian s'apprêtait manifestement à déposer.

— Oui, je suis la gouvernante.

— Je vois. Pourriez-vous donner ceci à Isabel, s'il vous plaît ?

— C'est ce que j'allais faire.

Il y eut un court silence. Jillian se pencha à nouveau vers Charlie.

— Eh bien, dit-elle, tu es un petit bonhomme bien sérieux, on dirait ?

Charlie lui rendit son regard, puis, sans crier gare, éclata en sanglots.

— Oh ! mon Dieu ! s'écria Jillian, interdite. Je lui ai fait peur.

Grace, l'enveloppe dans la main gauche, prit Charlie dans ses bras.

— Il s'en remettra, dit-elle. Je vais transmettre la lettre tout de suite.

Isabel était à son bureau.

— Quelqu'un l'a déposée ? demanda-t-elle.

— Oui, répondit Grace. Pourquoi est-ce que les gens font ça ? À mon avis, c'est par pure curiosité.

Isabel eut un petit rire.

— C'est compréhensible. On a tous envie de voir où les autres habitent.

Il était clair, d'après l'expression de Grace, que ce n'était pas son cas. Elle fit un geste vers Charlie, qui avait trouvé la corbeille à papiers et était très occupé à la vider.

— Elle a fait peur à Charlie. Il s'est mis à pleurer.

Isabel fit une réponse évasive : il arrivait que les enfants prennent certaines personnes en grippe. Elle ouvrit l'enveloppe avec son coupe-papier, cadeau de Jamie qui l'avait acheté dans un magasin d'antiquités de Stockbridge, jeta un coup d'œil à l'intérieur et feuilleta le haut des pages sans les sortir. C'était bien ce qu'elle attendait. En relevant la tête, elle vit que Grace avait les yeux sur l'enveloppe.

— Non, dit-elle. Ce n'est pas ce que vous croyez, il ne s'agit pas d'un article pour la revue, pas du tout.

Grace haussa un sourcil.

— C'est tout à fait différent, poursuivit Isabel. C'est…

Elle s'arrêta. Grace avait manifestement très envie de savoir de quoi il s'agissait, mais elle n'était pas sûre de vouloir lui faire des confidences. Grace, parfois indiscrète, s'arrogeait une sorte de droit de regard sur la vie d'Isabel. Mais en quel honneur ? Certes, il lui suffisait d'être dans la maison, témoin privilégié des événements, pour découvrir certaines choses, mais cela ne lui donnait pas le droit de tout savoir.

Elle fut tentée de répondre à Grace que c'était confidentiel, mais cela lui parut toutefois si mesquin, si peu amical, qu'elle finit par céder.

— On m'a demandé de jeter un coup d'œil sur les candidatures à un poste de chef d'établissement. Rien de bien passionnant.

Pourtant, cela semblait intéresser Grace au plus haut point.

— Où ? demanda-t-elle aussitôt. Quel établissement ?

— C'est confidentiel, il me semble, répondit Isabel, hésitante.

— Vous savez bien que je sais garder un secret, s'indigna Grace.

Le ton était accusateur. Certes, il fallait reconnaître que jamais Grace n'avait parlé à quiconque de ce qui se passait chez Isabel. On pouvait lui faire confiance.

— Bishop Forbes, finit par dire Isabel. On passe devant, après West Linton.

— Je sais, répliqua Grace sèchement.

Elle se pencha, les yeux rivés sur l'enveloppe.

— Combien ? demanda-t-elle.

— Trois, c'est la sélection finale. Mais je crois qu'il vaut mieux que je n'en dise pas plus.

Grace se tourna vers Charlie.

— Viens, Charlie, on ne veut pas de nous ici.

— Je ne veux pas être impolie, s'empressa de dire Isabel.

— Et moi, je ne cherche pas à savoir des choses dont vous ne voulez pas me parler, poursuivit Grace. Même si je connais un des noms.

— Pardon ? s'étonna Isabel en levant la main.

— Il se trouve, répondit Grace d'un air faussement dégagé, que je suis au courant. Un monsieur qui s'appelle Fraser. Est-ce que je me trompe ?

Isabel regarda dans l'enveloppe : les noms étaient clairement imprimés en haut de chaque dossier de candidature. Grace avait raison. John Fraser.

— Comment le saviez-vous ? demanda-t-elle.

L'enveloppe avait été cachetée. Grace n'aurait pas eu le temps de l'ouvrir en chemin, entre le jardin et le bureau. D'ailleurs, ce n'était pas son genre. Curieuse, oui, mais toujours très scrupuleuse dans ses rapports avec les autres.

— Oui, dit Grace, très satisfaite de son effet. John Fraser est le cousin d'une dame qui vient à nos séances. Je suis parfois assise à côté d'elle. C'est elle qui me l'a dit. Son cousin lui en a parlé et elle m'a mise au courant. Il est actuellement directeur adjoint d'un établissement scolaire près de Stirling. Il pose sa candidature parce qu'il a de l'ambition.

Isabel prit quelques secondes pour digérer toutes ces informations. Grace faisait allusion aux séances du groupe de spiritisme auquel elle appartenait. Il y venait apparemment toutes sortes de gens, et Grace parlait souvent des rencontres qu'elle y faisait. Isabel se remémora sa conversation avec Guy Peploe au sujet des villages. Comme Édimbourg, l'Écosse tout entière était un grand village.

— Vous l'avez déjà vu ?

— Non, jamais. Comme je l'ai dit, sa cousine est parfois ma voisine.

Isabel hocha la tête.

— Elle vous parle beaucoup de lui ?

Grace réfléchit un instant.

— Non, pas vraiment. Mais je sais qu'elle l'aime beaucoup. Ils ont passé beaucoup de temps ensemble quand ils étaient enfants et ne se sont jamais perdus de vue. Lui est…

— Oui ?

— Il est alpiniste, je crois.

Du coin de l'œil, Isabel vit une ombre passer dehors. Maître Renard ? En plein jour, il lui arrivait de délaisser le chemin qu'il s'était tracé sous les rhododendrons pour traverser furtivement la pelouse, clignant des yeux dans la lumière inaccoutumée. Que voient donc les renards ?

— Ah, il est alpiniste ? C'est intéressant.

— C'est un de ces types qui font l'ascension des Munros. Qui les collectionnent, si on veut.

Isabel en avait entendu parler. En Écosse, on donne le nom de Munro, célèbre alpiniste, aux sommets de plus de mille mètres. Il y en a plusieurs centaines : les mordus essaient de les faire tous, dans le plus petit laps de temps possible. Cela peut prendre quelques années, parfois toute une vie.

Isabel se souvint qu'une cousine Délia, de la génération de son père, avait été un pilier du club des Alpinistes écossaises. Cousine Délia avait emmené Isabel grimper dans la vallée de Glencoe. Elles avaient dormi dans un refuge appartenant au club. C'était en plein été, période des nuits blanches. Quand Isabel s'était réveillée, peu après quatre heures du matin, les premiers rayons du soleil touchaient déjà les sommets. En sortant de la tente, elle avait surpris deux moutons qui paissaient près du petit bâtiment peint en blanc. Ils avaient détalé vers la vallée, faisant rouler les cailloux sous leurs sabots. Cette expérience était restée gravée dans sa mémoire, comme une photographie dans un album, capture d'un moment de sa vie.

Plus tard, le même jour, en redescendant, elles avaient suivi le lit d'une rivière rejointe par un torrent qui dévalait la pente depuis le sommet. La confluence avait créé une sorte de piscine naturelle, bordée de rochers polis qui descendaient dans l'eau en pente douce. Délia s'était tournée vers elle.

— Les hommes se baignaient là, les femmes un peu plus loin, avait-elle déclaré.

La remarque l'avait frappée, c'était une de ces choses que l'on n'oublie pas, sans savoir pourquoi. Son imagination juvénile lui dépeignait les hommes dans l'eau, nageant avec ardeur, alors que plus loin, les dames écossaises, à moitié immergées, figuraient Diane et ses nymphes immortalisées par un artiste de passage.

Grace avait pris Charlie dans ses bras et le faisait sauter, pour son plus grand plaisir.

— Vous pensez que je pourrais la rencontrer, cette cousine ? Oui, votre amie, la femme qui va au…

Grace continuait à faire sauter Charlie.

— Au centre de spiritisme ?

C'était le nom du groupe que fréquentait Grace.

— J'aimerais bien la rencontrer.

Grace haussa les épaules.

— Elle vient souvent, mais pas toutes les semaines.

Isabel assura que cela ne la gênait pas et demanda quand avait lieu la prochaine séance.

— Demain soir. Il y a un intervenant danois qui vient faire une présentation.

— Ça m'intéresserait beaucoup, dit Isabel. C'est un médium ?

— En fait, il est spécialisé dans la recherche des personnes disparues. Quand il est en transe, il arrive à les localiser. Il a été très efficace.

— Ça me fait penser… Je ne retrouve plus mon dictionnaire Chambers. Vous ne sauriez pas où il est ?

— Dans le petit salon, répondit Grace sans une seconde d'hésitation, près du fauteuil vert.

— Vous l'avez vu ? demanda Isabel en souriant.

Grace la regarda d'un air soupçonneux.

— Il ne faut pas plaisanter avec ces choses-là. C'est très sérieux.

— Mais je ne plaisantais pas, se récria Isabel. Je vous ai seulement demandé si vous l'aviez vu. Le problème, c'est qu'en anglais le même mot a tellement de sens différents.

C'était vrai. Étrangement, des mots très simples comme *s'il vous plaît* et *merci* peuvent devenir des armes redoutables dans un débat.

Grace haussa le sourcil, montrant qu'elle ne croyait pas aux protestations d'innocence d'Isabel.

— Ah oui ?

Charlie se mit à pleurnicher. Son message à lui était sans ambiguïté : la conversation l'ennuyait.

CHAPITRE 5

Elle ne reparla pas à Jamie de la violoncelliste ; chaque couple sait qu'il vaut mieux ne pas s'aventurer dans certaines zones. Isabel avait l'intuition que Jamie ne voulait pas revenir sur sa confidence de la veille, et elle se garda d'aborder le sujet. Il lui en reparlerait quand il serait prêt à le faire, et quand il se serait résigné à l'issue fatale qui attendait sa collègue.

En revanche, elle lui fit part de sa décision d'aller avec Grace écouter la conférence du parapsychologue danois, et l'invita à les accompagner. Cat avait récemment proposé de garder Charlie ; Isabel voulait profiter de ses bonnes dispositions. Cela permettrait de renforcer sa relation avec Charlie, Cat et lui n'étant pas aussi proches qu'Isabel l'aurait souhaité. Sans vouloir imposer à Cat la présence de Charlie, Isabel cherchait à attendrir son cœur afin qu'elle pardonnât à son tout jeune cousin d'être le fils de son ex-fiancé.

— Ce genre de trucs, ces esprits, ça ne m'intéresse pas trop, répondit Jamie, l'air incertain. Tu crois que c'est une bonne idée ? S'ils ont une existence surnaturelle, pourquoi aller les ennuyer ? C'est comme si on disait au revoir à quelqu'un et qu'on lui coure immédiatement après pour reprendre la conversation.

— Je suis assez d'accord avec toi, répondit Isabel. Mais je pense que Grace serait contente que nous nous intéressions à ces séances.

— Peut-être, mais je n'ai pas envie d'être mêlé à ça. Mais c'est vrai que…

— Oui ?

— Tu y es allée une fois, non ? demanda-t-il avec un sourire.

— Je l'avoue.

Elle avait raconté cet épisode à Jamie. Des messages avaient été transmis à certaines des personnes présentes, et reçus avec enthousiasme. Il se demandait si le phénomène était susceptible de se reproduire. Dans ce cas, cela pourrait être intéressant, même si les messages ne venaient pas vraiment de l'*autre côté*, comme disait Grace.

— Je viendrai peut-être.

Encouragé par Isabel, il finit par céder.

— Mais je te préviens, dit Isabel, tu dois garder ton sérieux. Ce ne serait pas bien de faire preuve de mauvais esprit.

Le choix du mot, malencontreux, les fit sourire tous les deux. Quand Isabel faisait ou disait quelque chose qui pouvait laisser penser qu'elle se moquait de Grace, elle se sentait déloyale. Une règle simple consiste à ne faire aucun commentaire sur les gens que l'on ne soit prêt à leur dire de vive voix. Malheureusement, du moins pour ceux qui ne prétendent pas à la sainteté, cette règle est presque impossible à suivre.

— Je parle sérieusement, continua Isabel. Si tu te mets à rire, Grace sera profondément offensée.

— Je sais, dit Jamie. Je m'enfoncerai les ongles dans la paume. Ou bien je compterai à l'envers, depuis cent, en français. C'est ce que je faisais quand j'étais enfant de chœur. À cet âge-là, nous avions du mal à ne pas rire, surtout à cause de l'Ancien Testament, avec tous ces châtiments.

— Et ces patriarches qui engendrent d'autres patriarches. Les jeunes garçons doivent trouver ça très drôle.

Jamie, les yeux au plafond, cherchait dans sa mémoire. Puis il récita, en zézayant :

Goliath de Gath
Au casque d'airain
S'assit un jour sur l'herbe verte
David, le serviteur de Saul
S'approcha et lui dit :
Ze suis petit mais ze te tuerai.

Isabel imagina Jamie dans son aube d'enfant de chœur, un cierge à la main, luttant contre le fou rire. Puis elle songea à Iona et Peter Opie, les spécialistes du folklore écossais, arpentant les rues pour enregistrer les comptines, dans ce langage magique et codé des jeux d'enfants, comme ce texte sur Goliath et Saul que Jamie venait d'ânonner, avec un cheveu sur la langue. Elle aurait voulu être sûre que cette culture survivrait assez longtemps dans les cours de récréation pour que Charlie en profite.

— Je ne me rappelle pas celui-là, sur Goliath, dit Isabel, pensive. Et toi, tu connaissais Malinky le Malingre et ses grands pieds en forme de banane ?

— Bien sûr. *Il est allé au cinéma, et il n'y avait pas de place.*

— Pauvre garçon. Je l'imagine très bien : un type dégingandé, marginal, qui va tout seul au cinéma à

Glasgow parce qu'il n'a pas d'amis pour l'accompagner. Et tous ces gens qui se moquent de lui.

— Il souffrait probablement du syndrome d'Asperger, dit Jamie.

— C'est possible. Beaucoup des victimes de ces comptines devaient souffrir de quelque chose de ce genre. Ce ne sont pas les pathologies qui manquent, dans les comptines. Prends Georgie Porgie par exemple, qui embrasse les filles et les fait pleurer, mais court se cacher quand les garçons sortent jouer. C'est évident qu'il aurait eu des difficultés dans ses relations avec les femmes.

Elle avait quelque part dans son grenier une vieille édition du *Struwwelpeter*, Pierre l'Ébouriffé, qu'elle avait décidé de ne pas montrer à Charlie. À l'époque où ce classique de la littérature enfantine allemande avait été publié, tout le monde trouvait normal de donner à lire aux enfants des contes effrayants, truffés de leçons de morale menaçantes.

— *Auguste et sa soupe*, poursuivit Isabel. Tu te souviens, on en a déjà parlé. *Auguste était un gros garçon / Et son teint était rubicond.* Malheureusement, il a commencé à avoir des troubles du comportement alimentaire. *Remportez cette soupe, par pitié ! / Je n'en veux pas pour le dîner.*

— Et il en est mort ?

— Il a dépéri jusqu'à en mourir. Hilaire Belloc a suivi l'exemple, quand on y pense, avec les *Contes moraux*. Tu connais ? Matilda la petite menteuse qui, pour s'amuser, appelait les pompiers, et qu'on n'a pas crue le jour où la maison était vraiment en flammes. *Car chaque fois qu'elle criait « Au feu ! », les passants répondaient « Petite menteuse ! »*. Et Henry King, dont le pire défaut était de mâcher des bouts de ficelle ? Conséquence : occlusion intestinale. Encore une idée de génie pour faire peur aux enfants.

— Et Henry King, il avait d'autres défauts ? demanda Jamie. À part manger des bouts de ficelle ?

— Aucune idée.

— Peut-être s'habiller en fille, suggéra Jamie, et porter des bijoux de femme. *Henry King avait un autre défaut / Il aimait les beaux joyaux.*

Ils se mirent à rire.

— Comment est-ce que nous avons pu en venir à ce sujet de conversation ? demanda Isabel.

— En réfléchissant, répondit Jamie qui se pencha pour lui poser un léger baiser sur la joue.

Il aimait la façon dont l'imagination d'Isabel s'emparait des sujets les plus bizarres. Il aimait son côté imprévisible, son intelligence, la femme qu'elle était. Je ne pourrais aimer personne d'autre, se dit-il, personne après Isabel. *Vraiment*, répondit une insidieuse voix intérieure, *tu en es sûr ?*

Cat accepta de garder Charlie le soir suivant, pour leur permettre d'accompagner Grace à la conférence du parapsychologue danois. Elle avait dit oui tout de suite, puis avait marqué un temps d'hésitation.

— Ça t'ennuie, si je viens avec quelqu'un ?

Isabel essaya de cacher sa surprise ; elle n'avait pas prévu ce cas de figure. Depuis que Bruno, le dernier petit ami en date de sa nièce, un choix désastreux, avait disparu du paysage, Cat n'avait mentionné personne d'autre. Et pourtant, comme disait Jamie, le poste était vacant. Si Cat restait fidèle à ses habitudes, il serait bientôt pourvu.

— Bien sûr, pas de problème. Je vous préparerai à dîner. Des tranches de saumon ? tu pourrais…

— Pas de poisson, s'il te plaît. Il n'aime pas le poisson.

Il, nota Isabel mentalement.

— D'accord. Un plat en sauce. Du gibier ? J'en ai au congélateur. Et puis des…

Tout en parlant, sans avoir aucun élément, elle essayait d'imaginer le nouvel élu. Une chose était certaine : impossible de faire pire que Bruno, ses talonnettes et ses clins d'œil concupiscents.

— … des lentilles du Puy.

C'était la première chose qui lui était venue à l'esprit et elle n'était même pas sûre d'en avoir. Mais elle avait entendu dire que les lentilles du Puy allaient avec tout, et jamais on ne lui avait dit : « Non, pas de lentilles, merci. »

— Non, pas de gibier, s'il te plaît. Je n'aime pas trop. La mère de Bambi, tout ça… Non, il…

— Qui est-ce ? demanda Isabel. Je ne peux tout de même pas l'appeler *lui*.

Cat sembla d'abord ne pas avoir entendu la question.

— Je ferai une omelette, dit-elle. Gordon aime ça. J'apporterai des champignons. Si tu peux me laisser des œufs, ce sera parfait.

Gordon. Isabel prit quelques instants pour savourer le prénom. Les Gordon sont des gens fiables, un peu lents peut-être, écossais à l'ancienne mode. On les trouve dans de nombreux habitats autour d'Édimbourg, Peebles, peut-être, ou Kelso, une de ces estimables villes de la région frontalière des Borders qui ont produit tant de joueurs de rugby, de directeurs de banques et d'ingénieurs.

— Gordon, répéta Isabel. Est-ce que je le connais ?

— Non, je ne crois pas.

— Ah.

Un silence s'installa.

— Tu le connais, euh… depuis longtemps ? demanda enfin Isabel.

— Oh, pas très longtemps, répondit Cat comme pour se justifier. Deux mois. Il est originaire des environs de Kelso.

Je le savais ! Je le savais ! Isabel ne s'était donc pas trompée sur l'origine de Gordon ; elle ne put s'empêcher d'éprouver un certain plaisir. Nous sommes toujours contents quand les gens se montrent conformes à nos attentes, car il est dans notre nature de préférer ce qui est prévisible. Cela nous donne un réel sentiment de puissance : le monde n'est pas aussi complexe qu'on le pense, du moins pour nous. Mais c'est tenter le sort que d'être content de soi, et de toute façon, l'autosatisfaction est répréhensible : elle arrêta donc là ses réflexions. Entre la lucidité et l'arrogance, la frontière est parfois floue, et s'en approcher est fatal.

— Kelso ? répéta-t-elle simplement.

— Oui, Kelso, répondit Cat, tout aussi simplement.

— Et qu'est-ce qu'il fait ?

La question était plus délicate, et il n'était pas exclu que Cat s'en froissât. Le règne de Bruno, le funambule, avait pris fin avec une chute aussi réelle que métaphorique, et toute allusion à la profession de ses fiancés était un terrain miné. Elle ne voulait pas donner l'impression à Cat qu'elle ne jugeait les candidats qu'à l'aune de leurs activités professionnelles. Mais elle fut surprise par la réponse de sa nièce.

— Il est enseignant.

— Ah bon ? Où ?

— Il a toujours enseigné dans des pensionnats pour garçons, répondit Cat après une hésitation. Il travaille à Firth College.

L'établissement, qui n'était qu'à deux ou trois kilomètres d'Édimbourg, avait une excellente réputation. Isabel appréciait son directeur, qu'elle avait eu l'occasion de rencontrer à plusieurs reprises. Elle connaissait l'endroit, un promontoire dominant la ville, d'où l'on pouvait découvrir l'estuaire de la Firth et les collines de Fife dans le lointain. Le cousin de son père y avait été élève, ainsi que ses deux fils, qui venaient juste de quitter le lycée. Elle-même avait sacrifié à ses devoirs familiaux en allant assister à l'opérette montée par les élèves, *Les Pirates de Penzance* ; pour l'occasion, des filles avaient été importées d'un pensionnat pour filles, St Georges.

— Tu te souviens des deux fils Fraser ? C'est là qu'ils ont fait leurs études. Ils s'y sentaient très bien : bon niveau, professeurs sympathiques.

— Gordon aime beaucoup son travail. Évidemment, les élèves viennent tous de milieux privilégiés, exploitants agricoles aisés, etc. Le rugby est important. Il n'y a pas de problème de discipline.

Il y avait dans la voix de Cat une pointe de sarcasme qu'Isabel essaya de comprendre. Jouer au rugby, être le fils d'un agriculteur prospère : il n'y a rien de mal à cela. Être le fils de quelqu'un n'est pas en soi un crime. Pourtant Cat donnait l'impression de se justifier, soit parce que Gordon appartenait à un milieu bourgeois, soit parce qu'il travaillait dans un établissement conventionnel, avec des valeurs conventionnelles.

— Tant mieux, dit Isabel.

— Peut-être, répondit Cat. Ce qui m'énerve, c'est l'esprit vraiment bourgeois de cette ville. Tous les gens qu'on rencontre sont si respectables.

Encore une fois, Isabel n'y trouvait rien à redire. D'ailleurs, si Cat estimait que cette respectabilité était exagérée, il fallait bien se demander quel était l'antidote : adopter la vie de bohème, mener une vie dissolue, rejeter les conventions ? Quand devient-on un conformiste de l'anticonformisme ? Même dans un éden sans entraves où est censée régner la plus grande liberté, des conventions existent, et les habitants s'y conforment tous. Isabel sentait l'irritation la gagner.

— Mais enfin, Cat, toi aussi tu es une bourgeoise. Désolée de te dire ça, mais c'est la vérité. Tu es une bourgeoise à cent pour cent. Tu es propriétaire de ton entreprise, tu as un employé et tu as fini de payer ton appartement. Tu ne crois pas que tout ça fait de toi une bourgeoise ?

Silence au bout de la ligne. Isabel se hâta de poursuivre.

— C'est vrai que je suis mal placée pour jeter la première pierre. Moi aussi, je suis sans doute une bourgeoise, et franchement je ne vois pas où est le mal. J'ai de la chance, je le sais bien, et j'essaie d'aider…

Elle s'arrêta. Il ne faut jamais se vanter de ses bonnes œuvres, et Isabel était très généreuse. Exaspérée par les airs de supériorité morale que se donnait Cat, elle avait presque envie de lui demander combien elle donnait à des œuvres caritatives. Sans doute pas grand-chose. Et d'ailleurs, si l'on y pensait, Isabel était-elle une vraie bourgeoise ? Après tout, elle vivait avec un homme plus jeune qu'elle, elle était philosophe, elle n'avait pas de fonds de commerce. Son mode de vie n'était pas exactement ce que l'on entend communément par une vie bourgeoise.

Isabel décida de changer de sujet de conversation.

— Ces deux garçons dont je t'ai parlé, commença-t-elle. Les enfants de Fraser, Gavin et…

— Steve.

— C'est ça, Gavin et Steve. Ils sont allés à l'université, je crois ? Ils doivent avoir fini leurs études maintenant. Il me semble que c'est Gavin le plus âgé, celui qui s'est arrêté un an pour aller en Argentine. Il a travaillé comme gaucho. Tu dois t'en souvenir, ce n'est pas comme si on rencontrait des gauchos tous les jours.

— Je ne connais pas un seul gauchò, répondit Cat. Quel est le rapport ?

— Il ne faut jamais sous-estimer les gauchos, dit Isabel en riant.

Jamie, lui, aurait souri, mais Cat n'appréciait pas ce genre d'humour.

— Il faut que j'y aille, dit-elle. On se voit demain ?

Elles conclurent en fixant l'heure à laquelle Jamie et Isabel devraient partir au centre de spiritisme. En quittant le bureau pour aller dans la cuisine se préparer du thé, Isabel prit soudain conscience d'une idée restée jusque-là à l'arrière-plan, et dont l'évidence lui apparaissait maintenant.

Elle retourna à son bureau prendre l'enveloppe que lui avait remise Jillian et en sortit une feuille, la page de présentation de l'une des candidatures. Sans même le lire, elle connaissait déjà le nom qu'elle allait y trouver. *Gordon Leafers*. Lieu de naissance : *Kelso*. Situation actuelle : *professeur de mathématiques*.

Elle reposa la feuille, la reprit, vérifia la date de naissance. Trente-huit ans. Elle sourit : Cat allait bientôt avoir trente ans, ils avaient donc presque dix ans d'écart. Rien d'inhabituel à cela. Par contre, elle nota que Gordon était plus jeune que les deux autres candidats. Si l'on considère que trente-huit ans c'est un peu jeune pour un chef d'établissement, Gordon avait donc des ambitions. Ainsi, Cat avait choisi la respectabilité, ce qui en soi valait d'être remarqué.

Debout devant la fenêtre, elle regardait le jardin sans le voir. Elle se rendit compte qu'elle n'était pas vraiment surprise de cette coïncidence, qui aurait peut-être dû l'étonner. Guy et elle l'avaient décrété l'autre jour en déjeunant : l'Écosse n'est qu'un petit village. Levant les yeux vers le ciel, elle se sentit accablée : elle avait accepté d'étudier ces dossiers, et voilà que l'un des candidats se trouvait être le petit ami de Cat. Isabel se devait de révéler le conflit d'intérêts. Enquêter sur le petit ami d'une personne de sa famille est contraire aux règles, si toutefois il y en a. Car dans la vie, c'est là que le bât blesse : on ne sait pas bien à quoi se référer, à supposer que l'on connaisse l'existence de ces règles. Comme ce serait commode, comme cela simplifierait la vie d'avoir toujours à portée de main un gros volume au titre sans ambiguïté, *Règlement* ! Seulement, rien n'est jamais aussi simple : on s'apercevrait probablement en le feuilletant que subsistent des zones d'ombre, et l'on retomberait dans le doute. C'est pourquoi il existe des juges, des avocats et des tribunaux ; c'est pourquoi l'on a besoin d'une figure paternelle, comme l'aurait peut-être suggéré Freud. Qu'arriverait-il si cette figure paternelle disparaissait, si elle avouait ne pas connaître ou ne pas vouloir appliquer les règles ? La perte de toute autorité, ni plus ni moins.

— On dirait que c'est la première fois que nous sortons ensemble, constata Jamie avec amusement. Calme-toi. C'est un des petits amis de Cat, rien de plus.

Isabel avait conscience de sa nervosité, qui lui donnait la bougeotte.

— Tu as raison, dit-elle, mais celui-là, je sais qu'il sera différent.

Elle se sentit rougir : après tout, Jamie avait figuré sur la liste.

— Je veux dire, des garçons comme Bruno.

Jamie lui toucha doucement le bras.

— Je sais bien que tu ne parles pas de moi. Ne n'inquiète pas.

— Non, toi tu es différent. Mais je dois reconnaître que je suis heureuse que ça n'ait pas marché entre Cat et toi. Sinon, pas d'Isabel, pas de Charlie.

— Moi aussi, j'en suis heureux.

Elle voulait depuis longtemps lui poser une autre question ; c'était le bon moment.

— Aujourd'hui, toute cette histoire, c'est peut-être encore un peu difficile pour toi, non ? Ça te gêne ?

Il prit le temps de la réflexion.

— Je ne crois pas, dit-il lentement. Au début, oui, mais plus maintenant.

— Donc à tes yeux, Cat est redevenue une personne ordinaire ?

Isabel voulait sincèrement s'informer. Elle avait du mal à comprendre que l'on soit indifférent envers un ancien amant. Que l'amour survive au rejet, que l'on éprouve du ressentiment, certes, et même de la haine ou de la révulsion, mais de l'indifférence ?

— Oui, répondit Jamie, elle est comme les autres. Enfin… presque. Évidemment, si je me mets à penser à elle… je suis un peu troublé.

Il regarda Isabel comme pour s'excuser.

— C'est la vérité, je suis désolé. Alors j'évite de penser au passé, c'est tout.

— Tu fais une croix sur le passé ?

— Oui, c'est ça.

Elle contemplait ce visage qui lui semblait si parfait, s'émerveillant que la personnalité se révélât si fidèlement dans cette construction de chair et d'os.

Jamie avait l'air charmant, gentil, intelligent, et il l'était. Est-il possible d'avoir ce rayonnement quand on a l'âme noire ? Il faudrait un recueil de photographies qui puisse démontrer la relation entre le visage et le caractère. Goebbels et Mussolini pourraient servir de point de départ : le faciès de rat aux traits pincés du premier et le masque de tyran brutal du second illustraient parfaitement l'idée reçue selon laquelle le caractère se lit sur le visage. Elle rechercha des exemples dans l'autre sens : Nelson Mandela, irradiant la bonté et une jubilation manifeste, ou le sourire qui métamorphose le visage creusé de rides et parfois sévère de Mère Teresa, reflet des longues heures passées au chevet des miséreux. Cette galerie de portraits se devrait de faire figurer l'homme politique – incarnation vivante de l'orgueil, de l'ambition et de la ruse –, le tyran sous toutes ses formes, le soldat dont la discipline a durci l'expression, le banquier habile personnifiant l'appât du gain, le médecin secourable… L'ouvrage se voudrait une collection de clichés, pour mieux démontrer que les stéréotypes, malgré leur mauvaise presse, ont une bonne part de vérité. *L'œil est le miroir de l'âme*, dit-on, avec raison.

— Isabel ?

— Désolée, je réfléchissais.

C'est alors que l'on sonna à la porte. Jamie leva un sourcil interrogateur.

— Tu veux que je m'en occupe ?

— Non, non, j'y vais.

Une fois devant la porte d'entrée, Isabel dut se battre avec la serrure qui avait tendance à se bloquer en fonction de la température. Enfin, elle parvint à ouvrir. Cat, le visage à demi tourné vers Gordon qui se tenait derrière elle, lui faisait une remarque. Ce que les gens disent de vous alors qu'ils sont sur le seuil de votre maison est sans doute le jugement le plus lucide que l'on puisse désirer entendre.

— Eh bien, vous voilà, dit Isabel.

Cat recula d'un pas pour faire les présentations.

— Je crois que tu ne connais pas Gordon ?

Celui-ci avança, la main tendue. Isabel lui jeta un coup d'œil rapide : Cat était revenue à son type préféré. Bruno, avec ses talonnettes, avait été une abberration. Gordon était grand, et montrait l'assurance d'un homme bien bâti. Isabel résista à la tentation de regarder ses jambes. Elle était sûre que Cat avait des goûts bien définis en la matière. D'ailleurs, un jour où elle était en veine de confidence, ce qui était rare chez elle, Cat avait insisté sur l'importance des jambes. Elle les préférait solides. Isabel croyait se souvenir que Toby le skieur, qui remontait à quelques fiancés auparavant, avait des jambes très musclées. Arrête, se dit-elle. Chasse ces pensées immédiatement.

Elle les fit entrer, assaillie de quelques remords à cause de l'avantage dont elle jouissait. C'était leur première rencontre et pourtant elle avait vu l'âge de Gordon dans son dossier, elle savait où il avait obtenu son premier diplôme : Aberdeen. Il avait été président du Bureau des étudiants, membre de l'équipe de rugby des universités écossaises (capitaine, tournois en Amérique du Sud). Il possédait le physique de l'emploi, mais aussi autre chose, qu'elle avait tout de suite remarqué : une présence.

Tous trois rejoignirent Jamie dans la cuisine. J'ai l'impression d'être une espionne, se dit-elle, ou un agent recruteur pour les services secrets, informé des détails les plus confidentiels parce qu'il a passé au peigne fin une candidature : l'autre est ainsi mis à nu, dépouillé de la cuirasse que confère la vie privée.

— Nous vous avons sorti les œufs, dit Isabel. Nous pensions aller manger un morceau après cette conférence. Ça ne vous ennuie pas ?

Cat lança un coup d'œil à Gordon, comme pour avoir son accord.

— Pas du tout, répondit-elle. Prenez votre temps.

Isabel se demanda comment ils occuperaient leur soirée. En général, les baby-sitters regardent la télévision, du moins c'est ce que croient leurs employeurs. Mais quand il s'agit d'un couple… Elle se souvint d'avoir lu quelque part qu'en rentrant chez eux, des gens avaient découvert leur baby-sitter en train de prendre un bain. Et pourquoi pas ? Les baby-sitters sont souvent des étudiants, ils n'ont que des salles de bains exiguës et une réserve d'eau chaude insuffisante. La tentation risque d'être irrésistible quand on se retrouve dans une maison offrant eau chaude en abondance et serviettes propres. Toutefois, toute relation de ce type est fondée sur la confiance : on n'imagine pas que la baby-sitter aille fouiner partout, ouvrir les tiroirs, lire le courrier, ou même se faire couler un bain. C'est bien cette rupture de contrat qu'illustre l'histoire de Boucle d'Or et des Trois Ours.

C'était un thème à creuser pour la revue : quelles sont les limites de la confiance dans la vie quotidienne ? Quelles libertés pouvons-nous prendre quand on nous confie ce qui appartient à autrui ? Si une personne vous demande de lui garder son livre, vous avez le droit de le lire. Mais peut-on boire l'eau de sa bouteille ? Non, c'est clair, à cause des microbes. Prendre un fruit dans une coupe, non, mais une noix ou une amande, oui. S'asseoir dans son fauteuil, sans conteste : les sièges sont plus ou moins du domaine public. On ne demande la permission de s'asseoir que lorsque le propriétaire est présent. S'il n'est pas là, tout est permis. À l'exception bien sûr des personnages importants : on ne doit pas s'asseoir sur un trône vacant, ce serait aller trop loin. Mais si l'opportunité se présente, comment résister ? À l'évidence, si Sa Majesté quitte la salle pour une raison ou une autre, les visiteurs vont s'empresser de s'installer sur le trône. De fait, les présidents américains les plus courtois s'arrangent toujours pour quitter le bureau ovale un instant pour donner aux visiteurs l'occasion d'occuper leur siège quelques secondes. Cela peut être source d'embarras. On raconte que le général de Gaulle, une fois installé dans le fauteuil présidentiel, aurait piqué du nez.

Isabel sourit et Cat la regarda d'un air soupçonneux.

— La parapsychologie, dit Gordon. Cat me dit que vous allez assister à une conférence sur la parapsychologie ?

— Je sais que ça peut sembler bizarre, répondit Isabel en riant. C'est un peu compliqué. Notre gouvernante est une adepte de ce genre de choses, et elle veut toujours nous inviter. Moi-même je n'y crois pas, mais…

Ce n'était qu'une demi-vérité, elle le savait. *Le fond de l'histoire, c'est que j'essaie de me renseigner sur ces trois candidats, et donc sur vous, Gordon.*

— Il y a beaucoup de gens qui prennent ça au sérieux, dit Gordon. Est-ce qu'on n'a pas prouvé que la télépathie existe ?

— Non, non, je ne crois pas.

— J'étais sûr que tu allais dire ça, dit Jamie en riant.

Cat, ne comprenant pas ce qui le faisait rire, lui lança un regard en biais.

Isabel préféra changer de sujet et posa à Gordon des questions sur le lycée.

— J'y suis depuis cinq ans déjà. Je m'y trouve bien. Mais en fait, j'ai postulé pour un autre poste.

Devant cet aveu spontané, Isabel commença à ressentir de la sympathie pour Gordon. Une personne moins ouverte n'aurait rien dit. Son visage respirait la franchise.

— Une promotion ? demanda-t-elle.

— Oui, une direction d'établissement.

En disant ces mots, il regardait Cat, et Isabel comprit que lui, du moins, incluait Cat dans ses projets d'avenir.

— Bonne chance, dit Isabel. Heureusement pour moi, je suis ma propre patronne, mais je sais ce que c'est que de postuler pour un emploi.

La dernière fois qu'elle avait connu cette situation, c'était pour le poste de rédactrice en chef de la revue, devant le professeur Lettuce, qui présidait, entouré d'une universitaire du King's College de Londres, qui avait passé tout le temps de l'entretien à regarder par la fenêtre, et d'un professeur à Cambridge, un homme fluet au visage mince, ressemblant tout à fait à l'idée qu'Isabel se faisait du parfait turfiste. Lettuce lui-même avait à peine levé la tête quand elle était entrée dans la pièce ; leurs relations, par la suite, avaient été longtemps à l'image de cette rencontre. Elle avait pourtant obtenu le poste, sans doute parce que personne d'autre n'était prêt à accepter le salaire de misère dont il était doté.

— Merci, répondit Gordon. Mais je pense que j'ai peu de chances de réussir.

Il ne faut jurer de rien, se dit Isabel, *in petto*. À ce moment présent, elle voulait qu'il l'emportât, et cela lui compliquait quelque peu la tâche. Pour mener son enquête, il lui fallait être objective, et comment l'être si d'emblée elle désirait que Gordon fût irréprochable et *papabilis* ? Dans la vie, ni les objectifs, ni les obstacles ne sont jamais là où ils devraient être, et malheureusement ils sont susceptibles de changer de minute en minute. Au moment où l'on croit les appréhender, ils disparaissent, et se retrouvent à cent lieues.

CHAPITRE 6

Après la conférence danoise, Isabel et Jamie laissèrent Grace, qui allait prendre un thé avec une autre habituée du cercle dc spiritisme de Stockbridge. Tous deux avaient remarqué cette femme au cours de la soirée, à cause de ses yeux gris embrumés, comme si elle souffrait d'une cataracte avancée. Grace leur avait pourtant assuré qu'elle voyait parfaitement.

— En fait, elle voit mieux que nous. Plus loin en tout cas.

« Étrange », murmura discrètement Jamie. Isabel évita de croiser son regard et secoua la tête pour le mettre en garde. Pas question d'en rire ; pour Grace, ce n'était pas une plaisanterie.

— Je te défends de rire, dit-elle à mi-voix alors qu'ils s'éloignaient. Ces gens-là ont les moyens de deviner tes pensées.

Ils avaient réservé une table au Café Saint-Honoré, dans Thistle Street Lane, un restaurant qu'ils fréquentaient depuis quelques années déjà. C'était comme un coin de Paris transporté en Écosse, mais sans le côté factice qui gâte souvent ce type de transplantation. Jamie, par exemple, qui détestait les pubs irlandais ailleurs qu'en Irlande, trouvait complètement artificiels les innombrables tavernes O'Connor et bars McGinty.

— L'autre jour, j'étais dans l'un de ces bars avec le groupe, c'était plein de vieilles publicités Guinness. J'en ai regardé une de plus près et j'ai vu qu'elle était fabriquée en Chine. Et le barman s'appelait soi-disant Paddy, mais à son accent, je dirais qu'il était russe ou quelque chose d'approchant.

— Ça fait rêver, répliqua Isabel, et c'est tout à fait inoffensif. On va bien dans un bistro français ou dans un restaurant italien, où est la différence ? Dans tous les cas, c'est une illusion qui est proposée. Il suffit de ne pas regarder par la fenêtre, et l'on pourrait se croire à Paris ou à Naples. C'est ce que veulent les gens.

Jamie n'était pas vraiment convaincu.

— C'est une culture Disneyland ! Fausse, infantilisée.

— Fausse ? Je ne suis pas si sûre. On aime ou on n'aime pas Disneyland, mais ils croient vraiment à ce qu'ils font, et le côté sirupeux, c'est délibéré.

— La culture Mickey, répondit Jamie sur un ton de mépris.

— Mickey ? Mais qu'est-ce que tu lui reproches ? protesta Isabel.

On associe rarement Mickey Mouse et Auden, mais elle se souvenait d'une interview où l'on avait demandé au poète, bizarrement, ce qu'il pensait de ce personnage. Auden avait répondu : *Il est très bien, Mickey.* Elle rapporta le mot à Jamie, qui ne sembla guère impressionné.

— Ah oui ?

— Absolument. C'est un chic type, il représente l'homme du peuple.

Tout cela ne les empêcha pas d'apprécier l'atmosphère française du Café Saint-Honoré, ni de commander des coquilles Saint-Jacques et une bouteille de chablis.

— Alors, dit enfin Isabel, que penses-tu des médiums danois ?

— Je demande à voir des preuves, répondit Jamie en haussant les épaules. Des preuves scientifiques.

Isabel comprenait très bien son attitude, et la partageait un peu. Cependant, il lui arrivait souvent d'être guidée par un pressentiment, par une émotion, par la simple intuition. Tout ne peut pas se décider scientifiquement en laboratoire. Certaines choses invisibles, intangibles, n'en sont pas moins réelles, comme le chagrin, la douleur, l'espoir, ou encore une atmosphère tendue, un climat de défiance.

— Un laboratoire peut avoir un effet inhibant, dit-elle. Tu as pensé à ça ?

Jamie trempa un morceau de pain dans un petit bol d'huile d'olive. On leur servit le vin.

— Non, admit-il.

Elle avait peut-être raison. Un ami à lui ne parvenait jamais à connaître avec précision sa tension artérielle, car dès que l'on plaçait le garrot sur son bras, son cœur se mettait à battre très fort et l'aiguille à grimper. Il en allait peut-être de même pour la télépathie. Le compositeur ou l'artiste ont parfois besoin de calme et de tranquillité pour que la Muse se manifeste : il est possible que la télépathie ne marche pas sans un auditoire réceptif.

— Qui était cette femme à qui tu parlais avant la conférence ? demanda-t-il. La femme rousse ?

— C'est lié à cette histoire de candidature, répondit Isabel en levant son verre à ses lèvres, attendant sa réaction.

Elle ne lui avait pas expliqué pourquoi elle avait tenu à accompagner Grace à la conférence, non pas qu'elle voulût le tromper, mais elle avait simplement oublié. Il existe des couples qui préfèrent tout partager, tout connaître l'un de l'autre ; ni elle ni Jamie n'étaient tentés par cela. Ils voulaient mener une vie indépendante, et c'est pourquoi elle ne lui disait pas tout ce qui se passait dans le domaine de la revue, ni dans cet autre… aspect de sa vie, qu'elle ne savait comment qualifier. *Recherches* paraissait trop affecté, *enquêtes* carrément exagéré. Isabel n'enquêtait pas, elle analysait.

— Le poste de directeur ? demanda enfin Jamie.

— Oui, enfin potentiellement. La femme rousse s'appelle Cathy. C'est la cousine d'un des candidats. C'est Grace qui m'a mise au courant.

— Ce qui est terrible avec ce pain français, dit Jamie en se resservant, c'est qu'il est tellement bon qu'on en mange trop avant que les plats arrivent.

Il trempa le pain dans l'huile d'olive ; une goutte retomba dans le petit bol.

— Et alors ? Tu as découvert quelque chose ?

— Oui, répondit Isabel. J'ai réussi à mentionner le nom de son cousin. Avant qu'elle ait le temps de me demander si je le connaissais, j'ai dit que je ne l'avais pas vu récemment, ce qui est la pure vérité. Évidemment, j'aurais pu dire « Je ne l'ai jamais vu », mais au moins je n'ai pas menti.

Jamie la regarda en souriant.

— Tu n'as pas menti ? Techniquement, je suppose que c'est vrai.

— Je n'ai pas menti, persista Isabel.

— D'accord. Qu'est-ce qu'elle t'a répondu ?

Isabel avait parlé alpinisme, et s'était informée : grimpait-il autant l'hiver que l'été ? Avait-il l'intention d'aller à l'étranger ?

— Elle en est visiblement très fière, dit-elle, Grace avait raison. Elle m'a parlé d'un projet qu'il a depuis des années d'aller grimper dans les Andes, et à ce moment-là, elle s'est troublée. Une ombre est passée sur son visage, tu vois ce que je veux dire ? Elle s'est arrêtée en plein milieu d'une phrase, comme si elle s'était soudain souvenue de quelque chose.

Ils étaient installés sur le côté, dans un endroit peu éclairé, qui leur permettait d'ignorer les autres clients, le mouvement, la chaleur ambiante, et leur donnait l'illusion d'être complètement seuls.

— Et alors, continua Isabel, elle a dit quelque chose de très étrange, qu'il avait l'esprit troublé, ce sont ses mots exactement. Je lui ai demandé pourquoi, mais elle n'a pas répondu. Elle a simplement dit qu'il avait l'intention de venir à une séance, mais qu'il n'avait pas encore pris le temps de le faire. Elle trouve que c'est dommage, parce que ça soulage d'entrer en contact avec celui qui est de l'autre côté. Ce sont ses termes : celui qui est de l'autre côté.

— Il a perdu un proche ? s'enquit Jamie en buvant une gorgée de vin. Je crois que dans l'auditoire, beaucoup étaient dans ce cas-là. C'est d'ailleurs pour cette raison qu'ils viennent.

Isabel hocha la tête : elle l'avait constaté lors de sa précédente visite.

— Mais qui ? Une personne à qui il aurait fait du tort ?

— Peut-être.

Derrière Jamie, Isabel aperçut le serveur qui s'approchait, une pile d'assiettes dans chaque main, parfaitement équilibrées.

— Si tu avais gravement nui à quelqu'un, et qu'il passe de l'*autre côté*, comme dit Grace, avant d'avoir pu faire amende honorable, tu n'aurais pas envie de pouvoir lui parler ?

Le serveur disposa les assiettes devant eux. Les noix de Saint-Jacques, fraîches et fermes, dessinaient une péninsule s'avançant dans un lac de sauce. Isabel respira avec délices le fumet qui s'élevait jusqu'à ses narines.

— Si je devais renoncer à tout, déclara-t-elle, je garderais les fruits de mer pour la fin. J'en prendrais une dernière assiettée avant de renoncer à jamais à la nourriture. Et je passerais de l'autre côté heureuse.

Jamie leva son verre à la santé d'Isabel en riant.

— J'espère que ce ne sera pas nécessaire, dit-il.

Même si elle ne parlait pas sérieusement, il est vrai que les pensées les plus absurdes ou les plus fantastiques peuvent mener à de graves réflexions. Jamie ne serait pas éternellement auprès d'elle. La seule certitude, inéluctable, c'était qu'un jour, l'un des deux mourrait, ou partirait, et l'autre se retrouverait seul. Cette pensée vient tôt ou tard à l'esprit de tous ceux qui nouent une relation forte, qu'ils soient amants, conjoints ou amis. Quand on se voit pour la dernière fois, c'est probablement sans le savoir : les choses que l'on aurait dû dire, les marques de prévenance que l'on n'a pas montrées, tout cela reste lettre morte. Ainsi va la vie.

Isabel regardait Jamie passer sa serviette empesée sur ses lèvres après avoir dégusté une coquille Saint-Jacques. L'expression *linge de table* avait pour elle une connotation éminemment respectable, suggérant une maison pleine de tiroirs et de malles remplies de nappes, de torchons et de serviettes, bien repassés, serrés comme de vieux souvenirs. Le linge de table, l'argenterie, les *effets*, comme aiment dire les notaires qui font l'inventaire des biens mobiliers de leurs clients décédés.

— À quoi penses-tu ? demanda Jamie en posant sa serviette.

— Je pense aux biens mobiliers, à cause de cette serviette, répondit Isabel.

— Elle a quelque chose de spécial ? s'étonna Jamie.

— Non, bien sûr. Je me disais que nous remplissons nos maisons d'objets. De trop d'objets, le plus souvent.

— Pas moi, fit Jamie en haussant les épaules. Mon appartement est presque vide, ou du moins il l'était la dernière fois que j'y suis passé.

Elle le vit sourire, et lui rendit son sourire. Désormais, Jamie utilisait son appartement uniquement pour donner ses cours, et ses élèves continuaient à hisser leur basson en haut de l'escalier de pierre pour tirer sur la tige de bronze de sa sonnette à l'ancienne et s'essuyer les pieds sur un paillasson de coco imprégné de boue sur lequel se lisait le mot *Welcome*. Dans la chambre, le lit était fait, mais Jamie n'y dormait plus. L'appartement avait un air froid et désolé. Charlie n'aimait pas y aller ; la dernière fois que Jamie l'avait emmené avec lui, il avait passé son temps à pleurnicher.

— Ton appartement… commença Isabel sans réfléchir.

Ménager son espace, se dit-elle.

— Qu'est-ce qu'il a, mon appartement ?

— Ton appartement, c'est ton appartement, fit Isabel avec un geste désinvolte. Tu l'aimes, c'est tout ce qui compte.

— Je ne l'aime pas tant que ça, répondit Jamie, en fronçant le sourcil.

Isabel fut surprise, car il n'en avait jamais parlé ; peut-être envisageait-il de le vendre. Rien de plus facile que de donner ses cours dans le salon de musique. Après tout, ils étaient fiancés, bientôt mari et femme.

— Alors ça ne sert peut-être à rien de le garder. Tu le vendrais ?

Jamie avait tourné la tête. La lumière accentuait ses pommettes hautes. Elle aurait voulu le toucher, poser la main sur sa joue si douce, comme elle le faisait quand elle se réveillait et qu'il était là, près d'elle, la tête sur l'oreiller. Cette beauté durerait peut-être encore cinq ou dix ans, à moins qu'elle ne se révélât plus éphémère encore, comme toute beauté humaine.

— Si tu le vendais ? reprit Isabel. Tu te sentirais plus… libre, non ?

— C'est possible, répondit Jamie pensivement. Tu crois que je devrais ?

Isabel hésita.

— Quand nous serons mariés, est-ce que nous en aurons vraiment besoin ?

De l'espace, songea-t-elle à nouveau.

— Non, je ne vois pas pourquoi on le garderait, répondit Jamie la regardant de nouveau. Si on se mariait le plus vite possible ?

Involontairement, elle avait fermé les yeux, le cœur battant.

— Oui, c'est une bonne idée, répondit-elle.

— D'ici deux ou trois semaines ?

Elle avait du mal à respirer.

— Oui.

— Je ne veux pas un grand mariage, dit-il. Ça ne t'ennuie pas ? Je préfère que ce soit intime. Toi, moi et Charlie.

— Comme tu voudras. C'est vraiment ce dont tu as envie ?

Il hocha la tête et prit la main d'Isabel dans les siennes.

— Oui.

Ils avaient beaucoup de choses à mettre au point. La cérémonie, qu'Isabel imaginait dans la vieille église épiscopalienne St Paul, où elle connaissait un prêtre. La petite chapelle transversale conviendrait parfaitement à un mariage intime. Et pourquoi pas un chœur ? Jamie accepta cette idée avec enthousiasme. Il se tiendrait sur le côté, dissimulé, mais ce serait agréable d'avoir leur musique en toile de fond.

— Naturellement, c'est toi qui choisis la musique, dit Isabel.

Il voulait quand même qu'elle approuvât son choix.

— Non, non, c'est toi le musicien.

— Alors Ireland, c'est sûr. *Le Plus Grand Amour*. Tu le connais ?

— *L'eau ne peut éteindre l'amour*, cita Isabel.

— *Ni le flot l'engloutir*.

Jamie avait chanté le vers suivant, à peine au-dessus d'un murmure.

— Et quoi d'autre ?

— Je vais réfléchir, dit-il. On a le choix parmi quatre siècles de musique au moins.

À la fin du repas, comme ils buvaient leur café, Isabel fit à Jamie une confidence.

— J'ai un affreux pressentiment au sujet de John Fraser. Je sais que c'est ridicule, mais je ne peux pas me l'ôter de l'esprit.

— C'est quoi, ce pressentiment ? demanda Jamie avec intérêt.

Certes, elle n'avait aucune preuve de ce qu'elle allait avancer ; c'était une idée tout à fait incongrue. Mais elle ne pouvait déloger cette idée de sa tête.

— Qu'il a tué quelqu'un.

À peine avait-elle prononcé ces mots qu'elle le regretta. L'intéressé n'en saurait jamais rien, mais cette accusation n'en constituait pas moins une diffamation grossière. Pour qu'il y ait diffamation, il suffit que les mots soient prononcés, même sans témoin. Cela ne porte pas vraiment préjudice aux victimes – personne n'étant là pour entendre –, mais dans ce cas précis, on pèche par *pensée* : c'est une offense à la vérité, et à ce qu'elle symbolise. Parce que l'espace d'un instant, la pensée s'est faite acte, et c'est aussi une *souillure* pour la personne qui entretient des pensées négatives, malveillantes, voire licencieuses.

Jamie, le visage sans expression, ne réagissait pas. Elle attendit. Enfin il secoua la tête.

— C'est impossible, dit-il.

— Je sais, je sais. Je ne devrais pas, mais c'est ce que je pense. Je sais que je n'ai aucune preuve, à part ce qu'a dit sa cousine. Mais elle a peut-être trop d'imagination…

— Trop d'imagination ? l'interrompit Jamie. Elle croit aux fantômes, aux esprits, à tous ces trucs… C'est évident qu'elle a trop d'imagination.

— Elle a pourtant l'impression qu'il voudrait parler à quelqu'un, par l'intermédiaire d'un médium. Si c'est vrai, il est possible qu'il cherche le pardon de son crime.

Jamie digéra cette hypothèse en silence.

— Tu crois vraiment, dit-il enfin, que les assassins ont *envie* de discuter avec leurs victimes ? C'est le contraire, à mon avis : ils ne veulent plus jamais en entendre parler.

Isabel considéra l'idée un instant. C'était certainement vrai pour la plupart des assassins. Elle avait néanmoins deux objections. D'abord, il arrive que l'on tue accidentellement ; un meurtrier n'est pas forcément un assassin. Ensuite, pour avoir donné la mort intentionnellement, on n'en est pas forcément dénué de conscience et inaccessible aux remords.

Au moment où elle allait développer à Jamie ces deux objections, il se pencha vers elle par-dessus la table.

— Isabel, écoute-moi. On est à Édimbourg, *Édimbourg*. Il n'y a pas d'assassins ici. Au pire, les gens ont des petits défauts, tout petits.

Il avait serré son pouce contre son index, ne laissant passer qu'un petit trait de lumière.

— Des petits travers, c'est tout. Alors pense à autre chose. Je t'en prie.

Elle se mit à rire : elle savait qu'il plaisantait. Comme partout, on trouvait dans la population d'Édimbourg des gens vertueux, des crapules et un marais moralement indéterminé. Aux yeux d'une amoureuse inconditionnelle de la cité, les petits travers bien réels dont parlait Jamie ne manquaient pourtant pas de charme.

La nuit était belle et à dix heures du soir, le ciel avait gardé de sa clarté : ils décidèrent de rentrer à pied. À Édimbourg, située à la latitude de Moscou, trois degrés à peine au sud de Saint-Pétersbourg, les nuits d'été sont aussi blanches qu'en Russie. Bientôt, le jour allait décliner et la lumière crépusculaire si caractéristique de l'Écosse recouvrirait la ville. Mais on distinguait encore chaque détail architectural, chaque feuille doucement agitée par le vent d'ouest.

Ils traversèrent Charlotte Square, longeant les luxueux immeubles qui abritent le siège des banques. Isabel indiqua d'un geste les belles façades de style géorgien.

— L'argent aime à se parer de respectabilité, tu ne trouves pas ? Mais pourquoi est-ce que nous devrions nous incliner devant les financiers ? Tout ce qu'ils font, c'est prêter de l'argent aux entrepreneurs. Et pourtant, ils ont une position sociale plus élevée que ceux qui créent vraiment de la richesse. C'est étrange.

Jamie, que l'argent ennuyait, partageait cet avis.

— Nous devrions ressembler davantage aux Allemands, dit-il. Ils ont plus de respect pour les ingénieurs que pour les comptables.

Pour Isabel, le respect ne devait pas dépendre seulement de la nature du travail. Un éboueur efficace et consciencieux vaut plus qu'un comptable cupide. La profession peut toutefois révéler des traits de caractère : il y a plus de chance de rencontrer de la compassion chez une infirmière que chez un analyste financier. Jamie renchérit en donnant son point de vue sur le statut des musiciens, regrettant qu'on leur témoignât si peu de respect, qu'on les reléguât très bas dans l'échelle sociale.

Ils étaient arrivés tout près de l'Hôtel Caledonian, le majestueux édifice de grès rouge au bout de Princes Street, qui évoquait toujours pour Isabel un navire de guerre en pain d'épices. Un jour, elle avait vu une foule agglutinée devant l'entrée, le bruit ayant couru qu'une vedette du rock y était descendue. C'était bien une marque de reconnaissance, car le comptable, l'ingénieur ou l'architecte suscitent rarement un attroupement devant leur hôtel.

— Tu crois vraiment ?

Il se tourna à demi vers elle.

Devant le Caledonian, un joueur de cornemuse donnait une aubade, soit pour accueillir des visiteurs soit pour saluer leur départ, à moins qu'il ne se fût simplement posté là pour jouer *Les Montagnes dans la brume*, un air qu'Isabel trouvait toujours très évocateur. Mais de quoi au juste ? Des paysages sauvages et montagneux de Morven et Ardnamurchan, à l'ouest de l'Écosse, tout au bord de l'Atlantique, dernière terre avant les Hébrides et, au-delà, des masses de nuages et des falaises vertes de Terre-Neuve.

Un souvenir lui revint en mémoire. Un autre jour, dans la Vieille-Ville, près de Canongate, elle avait entendu non loin d'elle, répercuté par les petites cours fermées et les ruelles étroites, le grondement sourd de la grosse caisse. En tournant le coin de la rue, elle s'était trouvée devant un groupe de joueurs de cornemuse, vêtu de tartan vert foncé, qui s'apprêtait à jouer *Les Montagnes dans la brume*. Se rapprochant du mur pour les laisser passer de leur pas lent, elle avait remarqué les guêtres blanches de chaque musicien, le visage imberbe des jeunes gens en uniforme impeccable, comme autant de soldats de plomb. D'ailleurs, une dame, qui s'était arrêtée sur le trottoir à côté d'elle, n'avait pu s'empêcher de le remarquer, d'un air désapprobateur.

— Ce sont des enfants, rien que des enfants, et ils partent à l'armée.

Elle avait prononcé le mot *armée* avec l'accent écossais, comme tant de mères qui ont vu leurs fils partir.

Un couple sortit de l'hôtel, suivi par un groupe de convives, et s'engouffra dans une voiture. Un jeune homme s'installa sur le capot pour l'empêcher de démarrer.

— Des nouveaux mariés, dit Isabel. Ça explique le joueur de cornemuse.

Celui-ci avait entonné un autre air, plus guilleret. Une femme fit descendre le jeune homme, et la voiture s'ébranla vers Rutland Square sous les acclamations et les applaudissements.

Ils continuèrent leur chemin.

— Comme nous bientôt, dit Jamie en lui prenant la main.

— Oui. Tu es sûr… que tu veux faire ça si vite ?

— Naturellement j'en suis sûr, répondit Jamie sans hésiter.

Il la regarda d'un air inquiet.

— Pourquoi est-ce que tu me poses la question ? Tu as des doutes ?

— Non, non, mais je me suis bien habituée à notre genre de vie actuel, et je n'ai pas vraiment pensé à l'étape suivante.

— Mais on avait décidé de se marier ! Tu t'en souviens ?

— Comment aurais-je pu oublier ?

— Alors pourquoi cette surprise ?

Il ne fallait pas qu'il croie qu'elle manquait d'enthousiasme. Évidemment elle voulait l'épouser, et vivre avec lui toute sa vie. Évidemment. Elle pressa la main de Jamie.

— Tout va bien, dit-elle. Tout va bien. Je suis si heureuse qu'on se marie. Je voulais être sûre que tu n'avais aucun doute, et maintenant je le suis. Je suis prête. Épouse-moi, vas-y, épouse-moi.

Il éclata de rire.

— Le mariage, ce n'est pas un truc qu'on fait subir à quelqu'un.

— Marions-nous, si tu préfères.

— C'est mieux.

Après avoir remonté Lothian Road et dépassé le Usher Hall, la salle de concert, ils longeaient maintenant une série de bars louches et des restaurants bon marché. Deux videurs étaient en faction devant un bar : costume noir, minuscule récepteur dans l'oreille.

— Mésomorphes, chuchota Isabel.

— Quoi ?

— Les deux videurs, là, ce sont des mésomorphes. On peut être ectomorphe, mésomorphe ou endomorphe. Les ectomorphes sont minces et élancés, les mésomorphes musclés, avec une ossature large, et les endomorphes sont plus ronds, plus joufflus. Ces deux types là-bas sont des mésomorphes.

— Et moi, je suis quoi ? demanda Jamie.

Elle le regarda comme si elle le voyait pour la première fois.

— Toi, tu es ectomorphe, ce qui est parfait. Par contre, le professeur Lettuce est un gros endomorphe tout mou.

Cela lui remit en mémoire le problème du compte-rendu du livre de Dove. Elle n'avait pas décliné l'offre de Lettuce, elle n'avait pas prétexté un manque de place. Son inaction la privait d'options. Voilà comment les gens se retrouvent piégés, en laissant filer les choses, en remettant à plus tard. Et puis les circonstances changent et les voilà dans un cul-de-sac, qui peut rapidement se transformer en forteresse assiégée. Elle se reprocha de penser « les gens », alors qu'elle-même faisait partie du lot. Cette pensée l'attrista. La vie était déjà assez compliquée sans Lettuce.

— Mais ne parlons pas de lui, dit-elle.

— Je n'en parlais pas.

Ils marchèrent en silence.

— Notre lune de miel, dit Isabel après un temps.

— Oui ?

— Tu en veux une ?

— Absolument, dit-il en hochant vigoureusement la tête.

— Alors où allons-nous ? Un endroit exotique ? le Bhoutan ? Le Kerala ?

— Ça t'ennuierait si on restait en Écosse ?

Surprise, elle répondit que l'Écosse conviendrait très bien.

— J'aime tellement les îles, expliqua Jamie. Nous sommes déjà allés à Jura, donc c'est exclu. On pourrait essayer les Hébrides extérieures, Harris, South Uist, ce genre d'endroit.

— Parfait.

— Coll, Tiree, Rhum, Colonsay, égrena Jamie. Les noms sont si poétiques, tu ne trouves pas ?

Isabel pensait au poème écrit par Michael Longley en hommage à la chanteuse de blues Bessie Smith, dont les vers si captivants lui revenaient à l'esprit dès que l'on évoquait les Hébrides devant elle : *Je pense à Tra-na-Rossan, Inisheer / à Harris lavé par les pluies horizontales.* Elle ne savait pas au juste où étaient Tra-na-Rossan et Inisheer, sans doute en Irlande. Il pleuvait suffisamment là-bas pour que l'on n'y ajoute pas ce qui tombe en écosse. Le poète avait néanmoins raison : Harris et les autres îles étaient balayées par les pluies, horizontales ou non, changeant souvent de direction, nuage de fumée blanche drapant la terre comme un rideau ou un voile venu de l'Atlantique.

— Et j'ai toujours beaucoup aimé les îles Treshnish, la sonorité de ce nom.

— Elles sont inhabitées, dit Jamie.

— Donc idéales pour une lune de miel.

— J'aimerais t'emmener quelque part en péniche, déclara Jamie.

— C'est vrai ? répondit Isabel en souriant.

— Oui. C'est le genre de chose qu'on veut faire avec quelqu'un qu'on aime, non ?

Au moment de répondre, elle se ravisa. Il venait de faire une déclaration d'amour indirecte – et d'autant plus convaincante –, et elle ne voulait pas gâcher ce moment de perfection. Ce jeune homme, cet être parfait, venait de lui déclarer qu'il l'aimait entre toutes. En fermant les yeux, elle s'imagina dans une cabine de bateau, en route pour la Chine. Il faisait si chaud qu'ils s'étaient déshabillés, ne gardant que leurs sous-vêtements. Par un hublot, elle voyait une mer d'huile s'étirer paresseusement jusqu'à l'horizon. Elle le regarda dans les yeux, sa main dans la sienne. Il se pencha pour l'embrasser, elle sentit ses lèvres, son haleine.

Quand elle rouvrit les yeux, elle aurait voulu, en dépit des passants et de la circulation, le prendre dans ses bras, lui rendre son baiser. Mais quand elle prit conscience qu'ils se trouvaient à Tollcross, devant un grand immeuble de bureaux, où justement officiait son notaire, elle se sentit intimidée. Cela la fit sourire : pourquoi diable la proximité de son notaire l'empêcherait-elle d'embrasser qui elle voulait ? C'était peut-être difficile, quand on y pensait. Elle se demanda qui était susceptible de causer le plus d'inhibition et pensa immédiatement à un politicien qu'elle avait vu la veille, à la télévision, assénant une démonstration au cours d'une interview. À coup sûr, le pauvre homme était un parfait rabat-joie. Qui donc songerait à l'embrasser, *lui* ?

Jamie la regarda et se pencha encore une fois pour l'embrasser.

— Voilà, dit-il.

CHAPITRE 7

Le lendemain matin, Charlie se réveilla à l'heure habituelle et manifesta son impatience en donnant des coups de pied dans les bords de son lit. Jamie appelait cette habitude « agiter les barreaux de sa cage ». Isabel comparait le monde du petit enfant à un univers carcéral : des barreaux partout, des repas à heures fixes, une surveillance de tous les instants, de longues périodes de frustration, des exercices physiques sous contrôle. *La prison de l'enfance.*

Elle alla s'occuper de Charlie, laissant Jamie dormir. Charlie était facile à vivre, et de très bonne humeur au réveil, exprimant sa jubilation dans de grands éclats de rire à la moindre occasion. En général, elle le portait jusqu'à la fenêtre pour admirer le jardin, ce qu'elle fit ce matin-là. Le soleil grimpait petit à petit le long du mur qui les séparait du voisin. De temps à autre, avec un peu de chance, ils apercevaient Maître Renard trottant au sommet du mur, sa grand-route surélevée, ou bien se faufilant dans le massif de rhododendrons, son refuge, son jardin secret.

— 'enard ! s'exclama Charlie avec un grand geste vers le jardin.

Il avait du mal à prononcer certains *r. Notre fils n'a pas d'*r, avait-elle déclaré un jour à Jamie.

— Pas de 'enard aujourd'hui, Charlie.

À l'âge de Charlie, les mots ont un pouvoir, et prononcer le mot amène mécaniquement la chose. Si l'on admet que la prière correspond à cette description, le phénomène se retrouve chez certaines grandes personnes…

Elle emmena Charlie dans la cuisine. Tout en préparant son petit déjeuner, elle écouta les nouvelles à la radio, ainsi que le début d'un magazine d'actualité, avec leur cortège de conflits, désaccords, égoïsmes, haines, sans parler de l'imminence d'une catastrophe écologique : l'état du monde ne s'était guère amélioré depuis la veille. Désormais, on invoquait couramment l'urgence de sauver la planète : quelques années en arrière, un tel langage aurait été jugé alarmiste et irresponsable, voire risible. La menace était plus réelle que jamais et on la mettait sur le même plan que des fléaux immémoriaux : inondation, sécheresse et autres plaies d'Égypte. Par comparaison, les sauterelles semblaient tout à fait supportables. Mais, victimes à leur tour de ce marasme, celles-ci avaient sans doute plus de mal à empoisonner la vie des gens qu'autrefois.

Charlie était juché sur sa chaise haute, attendant son porridge, ses petites mouillettes de pain beurré et son œuf mollet. Pour la première fois, des parents pouvaient raisonnablement craindre que la planète ne disparût du vivant de leurs enfants. D'ailleurs, ce n'était pas la première fois, car dans le passé, on avait à de nombreuses reprises cru la fin du monde arrivée. Par exemple pendant la guerre froide, quand deux superpuissances agressives se défiaient, prêtes à user d'un énorme arsenal nucléaire. Une tante d'Isabel lui avait parlé de l'épisode de la crise des missiles de Cuba : alors qu'elle pensait un conflit nucléaire inévitable, elle s'était sentie étrangement calme, décidée à passer ses derniers jours dans la sérénité.

— J'ai regardé des vieilles photos, racontait sa tante. Des amis de faculté, notre maison de famille de Mobile, des images du monde dans d'anciens numéros du *National Geographic*. C'était une façon de dire adieu à la Terre dans toute sa diversité.

— Et tu n'avais pas peur ? avait demandé Isabel.

— Eh bien non, figure-toi. J'aurais dû, mais pas du tout. Je pensais que ce serait très rapide, qu'on n'aurait pas le temps de souffrir. S'il n'y a pas de souffrance, on n'a pas à avoir peur. Des regrets, oui, mais pas de peur.

Charlie et Isabel se regardaient.

— Miettes, exigea celui-ci avec un large sourire.

Elle le rassura. L'œuf était cuit, prêt à étaler sur les languettes de pain.

— Voilà tes mouillettes. Tu vois, ta patience est récompensée.

Elle l'aida à manger. Dans la mesure où elle ne pouvait pas le protéger, cela ne servait à rien de gamberger sur l'avenir qui l'attendait. Elle pouvait faire de son mieux pour ne pas épuiser les ressources de la planète mais ce ne serait, hélas, jamais suffisant. L'humanité semblait trop velléitaire, trop cupide pour parvenir à se sauver elle-même.

Charlie ouvrit la bouche pour rire, projetant des miettes sur sa mère, qui se mit à rire elle aussi. Les enfants ont le don de nous rappeler à l'urgence du moment présent et Isabel en avait bien besoin. La nourriture d'abord, l'éthique après. Brecht ? Pour elle, cela voulait dire prendre d'abord le petit déjeuner, puis s'atteler à la revue.

Jamie, les cheveux ébouriffés, entra dans la cuisine en se frottant les yeux.

— Tu aurais pu rester au lit, dit-elle.

Charlie manifesta son plaisir de retrouver son père en gesticulant et en poussant des cris. Isabel aimait voir ces marques de l'amour que le fils portait à son père, tout comme elle aimait voir l'amour de Jamie pour son fils.

— Je suis de trop, dit-elle en passant à Jamie l'assiette de Charlie. À toi de jouer.

— Il t'aime tout autant, protesta Jamie. C'est juste que…

— Un garçon adore toujours son père, c'est tout à fait naturel.

Jamie se pencha pour poser un baiser sur la tête de Charlie qui manifesta bruyamment sa satisfaction.

— Va prendre ta douche, dit Jamie. Je m'occupe de lui.

Jamie jeta un coup d'œil à la pendule. Il n'avait rien à faire jusqu'à midi, expliqua-t-il, et pouvait s'occuper de Charlie si Isabel le désirait.

— J'ai une pile de dossiers urgents sur mon bureau, soupira Isabel. Grace a dit qu'elle allait l'emmener au jardin botanique cet après-midi. Si je pouvais m'avancer…

— Bonne idée, dit Jamie. Vas-y.

Elle hocha la tête. Isabel songea qu'elle pourrait très bien s'arrêter de travailler et s'occuper de Charlie à plein temps, son activité favorite. Mais elle n'était pas sûre d'en être plus heureuse pour autant, ni que cela fît une grosse différence pour Charlie. Charlie était en train de déguster la mouillette proposée par Jamie. C'était un cadeau extraordinaire que d'être parent et tout le monde disait que cela passait trop vite. *Ces années sont si précieuses, Isabel, ne les laisse pas s'échapper*, avait conseillé Mimi, sa cousine du Texas. En discutant maternité, Mimi l'avait mise en garde : les années d'enfance passent très vite, non pour l'enfant, mais pour les parents.

Elle en était persuadée, ayant déjà du mal à se souvenir de Charlie nourrisson. Là aussi, on l'avait prévenue : *Prends des photos et regarde-les souvent, sinon tu vas oublier*. On aurait dit le refrain d'une chanson populaire. Jamie devait savoir cela, il connaissait par cœur les paroles des chansons les plus obscures. *Mais comment fais-tu ?* demandait souvent Isabel. Il ne savait quoi répondre : il s'en souvenait, c'est tout, alors qu'il oubliait illico d'autres détails, comme le nom de la capitale du Paraguay.

— Il n'y a pas une chanson sur ce thème ?

Il leva la tête en souriant.

— Sur les mouillettes ?

— Sur les enfants qui grandissent trop vite.

— *Un violon sur le toit*, fit Jamie après un temps de réflexion. Je crois que la chanson s'appelle *Coucher de soleil, Lever de soleil*, ou comment le temps a passé trop vite et les enfants ont grandi sans qu'on s'en aperçoive.

Elle se rappelait, maintenant.

— Je crois que c'est vrai.

— Sans doute, dit Jamie en haussant les épaules, mais ce n'est pas la peine de s'inquiéter, on a des années devant nous. Il est encore tout petit, n'est-ce pas, chéri ?

Il pinça doucement la joue de Charlie, qui éclata de rire, comme si c'était une blague très drôle.

— *Les années courront comme des lapins*, dit Isabel, se souvenant d'un vers d'Auden.

Comme Jamie trouvait qu'elle citait trop souvent WHA[1], elle ne mentionna pas le nom du poète.

1. Wystan Hugh Auden, poète anglais (1907-1973).

— Comme des lapins ?

— 'apins ! s'écria Charlie, hilare, en crachant des miettes.

Isabel rêva un moment au potentiel de ce mot pour les amateurs de calembours. Sorte de four ? *À pain.* Lettre colorée ? *A peint.*

— Qu'est-ce qui te fait rire ?

— Il suffit d'une lettre en moins pour tout changer, répondit Isabel.

Jamie se mit à son tour à réfléchir. Effectivement, les années, comme les lapins, passent à toute allure, avant de disparaître. Il empala avec la fourchette un dernier morceau de pain et, en levant la tête, s'aperçut qu'Isabel avait disparu…

… dans son bureau. Elle avait du courrier en retard. La vue de certaines lettres, non encore ouvertes, aggrava son sentiment de culpabilité. Le facteur lui-même montrait de la commisération quand il devait lui remettre les enveloppes grand format contenant les manuscrits ou les livres à présenter, car il savait que cela signifiait du travail en perspective. Ce matin-là, il était passé très tôt, lui déposant une grosse enveloppe matelassée venant de l'Utah.

— Celle-là est vraiment très lourde.

Il avait jeté un coup d'œil vers la déclaration de douanes sur le dessus.

— C'est un livre.

Mais il s'était aussitôt repris.

— Je vous demande pardon, nous ne sommes pas censés lire autre chose que l'adresse, mais…

— Willy, vous êtes un modèle de discrétion, avait assuré Isabel. Je ne pourrais jamais faire le métier que vous faites. Je mourrais de curiosité, j'aurais envie de connaître le contenu de chaque enveloppe.

Willy avait l'air un peu penaud.

— C'est vrai que c'est tentant. Je ne regarde jamais les lettres, même si l'enveloppe est déchirée et qu'on voit ce qu'il y a à l'intérieur. J'essaie de détourner les yeux.

— Et les cartes postales aussi ?

Isabel avait posé la question en toute innocence, mais Willy avait rougi.

— On ne peut pas faire autrement quand on lit le nom et l'adresse, le texte est juste à côté, et parfois, il n'y a que quelques mots. C'est difficile de ne pas voir.

— C'est impossible, avait répondu Isabel. Et c'est très bien comme ça. Si les gens écrivent des choses confidentielles sur une carte postale, il ne faut pas qu'ils s'étonnent qu'on les lise. *Caveat scriptor*, c'est à l'auteur de se méfier.

Willy avait sorti une liasse de lettres de son sac pour les donner à Isabel.

— J'en ai vu de toutes sortes.

Sa phrase avait piqué la curiosité d'Isabel.

— Ah oui ?

Willy hésitait.

— Vous ne le direz à personne ?

— Bien sûr que non. À part Jamie. Ça ne vous ennuie pas ?

— Pas de problème. En fait, j'avais cette carte postale à distribuer, je ne vais pas vous dire où, c'était pas loin d'ici, mais pas dans votre rue. Bref, une carte sans photo, sans rien. Dans la partie texte, on lisait, très clairement : « Ce n'est pas moi, il faut me croire. C'était Tom, je l'ai vu et il le sait. S'il m'arrive quelque chose, je t'en prie, dis à Freddy que c'est la faute de Tom. »

Isabel avait souri.

— Eh bien ! Et maintenant, nous aussi on sait. Sauf que…

— Sauf qu'on ne connaît pas ce Tom.

— Oui, effectivement, c'est frustrant. Il a commis une mauvaise action impunément, peut-être tué quelqu'un, qui sait ?

— J'y ai pensé, avait confié Willy. Mais qu'est-ce que je peux faire ? Si ça se trouve, c'est un truc très banal, une arnaque.

Isabel était restée sceptique : on ne craint pas pour sa vie à cause d'une histoire sans importance. Il fallait que l'acte soit suffisamment grave pour que Tom cherchât à le dissimuler, voire à supprimer l'auteur du message.

— Il y a quand même quelque chose à faire. Est-ce que vous connaissez le destinataire de la carte ?

— Bien sûr, ça fait des années que je lui distribue son courrier.

Willy était un facteur à l'ancienne mode, et Isabel l'aimait bien. Ce n'était pas à elle de lui apprendre la vie, ou de lui rappeler qu'il nous arrive à tous d'être confrontés à des impératifs moraux. En tant que praticienne de la philosophie morale, elle ne devait pas hésiter à lui montrer le chemin.

— Vous pourriez lui en parler, dire que vous n'avez pas pu faire autrement que de lire le texte, et que vous en perdez le sommeil, lui demander de vous rassurer.

Willy avait commencé à faire non de la tête avant même qu'elle eût fini sa phrase.

— Non, non, c'est impossible.

— Ça ne vous coûterait pas grand-chose.

— Non, non, avait répété Willy, ce serait trop dangereux. Parce qu'alors, il saurait que je suis au courant. Et s'il en parlait à Tom, il pourrait bien m'arriver des ennuis.

Pour Isabel, c'était très exagéré.

— Voyons Willy, on est à Édimbourg, pas à… à Palerme.

Elle avait fait un vague geste en direction du sud-est.

— Si, si, je vous assure, ce serait dangereux pour moi.

— Ça m'étonnerait. Cette personne, le destinataire, c'est sûrement quelqu'un de très respectable…

Le mot lui-même était un peu incongru. Que recouvrait aujourd'hui le concept de respectabilité ? Mais il n'y avait pas vraiment d'équivalent, à part l'expression « respectueux de la loi », également démodée.

Willy, à son tour, avait souri.

— Justement, non, vous comprenez. C'est un… un criminel.

Isabel n'avait d'abord pas su que répondre. Comment Willy pouvait-il en être sûr ? On ne fait pas ce genre d'accusations sans preuve ; en avait-il ? Mais après tout, il transportait dans son sac les détails les plus intimes de la vie des gens : il avait les moyens de savoir.

— Vous voyez bien que je ne peux rien faire, puisque j'habite dans le quartier.

Isabel comprenait parfaitement ce qu'il voulait dire, et cela la déprimait. Elle avait souvent imaginé ce que pouvait être le quotidien sous un régime totalitaire, sous le joug d'autorités corrompues et sans pitié, comme la Russie stalinienne, le IIIe Reich, ou, à une plus petite échelle, n'importe quelle autre dictature d'opérette. L'impression d'être pris au piège, le sentiment de découragement quand personne n'est capable de faire triompher la justice. Il y a bien des tribunaux, des journalistes, et des élus vers lesquels se tourner, mais ils sont souvent désarmés, ils n'ont pas voix au chapitre. Or, pour se faire entendre, il faut la manière, et un porte-voix. Vivre dans un endroit où la rue est régie par le chef de gang local, avoir le malheur de déplaire à un puissant, qui peut d'un signe commanditer un « accident », voilà quelle est la réalité que connaissent tant de gens : la police et l'État ne leur est d'aucun secours.

— On ne peut pas corriger toutes les injustices, avait-elle concédé.

Elle avait honte de devoir admettre une vérité si contraire à ses principes. Mais, pour Willy du moins, c'était vrai. Il avait acquiescé avec un grand soupir. Impossible d'éradiquer même une petite fraction du mal.

— Il faut faire des compromis, avait-il conclu avant de prendre congé.

Il avait raison, se disait Isabel en le regardant partir : qui donc ne fait jamais de compromis ? La réponse lui vint immédiatement : Charlie. Lui vivait dans un monde d'absolus. Il n'apprendrait que trop tôt à se conformer à une réalité bien éloignée du monde idyllique auquel on aspire en rêve. Charlie n'avait pas encore appris à mentir : ce qu'il disait, il le pensait. Un jour pourtant, il découvrirait le mensonge ; ce jour-là marquerait l'éveil de sa conscience. Pour beaucoup d'êtres humains, résister à la tentation de mentir est la première bataille de la vie, la plus difficile et la plus longue aussi. Rien d'étonnant, donc, à ce que tant de gens abandonnent le combat très tôt. Dans la maigre cohorte de ceux qui sont foncièrement incapables de mentir, on compte Kant, père de l'impératif catégorique, et George Washington, lui qui, après avoir abattu un arbre de son père avec sa nouvelle hache, avait été incapable de lui mentir. L'anecdote de l'arbre est sans doute apocryphe. À ces deux-là s'ajoute une poignée d'autres.

Pour le reste de l'humanité, le mensonge est hélas monnaie courante.

Laissant son esprit divaguer, elle imagina Charlie quelques années plus tard, quand il serait assez grand pour se servir d'une petite hache, abattant le jeune cerisier du jardin, et niant ensuite l'évidence. « C'est pas moi », disent les enfants, même quand ils savent très bien qu'ils sont fautifs. Mais si l'on demande à une dinde de nommer la saison, on ne peut pas exiger qu'elle réponde, à supposer qu'elle parle, que c'est la période de Thanksgiving ou la veille de Noël.

Elle entreprit de traiter le courrier, en commençant par le paquet venu de l'Utah. Elle devinait qu'il provenait de Mike Vause, professeur d'université dans cet État. Ils correspondaient de temps en temps depuis qu'elle avait publié un de ses articles, consacré à l'éthique de l'alpinisme, quelques années auparavant. Il lui envoyait des articles ou des livres susceptibles de l'intéresser. Ils ne s'étaient pourtant jamais rencontrés. Cette ouverture, cette générosité étaient typiques du Middle West et Isabel se sentait fière de ses origines américaines. Sa sainte américaine de mère avait cette qualité elle aussi ; le sentiment filial d'Isabel était très fort, même si le souvenir de sa mère s'estompait. *Ne me laisse pas, ne m'abandonne pas.*

Isabel sortit le livre de son enveloppe : la couverture représentait une chaîne de montagnes, qu'escaladaient des alpinistes, réduits à la taille de fourmis dans cette immensité. Dans la jaquette, Mike avait glissé un petit mot.

Isabel, je crois que je vous ai déjà parlé de ce livre. Permettez-moi de vous offrir cet exemplaire.

L'auteur a vu de ses yeux ce dont nous avons discuté et son témoignage est confondant. En fait, c'est une vision très réaliste ; la nature humaine est capable de tout. Toujours pas envie de faire de la montagne ? Un de ces jours, je vais venir en Écosse et je vous ferai escalader le Ben Nevis. Vous en êtes capable, d'ailleurs c'est à la portée de tout le monde. Et puis, on ne sait jamais, vous vous apercevrez peut-être que vous n'avez pas le vertige du tout !

Elle parcourut la présentation du livre. L'auteur avait décidé de faire l'ascension de l'Everest, espérant trouver d'autres idéalistes pour partager son expérience. Malheureusement, il avait découvert un environnement truffé de personnages tous plus antipathiques les uns que les autres, des voleurs, des charlatans, prêts à exploiter sans pitié les candidats à l'ascension. Isabel s'assombrit en se remémorant sa conversation avec Willy. Celui-ci avait suggéré qu'un criminel habitait à quelques rues de chez elle, ce qui, en soi, n'avait rien d'étonnant : peu importe leur envergure, il faut bien que les criminels habitent quelque part. On ne choisit pas ses voisins. Mais de là à infester les pentes de l'Everest… La montagne doit rester immaculée, offrir neige vierge, air rare mais pur.

Délaissant le reste du courrier, Isabel s'installa pour lire. Une heure plus tard, Jamie vint lui apporter une tasse de café.

— Je ne voulais pas te déranger, dit-il en jetant un coup d'œil au livre. Tu le lis pour un compte-rendu ?

— Non, répondit Isabel en reposant le livre. Dis-moi, Jamie, si tu faisais l'ascension de l'Everest…

Jamie éclata de rire.

— Mais bien sûr, rien de plus facile. Donc, je suis en train de grimper…

— Et très haut, juste avant la « zone de la mort »…

— La « zone de la mort » ? demanda Jamie.

— Là où l'oxygène se raréfie tellement que l'on risque de mourir très vite.

— Ça doit être comme une noyade, dit Jamie en frissonnant. On meurt comme un poisson hors de l'eau.

— Oui, je suppose. Bref, tu es là, en train d'escalader la montagne et tu vois un autre alpiniste qui s'est effondré dans la neige. Qu'est-ce que tu fais ?

Jamie haussa les épaules.

— Je m'arrête pour lui demander ce qui se passe.

— Et ensuite ?

— J'essaie de l'aider.

Elle avait prévu sa réponse.

— Tu redescends avec lui ?

— Si c'est nécessaire. Ce ne serait pas vraiment très rationnel d'aller chercher de l'aide moi-même.

Isabel en convenait.

— Je le raccompagne au camp de base. Il doit bien y avoir un médecin.

Parmi les voleurs et les escrocs, se dit Isabel.

— Sans doute. Mais si tu essayais de l'aider, tu serais bien le seul.

Jamie la regarda d'un air interrogateur.

— Les pentes sont encombrées, non ? J'ai entendu dire qu'il y a en permanence plusieurs centaines de personnes sur les pentes, camp de base et services auxiliaires inclus.

— Effectivement. Mais il n'y en a pas beaucoup qui pratiquent encore les valeurs de l'alpinisme.

— C'est-à-dire ?

— La solidarité. Si tu rencontres quelqu'un qui a besoin de secours, tu l'aides.

— Comme en mer, dit Jamie d'un air songeur.

— Oui.

Jamie savait, par un ami qui possédait un bateau de plaisance, qu'il ne fallait plus compter sur ce type d'entraide. À plusieurs reprises, à la suite d'une collision, le bateau responsable n'avait pas pris la peine de s'arrêter.

— C'est la survie du plus fort, avait conclu l'ami. Ces gros bâtiments ont une destination, et ne peuvent se permettre de perdre du temps.

Jamie avait été scandalisé, et Isabel aussi, quand il le lui raconta.

— Alors c'est la même chose pour l'Everest ?

— Apparemment. En tant que sport, l'alpinisme a beaucoup changé. Regarde.

Elle ouvrit le livre pour montrer à Jamie une photographie représentant une équipe tentant l'ascension dans les années 1930. Trois hommes debout sur un champ de glace, encordés, vêtus de vestes en tweed, avec gilet et cravate.

— La cravate ! s'exclama Jamie.

— Incroyable, non ? répondit Isabel en souriant. Et le pantalon de golf. Regarde.

Une autre photo montrait un alpiniste tout équipé, avant le départ. On distinguait à peine les yeux à cause des grosses lunettes et de l'appareil à oxygène. Il avait à la main un téléphone relié par satellite. *En contact avec le siège, à dix mille kilomètres de là*, disait la légende. Elle tourna la page pour montrer à Jamie la troisième photographie.

— C'est lui, dit-elle. Le jeune alpiniste qui agonisait dans la neige. Quarante grimpeurs sont passés à côté de lui, et aucun ne lui a porté secours.

Sur la photo, prise au début de l'expédition, l'homme souriait, avec l'air confiant d'un sportif en pleine santé. Il y avait quelque chose de poignant dans cette image, qui était la dernière, ou presque. Le sujet capté par l'appareil avait beau être vivant, son sort était déjà scellé.

— On aurait pu le sauver ?

— Il semble que oui. Il avait une chance de s'en tirer. Mais cela exigeait que les autres grimpeurs renoncent à leur ascension pour l'aider.

Elle posa un doigt sur la joue de l'alpiniste. *Vivre pour les sommets, mourir par les sommets*. Elle se demanda d'où lui était venue cette expression : l'avait-elle inventée, ou entendue quelque part ? Difficile à dire. C'était peut-être simplement une imitation de la phrase de l'Évangile : *Celui qui tire l'épée périra par l'épée*. Elle effleura de nouveau la photo.

— Pourquoi est-ce que tu fais ça ? demanda Jamie qui l'avait observée.

— Parce qu'il est mort, répondit-elle doucement.

Jamie alla à la fenêtre.

— Ces fleurs, là, près du mur dit-il. Comment tu les appelles déjà ?

Elle lui répondit, employant le mot écossais courant ainsi que le nom botanique. Mais elle avait l'esprit ailleurs. La culpabilité. *Il est passé près de quelqu'un sans s'arrêter*, dit-elle à mi-voix. Jamie se retourna.

— Qui donc ?

— Je crois que j'ai deviné ce qui perturbe John Fraser. Il est passé près d'un autre alpiniste qui agonisait et il ne l'a pas aidé.

— Isabel ! s'exclama Jamie, ébahi. Comment peux-tu dire ça ? Tu n'as pas la moindre preuve !

Isabel répondit qu'elle en avait la conviction. On n'a pas besoin de preuves quand il s'agit d'intuition.

— Tu es encore en train d'inventer une histoire de toutes pièces.

Isabel se leva.

— Les histoires, c'est ça qui fait tourner le monde. Ça explique tout, ça permet de tout intégrer.

— Comment sais-tu que John Fraser a tenté l'Everest ? demanda Jamie en se dirigeant vers la porte.

— Je ne le sais pas.

— Il faudrait que ce soit un endroit comme ça, expliqua Jamie. En Écosse, ce serait moins saisissant. Si on abandonnait quelqu'un, les services de secours seraient là en moins de deux heures. Il n'y a pas de zone de la mort dans nos montagnes.

— Mais ça n'empêche pas que des gens y trouvent la mort, objecta Isabel. Un ou deux morts par an, parfois davantage.

— C'est parce qu'ils glissent.

Jamie pensait à l'un de ses condisciples, qui s'appelait Andrew. Il ne se souvenait plus de son nom de famille, mais il revoyait encore ses cheveux blonds ébouriffés et son perpétuel sourire. Il faisait de la montagne et avait trouvé la mort dans le massif des Cairngorns, en tombant dans un ravin que les chutes de neige dissimulaient. Isabel remarqua qu'il s'était assombri. Il lui avait déjà parlé de cet événement.

— Tu penses à ton ami ?

— Oui.

— Tu y penses souvent ?

— Pourquoi est-ce que tu veux savoir ? demanda Jamie, l'air surpris.

Ce qui intéressait Isabel, c'était que la mort fût cet événement si étrange, si fondamentalement simple, définitif pour celui qui meurt, mais pour autant la personnalité humaine ne cesse pas d'avoir une résonance. *Non omnis moriar*, déclare Horace dans ses *Odes* – je ne mourrai pas complètement. Horace avait raison : la mort n'est pas le point final tant que d'autres se souviennent. La vraie mort, c'est quand personne ne se souvient plus.

— Je pense parfois à lui. Nous étions proches, très proches même.

Il s'interrompit. Isabel lui prit la main.

— Je pense souvent à lui.

— Tu l'aimais ? demanda Isabel en pressant sa main dans la sienne.

— Je crois, dit Jamie en hochant la tête. Tu sais comment sont les garçons à cet âge-là. Ils ont souvent des amitiés très passionnées.

— Oui, acquiesça Isabel.

— J'ai fait l'ascension un ou deux ans après pour retrouver l'endroit. Tout seul, en été. Ce n'était pas très difficile, plutôt une promenade, mais le ravin était profond. Je suis allé jusqu'au bord et j'ai regardé au fond, pour imaginer ce qu'il avait vu en tombant. Il a dû voir quelque chose, à moins d'avoir été assommé tout de suite, mais il semble que ça n'a pas été le cas. Et je me suis mis à pleurer, sans pouvoir m'arrêter. Je suis redescendu en pleurant.

Isabel lui pressa la main à nouveau.

— Bien sûr.

— Je crois comprendre pourquoi l'alpinisme suscite autant de passion. Les grimpeurs sont vraiment passionnés. Il y a beaucoup de spiritualité en eux.

— Certains, dit Isabel avec un coup d'œil au livre. C'est peut-être moins le cas aujourd'hui. Notre monde est de plus en plus dur.

Elle aurait bien voulu se tromper, mais c'était sans doute vrai. Pourquoi cette métamorphose ? L'âme humaine était peut-être devenue plus étriquée, plus mesquine, comme un vêtement rétréci au lavage et qui gêne aux entournures.

CHAPITRE 8

— Et vous Charlie, vous avez déjà fait de l'alpinisme ?

Isabel avait posé la question à la plus haute autorité d'Écosse en matière de whisky, Charlie Maclean, Grand Maître de l'ordre de la Coupe, au cours d'une réception plutôt animée dans les locaux de la Société du whisky écossais, sur Queen Street. Charlie ne faisait pas étalage de son érudition, mais quand il s'agissait d'identifier un verre de liquide ambré anonyme, de l'attribuer correctement à l'une des distilleries du pays, de donner le nom de celui qui avait préparé le mélange, et de disserter longuement sur l'histoire de la vallée d'origine, chaque convive savait qu'il ne connaissait pas de rivaux.

Ils s'étaient postés près d'une fenêtre dans l'un des salons du premier étage ; dehors, la brise du soir d'été balançait doucement la cime des arbres des jardins de Queen Street, portant la fragrance de la rivière Firth et des collines du nord, mêlée ce jour-là à l'odeur puissante de l'herbe fraîchement coupée.

Pendant qu'Isabel s'entretenait avec Charlie, bel homme vêtu d'un costume de lin, arborant le dernier monocle encore utilisé en Écosse, Jamie, à l'autre extrémité de la salle, avait lié conversation avec un homme de grande taille qu'Isabel connaissait bien. C'était Roddy Martine, chroniqueur très apprécié de la vie sociale, toujours au fait du moindre événement. Roddy savait qui faisait quoi, avec qui et où. Il savait aussi comment, et pourquoi, l'information circulait.

Charlie considéra Isabel par-dessus le bord du verre qu'il portait à ses lèvres.

— De l'alpinisme ? On m'a placé très jeune dans un pensionnat du Dumfriesshire, jusqu'à l'âge de onze ans. Un endroit très bizarre. On nous emmenait souvent en randonnée dans les collines, dans le Kirkudbrightshire par exemple. C'était de la petite montagne. Quand j'étais étudiant à l'université de St Andrews, j'ai fait un peu de marche en montagne, un Munro de temps en temps. Et vous ?

— Pas vraiment, répondit Isabel.

Charlie cherchait dans ses souvenirs.

— C'est curieux, je ne pense jamais à ce pensionnat. Il est fermé maintenant. C'était un établissement plus que douteux. D'ailleurs, un des maîtres…

Isabel s'attendait à une affreuse histoire de sévices, de celles qui défrayent si souvent la chronique de nos jours, traumatisme ancien que l'on exhibe, vieille plaie que l'on gratte. Mais en fait, les souvenirs de Charlie étaient tout à fait innocents.

— Il s'appelait monsieur MacDavid, poursuivit Charlie. Comme professeur, il était peu banal. La seule chose qu'il avait enseignée, des années durant, c'était la guerre des Boers. Il en connaissait un bout sur le sujet. Donc à l'âge de onze ans, je savais tout ce qu'on doit savoir de la guerre des Boers, mais j'étais totalement ignorant du reste.

— La relève de Ladysmith, dit Isabel en riant. Le siège de Mafeking.

— Ne commencez pas, supplia Charlie. Pourquoi me demandez-vous si je fais de l'alpinisme ?

Isabel avala une gorgée de vin. Un serveur approcha avec un plateau ; les invités boudaient apparemment les canapés commandés par leur hôte.

— Servez-vous, je vous en prie, ils sont très bons, insista le serveur, indiquant une rangée de petits pâtés au haggis.

Isabel en choisit un, Charlie en prit deux d'une main et en fourra un troisième dans sa bouche. Isabel remercia le serveur avant de répondre à la question.

— Je me suis dit que vous connaissiez bien le sujet. Je viens de lire un livre sur l'Everest. J'étais bien loin de me douter…

Charlie avala un dernier petit pâté, l'air intéressé.

— De ce qui s'y passe ?

— Oui.

— Eh bien moi, je suis au courant, continua Charlie en se léchant les doigts. Je connais quelqu'un qui est allé là-bas il y a deux ans. C'est Pete Burgess qui me l'a présenté. Ce type a commencé l'ascension, mais il n'a pas réussi à atteindre le sommet. Il y a eu un accident. Passé une certaine altitude, il y a beaucoup d'accidents mortels. Il paraît que sur les pentes, on trouve des centaines de corps qu'on ne peut pas redescendre.

Édimbourg était vraiment une petite ville, se dit Isabel. Combien de ses habitants avaient bien pu tenter l'ascension de l'Everest ? Un ou deux, pas plus.

— Je crois que je sais qui c'est. Je ne le connais pas personnellement, mais il me semble qu'il s'appelle John Fraser.

Pendant qu'Isabel parlait, Charlie avait les yeux tournés vers l'autre bout de la pièce. Il fit un commentaire sur une femme qui venait d'apparaître à l'entrée, et Isabel crut d'abord qu'il ne l'avait pas entendue.

— Je l'ai déjà vue quelque part. C'est une actrice. Le problème, avec les actrices, c'est qu'on croit les connaître parce qu'on les a vues au…

Il s'interrompit.

— Fraser ? Oui, c'est ça. Un type très grand. Il est enseignant, je crois.

Le cœur d'Isabel se mit à battre plus fort.

— Vous avez parlé d'accident. Que s'est-il passé au juste ?

— Une chute. J'ai cru comprendre qu'ils n'étaient pas très haut. Un type a fait une chute. Je crois qu'il…

À nouveau, il tourna la tête pour observer l'actrice ; elle bavardait avec un homme petit, très soigné, qu'elle dominait au moins d'une tête.

— Qui a fait cette chute ?

Charlie se retourna vers Isabel. Elle put détailler la moustache en guidon de vélo, qui paraissait chez lui si appropriée. Il avait dû lui falloir des années pour arriver à ce niveau de perfection ; une action généreuse, entreprise pour le profit d'autrui, comme tout ce qui vise à améliorer l'apparence, dans la mesure où l'on n'en profite pas beaucoup soi-même.

— Je l'ignore, répondit Charlie. Mais je sais qu'il a fait partie de l'équipe d'Écosse de rugby. Ils ont observé une minute de silence en son honneur à Murrayfield. Il était ailier.

Soudain, il se souvint.

— Il s'appelait Alexander, Chris Alexander. Ça me revient maintenant, parce que son père dirigeait une distillerie avec laquelle j'ai travaillé. Je l'ai rencontré, un type très sympathique. C'était aussi un « nez », en amateur. Il avait travaillé pour une distillerie d'Islay, je ne sais plus laquelle.

Isabel avait déjà entendu Charlie mentionner les « nez », ces experts qui savent comment arriver au goût désiré. Charlie en était un lui-même.

— Cela vous intéresse ? demanda-t-il. Vous n'en avez jamais parlé.

Comme elle ne pouvait rien lui dire, elle changea de sujet de conversation. Ce qu'elle avait appris renforçait sa conviction : il s'était passé quelque chose dans la montagne qui hantait John Fraser aujourd'hui. Elle commençait à avoir sa petite idée : Chris Alexander avait fait une chute et John Fraser l'avait laissé mourir. Ce secret qu'il voulait ensevelir à jamais, l'auteur de la lettre anonyme l'avait découvert, d'une façon ou d'une autre. Même si elle n'avait pas le début d'une preuve, cela semblait très plausible. Ce n'était pourtant pas suffisant pour qu'elle assurât les administrateurs de Bishop Forbes que c'était là le mystérieux secret qui entachait le passé d'un des candidats. On lui dirait peut-être, à juste titre, qu'elle tirait des conclusions un peu hâtives. D'ailleurs, s'ils voulaient bien se laisser persuader, qu'est-ce que cela prouvait vraiment ? Difficile de savoir s'il s'agissait de simple lâcheté ou si c'était plus grave. Laisser quelqu'un mourir n'est pas un assassinat, néanmoins la non-assistance à personne en danger est considérée comme un acte criminel. Ce n'est pas ce que l'on attend d'un directeur d'établissement scolaire.

Si cette hypothèse devait se vérifier, cela voulait dire que John Fraser était hors de course, et que Gordon, le nouveau fiancé de Cat, avait de meilleures chances d'obtenir le poste, surtout si Isabel découvrait quelque chose de négatif dans le passé du troisième candidat. C'était une voie qu'Isabel s'interdisait de prendre. Quand on joue un rôle dans un concours pour un emploi public, ce qui était le cas ici, on ne doit pas favoriser ses amis, ou les amis de ses amis, ou l'ami d'une nièce. Certes. Mais elle se demandait néanmoins où était le mal. S'ils en avaient l'occasion, la grande majorité des gens donneraient un coup de pouce à un ami ou un parent, sans se poser de questions. Avaient-ils tort ? Son premier mouvement fut de répondre par l'affirmative, puis elle changea soudain d'avis. La moralité ne se mesure pas quantitativement, même si ce critère est parfois utile pour vérifier qu'un système moral prend en compte l'homme tel qu'il est vraiment. Il faut élaborer une éthique qui soit à la portée du commun des mortels, et non exclusivement destinée à des saints. Or, tout le monde le sait, à commencer par lui : l'homme ordinaire donne la préférence à ceux qu'il connaît.

Le lendemain matin, Isabel installa Charlie dans la poussette pour aller faire des courses à Bruntsfield. Il aimait ce genre de sorties, qui se terminaient invariablement par une visite au magasin de Cat, qui choisirait pour lui, dans une boîte qu'elle gardait sous le comptoir, un petit cochon en pâte d'amandes. Il le savait et se mettait à crier « Cochon ! Cochon ! » dès le seuil du magasin. Rituellement, une fois la friandise dans la main, il la décapitera d'un coup de dent, sous les yeux étonnés d'Eddie et de Cat.

— C'est presque indécent, dit Cat. Il n'a aucune pitié pour le cochon.

— Mais pour lui, c'est juste du sucre ! s'écria Isabel, prenant la défense de son fils. Ce n'est pas un animal vivant.

— Il aime le bacon ? demanda Eddie. Il en mangerait, s'il savait ?

Isabel soupira. C'était là la vraie question. S'il savait que le bacon avait autrefois été un cochon, il refuserait probablement d'en manger. Un livre qu'il adorait mettait en scène trois petits cochons, un prudent et deux écervelés. Mais quelle différence réelle y avait-il entre le loup qui les persécute et les humains qui entouraient Charlie ?

Les cochons nous donnent le bacon. Voilà ce que déclarait un de ses livres de petite fille, *John le fermier*. Ce personnage bucolique en bleu de travail fait faire au lecteur le tour de la ferme. *Les poules nous donnent les œufs* : mais nous leur volons, se disait Isabel. *Les vaches nous donnent le lait* : même chose. Enfin, sacrifice suprême et confondant, *les cochons nous donnent le bacon*.

Eddie avait fait la conquête de Charlie, qui semblait fasciné par le jeune homme, et poussa des hurlements de joie quand celui-ci le lança en l'air, en faisant semblant de le laisser tomber. Pendant ce temps, Cat avait apporté à une table des cafés pour elle et Isabel.

Elles discutèrent brièvement des affaires du magasin. La mozzarella était en retard, et Cat envisageait de changer de fournisseur. Le parmesan aussi était en retard, mais en général, cela ne durait qu'un jour ou deux. Isabel aurait voulu parler de Gordon et savoir s'il avait eu des nouvelles de sa candidature, mais elle écoutait poliment : difficile d'introduire le sujet quand Cat avait l'esprit occupé par la mozzarella et le parmesan. Quand elle fit une pause, Isabel profita de l'occasion.

— Je l'aime beaucoup, tu sais.

— Qui ?

— Ton nouvel ami, Gordon.

— Moi aussi, répondit Cat, circonspecte.

— Bien sûr ! s'écria Isabel. Sinon, ce ne serait pas ton petit ami.

Elle pensa à Bruno, le cascadeur à talonnettes. Elle ne savait pas si Cat avait vraiment éprouvé de l'affection pour lui ou si elle l'avait fréquenté par bravade, pour pouvoir l'exhiber. C'est un comportement courant chez les deux sexes. Cat avait peut-être voulu démontrer sa parfaite indépendance en choisissant un personnage si radicalement différent de sa propre famille, comme cela arrive souvent. Un garçon portant des dreadlocks, un musicien de hard rock, un membre respecté d'un gang de motards, une fille au nez et à la langue percés. C'est un moyen facile de rappeler aux parents qu'ils ne doivent dicter à leurs enfants ni les goûts, ni les attitudes, ni les intentions de vote.

— Non, bien sûr, dit Cat, toujours méfiante.

Après une petite hésitation, elle sembla pourtant se détendre.

— Gordon a beaucoup d'amis.

— Tant mieux, répondit Isabel, en général c'est bon signe.

— Tu trouves ?

— Tu as déjà rencontré quelqu'un qui a beaucoup d'amis et qui est désagréable ?

— Non, dut admettre Cat.

— Tu vois bien ! dit Isabel.

Après avoir bu son café, elle revint à la charge.

— Alors il n'a pas de défaut, à ta connaissance ?

— Tout le monde a des défauts, dit Cat en haussant les épaules.

— C'est vrai, reconnut Isabel. On a tous nos petits travers.

Cat leva la tête, l'air très intéressé.

— Et les tiens ? Tes travers, je veux dire. C'est quoi ?

— On n'est pas toujours très lucide envers soi-même, répondit Isabel. Puisque tu me mets sur la sellette, je dois avouer que j'ai tendance à tout compliquer, c'est ma formation qui veut ça. Et je suis trop curieuse, d'après Jamie.

Isabel nota avec une certaine irritation que Cat hochait la tête. Elle aurait préféré l'entendre protester : « *Toi* compliquer tout ? *Toi* curieuse ? Jamais de la vie ! » Elle était sur le point de demander à Cat quels étaient ses propres travers, mais Cat parla la première.

— Il est trop généreux avec son temps, c'est un défaut. Ça peut être mal interprété.

— C'est un défaut plutôt honorable, dit Isabel, dissimulant la curiosité intense qu'éveillait en elle la réflexion de Cat. C'est mieux que le contraire.

— Il est toujours prêt à écouter tout le monde, et il les laisse parler. Seulement après, ils croient qu'il s'intéresse spécialement à eux. Et ce n'est pas toujours le cas.

Isabel admit bien volontiers que cela pouvait causer des complications : malentendus, attentes sans espoir. Mais en disant cela, elle se sentit découragée : Gordon n'était donc pas le candidat irréprochable qu'elle avait imaginé, Cat faisant allusion, c'était évident, à des aventures sentimentales.

— Dis moi, Cat, il… voyait quelqu'un avant de te rencontrer ?

Cat saisit la cuillère pour récupérer un fragment de mousse sucrée au fond de sa tasse.

— Il y avait quelqu'un.

Elle s'arrêta, comme si elle n'avait pas envie d'en dire plus.

— Pour lui, cela ne représentait rien, c'était une relation à sens unique.

Isabel regarda par la vitrine. Une relation à sens unique. De l'autre côté de la rue, un homme, qui attendait à un arrêt d'autobus, suivit des yeux une jeune passante. Isabel crut qu'il disait quelque chose. La femme s'arrêta, se retourna à demi, puis continua sa route. Une relation à sens unique.

— Tu veux dire qu'une femme est tombée amoureuse de lui, sans être payée de retour ?

Cat hocha la tête.

— C'est une situation délicate, je comprends ça. Mais il suffit de dire que ce n'est pas possible, non ?

— Elle était assez instable, répondit Cat. Et mariée.

— Ah.

— Ce n'est pas la fin du monde. Ça arrive qu'une femme s'éprenne… Tu te rappelles madame Machin-Truc…

— Madame Bovary, soupira Isabel. Mariée. Et un mari trompé, donc.

— Ce n'était pas son idée à lui, répondit Cat avec feu. C'est ce que j'essaie de te dire. C'était sa faute à elle.

— C'est allé jusqu'où ? demanda Isabel.

La question avait un côté voyeur, et d'ailleurs, Isabel n'avait pas vraiment envie de savoir. C'était trop tard. Cat la regarda d'un air courroucé.

— Nulle part, c'est ce que je t'ai dit.

Allons, la situation n'était peut-être pas aussi grave qu'Isabel l'avait redouté.

— Donc, il n'y a pas eu d'œufs cassés.

Il fallait vite changer de sujet de conversation, sinon Cat ne manquerait pas de lui demander la raison de cette curiosité subite. À l'autre bout du magasin, Eddie était en train de donner à Charlie de petits morceaux d'olives noires.

— C'est sûrement le seul enfant en Écosse qui aime les olives, dit-elle.

— J'ai des choses à faire, dit Cat en se levant.

Isabel tendit la main vers elle.

— J'étais sincère, tu sais, je l'aime vraiment beaucoup.

— Tant mieux, répondit Cat, radoucie. Ça me fait plaisir.

Elle a envie de parler de lui, se dit Isabel. C'est l'orgueil classique de l'amoureux qui voudrait que tous aient pour l'objet aimé les mêmes yeux que lui, sentiment qui n'épargnait pas Isabel, persuadée que d'autres voyaient en Jamie ce qu'elle y voyait elle-même. Elle savait pourtant que c'était une illusion. La lumière qui nimbe celui que l'on aime ne brille pas aussi fort pour les autres. Elle est même parfois invisible.

Isabel termina son café et alla récupérer Charlie. Le cochon de pâte d'amandes, un peu plus gros que d'habitude, avait été exhibé : Charlie le brandissait avec enthousiasme.

— Cochon ! Cochon ! criait-il.

Comme prévu, il lui coupa la tête d'un coup de dents.

— Olives et cochon, dit Eddie en riant, ses deux amours.

— Et le renard du jardin, ajouta Isabel. Il l'adore.

Eddie se pencha pour passer sa main dans les cheveux de Charlie.

— Ils ont les cheveux si doux, dit-il. Comme les plumes d'un hibou. Vous avez déjà touché les plumes d'un hibou, Isabel ?

— Hélas non.

— Moi si, expliqua Eddie. Je connaissais un type qui avait un hibou dans une petite grange. Il l'avait attaché avec un bout de ficelle à la patte. C'était un fauconnier, et il l'amenait souvent au festival des Meadows.

Isabel lui fit un sourire encourageant. Eddie parlait de plus en plus de ses souvenirs d'enfance, alors que jusqu'ici il avait gardé le plus profond silence sur sa vie en dehors du magasin. Isabel avait l'impression qu'il essayait de reconstruire sa vie, bribe par bribe.

— Il me laissait caresser les plumes sur le haut de la tête. Je n'ai jamais rien touché d'aussi doux. C'était comme les cheveux de Charlie. Peut-être plus doux encore.

Eddie posa à nouveau la main sur les cheveux de Charlie et le petit garçon le regarda d'un air radieux.

— Il vous aime beaucoup, dit Isabel. Je crois que vous êtes un de ses préférés.

Le compliment eut un effet très sensible. Isabel eut l'impression qu'Eddie, gonflé d'orgueil, gagnait de la stature. Il se redressa, la tête en arrière. Comme un soldat à la parade, se dit Isabel. C'est incroyable qu'il suffise de quelques mots banals pour regonfler un ego, pour le dégonfler aussi d'ailleurs.

— Il faut que j'y aille, dit Eddie en regardant sa montre. J'ai du jambon de Parme à trancher. Les gens ne vont pas tarder, on est toujours très occupés à l'heure du déjeuner, comme vous savez.

Isabel remit Charlie dans sa poussette.

— Bien sûr. Et Charlie doit faire sa sieste, n'est-ce pas chéri ?

— Cochon, dit Charlie en examinant le petit animal de pâte d'amandes.

— Inutile de dire des gros mots, dit Isabel.

Eddie éclata de rire.

— Il a dit « cochon » et vous avez cru…

À nouveau, il consulta sa montre. C'est alors qu'il sembla se rappeler quelque chose.

— Vous avez aimé le film ? demanda-t-il à Isabel.

Isabel ne comprenait pas. Elle n'était pas allée au cinéma depuis deux mois, et elle ne se souvenait même pas du film qu'elle avait vu avec Jamie, au Dominion, sans doute. Le film ne l'avait pas marquée plus que cela.

— Quel film ?

— Ce film italien, dit Eddie en attrapant un gros jambon de Parme. C'est le jambon qui m'y a fait penser. Vous vous souvenez de cette scène où…

— Un film italien ? demanda Isabel, les sourcils froncés.

Elle n'arrivait pas à se souvenir quand elle avait vu un film italien pour la dernière fois.

— *La Famiglia*. Vous vous souvenez ? Mercredi dernier, j'ai vu Jamie quand je suis sorti acheter une boisson. Vous n'y étiez pas ?

Isabel attachait la sangle de Charlie, très lentement, écoutant attentivement ce qu'Eddie était en train de lui révéler. Sa voix résonnait dans sa tête et semblait créer un écho.

— C'était où ? Au Dominion ?

— Je n'y vais jamais, dit Eddie. Non, c'était au Film House, de Lothian Road. J'adore cette salle. Un ami y travaillait autrefois, il me donnait des tickets. Je ne sais pas si c'était vraiment permis.

Ordinairement, Isabel lui aurait fait la leçon, mais elle avait l'esprit ailleurs. Eddie avait vu Jamie au cinéma. Mais Jamie n'avait pas parlé à Isabel de cette sortie. Pourquoi ?

— Vous êtes sûr que c'était Jamie ?

— Évidemment. Je le connais bien, quand même. On s'est dit bonjour, et il est retourné dans la salle.

— Ah bon.

Elle acheva d'arrimer Charlie et se dirigea vers la sortie, en disant au revoir à Eddie. Celui-ci promit de garder un petit cochon de pâte d'amandes pour Charlie.

— Ce n'est pas que je veux lui gâter les dents, c'est juste que…

Isabel n'entendit pas le reste de la remarque. Pendant quelques instants, une fois sur le trottoir, elle ne sut que faire : tourner à gauche pour rentrer chez elle, ou tourner à droite en direction de Bruntsfield. Elle se sentait complètement désemparée, vidée de sa substance, comme si on lui avait arraché les entrailles avec un grand couteau.

Finalement, elle tourna à gauche sur Merchiston Crescent. Une femme s'approchait en face d'elle, une femme qu'elle reconnaissait sans la situer vraiment, une de ces connaissances d'Édimbourg avec qui l'on échange un signe de tête sans jamais savoir qui elles sont ni où elles habitent. C'était une petite femme vive comme un oiseau, avec un foulard sur la tête, comme une paysanne française d'autrefois. En fait, elle n'était pas entièrement anonyme pour Isabel : elle habitait un appartement dans Merchiston Crescent et Grace, qui la connaissait aussi, avait appris qu'elle enseignait le chant.

— J'ai vu quelqu'un qui allait chez elle, avait raconté Grace un jour. Il était devant la porte d'entrée et s'apprêtait à sonner. Un type tout rond avec des cheveux plaqués sur le crâne et des chaussures très bien cirées. Il doit prendre des cours de chant.

La professeur de chant arriva au niveau d'Isabel et ralentit en voyant Charlie.

— Quel beau garçon ! s'exclama-t-elle. Je peux vous demander son prénom ?

Isabel entendait sa voix pour la première fois : haut perchée, avec une pointe de l'accent des Highlands occidentales.

— Charlie.

— Le beau Charlie, dit la femme, en se penchant pour l'observer de plus près.

Isabel prit une longue inspiration. Il est hors de question de pleurer, se dit-elle, hors de question. Mais quand la femme leva la tête, elle vit des larmes dans les yeux d'Isabel.

— Ma pauvre…

Isabel chercha un mouchoir dans sa poche.

— Excusez-moi, ce n'est rien. Tout va bien.

Elle ne put s'empêcher de remarquer la banalité de ce propos. On dit ce genre de choses sans réfléchir, et cela n'aide ni ceux qui souffrent, ni ceux qui cherchent à les consoler.

La femme posa la main sur le bras d'Isabel.

— C'est difficile d'être maman, n'est-ce pas ? Il y a tant de choses à faire.

— Merci, dit Isabel en hochant la tête, merci.

— Est-ce que je peux vous aider ?

— Non merci, ça va aller. Il faut que Charlie rentre faire la sieste.

Elles se séparèrent. Le professeur de chant se retourna plusieurs fois pour suivre des yeux Isabel qui continuait son chemin, marchant un peu plus vite, la tête baissée, comme pour lutter contre un vent invisible en ce calme après-midi, au ciel dégagé strié de vols d'oiseaux.

CHAPITRE 9

Comme tout le monde, Isabel avait connu des jours pénibles. Pendant son bref mariage avec John Liamor, elle s'était parfois sentie écrasée par une sombre chape de désespoir qui interdisait toute activité, toute évasion vers autre chose que sa détresse présente. Cela suscitait une forme de commisération pour soi-même, sentiment qu'elle détestait chez les autres, mais qu'elle comprenait fort bien, par la force des choses. *Ne pas céder*, se disait-elle en revenant chez elle. *Ne pas céder, surtout pas*. Mais à quelle tentation ? Celle de croire Jamie capable de tromperie, de… Le concept était si difficile à formuler qu'elle n'arrivait pas à prononcer le mot, même tout bas. Mais soudain il s'échappa de ses lèvres : *Infidélité*. Un autre mot suivit, en un murmure presque inaudible : *Liaison*.

Dans le hall, elle passa devant le portrait de sa sainte américaine de mère, cette femme irréprochable qui, pourtant, avait été infidèle. Cela, Isabel l'avait découvert beaucoup plus tard, en forçant la confidence de la cousine de sa mère, Mimi McKnight. Celle-ci avait tenté de lui cacher les faits pour ne pas la faire souffrir. Avec le plus grand tact, elle avait conseillé à Isabel de ne pas en vouloir à sa mère. Même posthume, le pardon garde ses vertus, et en acquiert parfois. Isabel, d'abord surprise, s'en était convaincue. Pardonner permet d'avoir une vision plus juste de son passé, et apaise la colère. Les parents ont tant de façons de décevoir leurs enfants ! D'abord, ils n'en font jamais assez. Si nous sommes névrosés, c'est à cause d'eux. Et ils auraient dû nous forcer à apprendre le piano car, maintenant, c'est trop tard. Ils ont été trop sévères, ou trop laxistes, pour les petites choses ou les grandes. Ils étaient trop pauvres, trop ignorants, trop riches, trop possessifs. Ils sont innombrables, les griefs que l'on a vis-à-vis de son passé : l'amour que l'on n'a pas reçu, les éloges qui ont manqué. Mais si l'on parvient à pardonner, le passé cesse de faire souffrir.

Elle contempla le portrait de sa mère. La photographie avait été prise lors d'un voyage à Venise avec une amie d'université dont Isabel avait oublié le nom. Celle-ci agrippait son chapeau de paille chahuté par le vent qui agitait les drapeaux à l'arrière-plan. La place Saint-Marc et la terrasse du café Florian, que Proust aimait tant et que le coloriste écossais Cadell avait représenté dans un magnifique tableau… Sur la photo, sa mère souriait, et semblait dire : *Oui, ma chérie, c'est ça la vie, il y a tellement de déceptions…*

Isabel se détourna. Charlie, qu'elle avait sorti de sa poussette, s'était mis à pleurnicher. Il était fatigué et s'endormirait vite, mais pour l'instant, rien n'était à son goût. Elle le prit dans ses bras. Au même moment, Grace sortit de la cuisine, un torchon à la main.

— Je vous ai entendue rentrer. J'ai fait du thé. Vous en voulez une tasse ?

— Il est très fatigué, répondit Isabel. Non merci, pas de thé.

Grace s'approcha et prit Charlie dans ses bras.

— Il est fatigué ce petit amour ? Il veut aller faire dodo ?

Charlie serra le poing et frappa Grace au menton.

— Non ! cria Isabel sèchement.

Charlie la regarda, éberlué.

— Ce n'est pas grave, dit Grace. Il ne m'a pas fait mal.

— Si, c'est grave, répliqua Isabel. Ne lui dites pas que c'est bien de frapper les gens. Je vous l'interdis !

À son tour, Grace eut l'air surprise.

— Il ne l'a pas fait exprès.

— Mais si, il vous a frappée.

Elle s'adressa à Charlie.

— Il ne faut pas frapper les gens, Charlie. C'est très méchant.

Elle eut cette pensée absurde : *Ce n'est pas la mère qui parle, mais la directrice de la* Revue d'éthique appliquée*, et c'est tout à fait répréhensible.*

Charlie sourit à Grace qui lui caressait la joue.

— C'est Grace qui va te mettre au lit ? C'est Grace qui va te border ?

Elle interrogea Isabel du regard.

— Je veux bien, si ça ne vous ennuie pas, dit Isabel. J'ai…

Elle fit un geste en direction du bureau.

— J'ai du travail… enfin, j'ai…

— Si vous avez besoin de sortir, dit Grace, je peux m'occuper de notre petit chéri. J'ai fait tout le repassage, c'est dans la cuisine. Je pourrais l'emmener au lac de Blackford après la sieste.

— Canards ! s'écria Charlie.

— Vous entendez ! Il est tellement intelligent ce petit ! Il y a effectivement des canards dans le lac.

— *Sur* le lac, marmonna Isabel.

— Quoi ?

— *Sur* le lac. Les canards sont *sur* le lac, les poissons *dedans*.

Pourquoi se montrait-elle aussi tatillonne ? Isabel ne le comprenait pas elle-même. Elle regarda Grace pour s'excuser, mais celle-ci, qui n'avait peut-être pas entendu la correction, se contenta de la corriger à son tour.

— Il n'y a plus de poissons, les canards les ont tous mangés.

— Les canards ne mangent pas de poisson, répliqua Isabel avec irritation. Ils mangent des herbes, de la vase, des choses comme ça.

— Je monte Charlie, dit Grace, les lèvres pincées.

— Merci. Excusez-moi, Grace, mais ça ne va pas aujourd'hui.

— Vous ne vous sentez pas bien ? demanda Grace d'un air inquiet.

— Si, si. Mais j'ai un truc un peu difficile à faire et ça m'inquiète.

— Qu'est-ce que c'est ?

— C'est quelque chose de personnel, expliqua Isabel. On a tous des angoisses pour des choses insignifiantes.

— En général, c'est idiot.

Isabel hocha la tête. Cette fois-ci, se dit-elle, ce n'est pas insignifiant.

— Allez faire des courses, suggéra Grace. Faites-vous plaisir. Passez chez Jenners acheter quelque chose.

Isabel fit un petit sourire.

— La thérapie par le shopping ?

— Exactement, ça marche à tous les coups, assura Grace.

— Pas pour moi, dit Isabel, je me sens coupable.

Charlie, dans les bras de Grace, agita la main pour dire au revoir. Au moment de sortir, Grace décocha une dernière flèche.

— C'est à cause de cette philosophie que vous vous sentez coupable pour tout et pour rien. Ces gens-là devaient avoir un sacré sentiment de culpabilité. Platon, le vieux Machin-Chose là, et cet autre, celui qui ne pouvait pas.

Isabel se demanda de qui elle voulait parler : celui qui ne pouvait pas ? Une seconde plus tard, la réponse lui vint : Kant. Mais elle n'eut pas le cœur d'en sourire : elle ne pouvait pas.

La grille de West Grange House était ouverte. Au bout de l'allée de gravillons, Isabel, qui était venue à pied, aperçut la voiture de Peter Stevenson, garée devant la porte d'entrée. Comme elle s'approchait, Susie sortait de la maison, un sac en plastique à la main. En la voyant, celle-ci sursauta : manifestement, elle ne s'attendait pas à recevoir de la visite.

— Tu allais sortir, dit Isabel. Excuse-moi, j'aurais dû téléphoner.

— Mais non ! protesta Susie en s'approchant. J'allais juste faire un saut au supermarché. Je peux y aller plus tard, je t'assure. Viens, entre.

Rassurée, Isabel la suivit à l'intérieur. Susie lui proposa d'aller prendre un café dans la cuisine.

— Peter y est. Il sera content de te voir.

— Je suis sûre que vous avez tous les deux des choses importantes à faire.

— Pas du tout.

Dans le couloir qui menait à la cuisine, Susie s'arrêta soudain.

— Tout va bien ? demanda-t-elle à mi-voix.

— Non, répondit Isabel.

— Je m'en doutais. Tu n'as pas ton air habituel. Tu ne préfères pas qu'on aille au salon ?

Isabel hésita. Dans un sens, il s'agissait d'un problème féminin, mais elle avait besoin de la présence de Peter aussi.

— Non, tous les deux. Je voudrais vous parler à tous les deux. Ça ne t'ennuie pas ?

— Bien sûr que non, répondit Susie gentiment, en lui prenant le bras. Viens.

Peter était attablé dans la cuisine et remplissait un formulaire. D'abord surpris de la voir, il comprit tout de suite, à l'expression de Susie, que quelque chose ne tournait pas rond. Il se leva et glissa le papier dans une grande enveloppe.

— Je ne pensais pas avoir le plaisir de te voir aujourd'hui. De la paperasserie, il y en a pour tout maintenant. Bientôt, il faudra demander un permis pour respirer.

— Ne plaisante pas, dit Susie. Je suis sûre qu'un bureaucrate est en train de nous en concocter un à cette minute même.

Isabel s'efforça de sourire.

— Il y a tellement de bureaucrates, il faut bien leur donner quelque chose à faire.

— Oui, acquiesça Peter. C'est la loi de Parkinson : le travail augmente pour occuper tout le temps de ceux qui sont chargés de le faire. C'est inévitable. Café, Isabel ?

Isabel prit place à table, consciente que Peter et Susie la regardaient avec commisération. Ils restèrent tous les trois silencieux. Susie alla remplir la bouilloire. Peter aligna le dossier le long d'une fente entre deux planches. Ce fut lui qui rompit le silence. Il commença par s'éclaircir la gorge, puis, hésitant, demanda à Isabel ce qui se passait. Sans vouloir être indiscret, il se posait des questions… Isabel baissa la tête.

— Il s'est passé quelque chose, en effet.

Elle se redressa, prise soudain d'un élan de gratitude pour ses deux amis. Dans sa vie, chacun a une ou deux personnes auxquelles il peut faire appel à tout moment, quel que soit son état d'esprit, avec la certitude de trouver une compréhension totale et une sollicitude inconditionnelle. Elle, elle avait Peter et Susie.

Elle leur raconta alors de quelle façon fortuite elle avait été mise au courant par Eddie.

— Il était sûr que c'était lui. Et moi je suis certaine que Jamie m'avait parlé d'une répétition ce soir-là. Si je m'en souviens, c'est que je lui ai demandé ce qu'ils répétaient. C'est un programme qu'il n'aimait pas du tout et il n'avait pas envie d'y aller.

Peter écoutait attentivement, pendant que Susie, un peu plus loin, mesurait le café, la tête tournée pour entendre ce que disait Isabel.

— Donc, il a dit qu'il était à une répétition et il n'y était pas. C'est tout ?

— C'est tout ? répliqua Isabel en fronçant les sourcils. Il était au cinéma avec quelqu'un…

Peter leva la main pour l'interrompre.

— Une minute, une minute, tout ce que tu sais, c'est qu'il était dans cette salle, et qu'il a vu un film italien. C'est tout ce qu'Eddie t'a raconté.

Isabel protesta que l'on n'allait pas tout seul au cinéma, rarement en tout cas.

— Pourquoi aller au cinéma tout seul ? En plus, s'il avait effectivement cédé à une tentation subite, je suis sûre qu'il m'en aurait parlé. Il ne l'a pas fait.

— Pas nécessairement, objecta Susie qui versait de l'eau bouillante dans la cafetière. Les gens mariés, et vous l'êtes presque, ne se racontent pas tout en détail. Je crois bien que tu m'as dit un jour que l'un et l'autre vous essayiez de préserver un peu d'espace personnel. Ce n'est pas ce que tu disais ?

Isabel devait l'admettre.

— Oui, mais c'est autre chose. Il ne me viendrait pas à l'idée d'aller au cinéma avec quelqu'un sans le dire à Jamie.

— Avec quelqu'un ? répéta Peter. Tu n'en sais rien, Isabel. Tu ne peux pas en être sûre.

— C'était peut-être un ami, ou un des musiciens ?

— Un homme ne fait jamais ça, répliqua Isabel sur un ton catégorique. Un homme ne va pas au cinéma avec un copain. Une femme, oui, mais pas un homme.

Peter songeait qu'elle avait raison et ne chercha pas à la contredire. Néanmoins, il pensait davantage à un malentendu qu'à une trahison. Il s'en ouvrit à Isabel qui, peu convaincue, commença à secouer la tête avant même qu'il ait fini.

— J'ai un pressentiment, c'est tout. Je crois qu'il se passe quelque chose.

— Parle-lui, alors ! s'écria Peter, demande-lui des explications.

— Impossible, expliqua Isabel.

Elle en serait bien incapable. De toute façon, elle n'avait rien de tangible à part cette accusation : *Et où étais-tu mercredi dernier ? Quelqu'un t'a vu !*

Quand elle eut fini son récit, elle vit qu'entre Peter et elle s'ouvrait un gouffre d'incompréhension. Peter échangea avec Susie un regard qui signifiait clairement pour Isabel qu'ils avaient déjà évoqué le sujet. Ils discutent de mes problèmes, se dit-elle.

— Écoute, Isabel, dit Peter en se carrant dans son siège. Il est tout à fait possible que ce soit un malentendu. La répétition a peut-être été annulée, et Jamie est allé au cinéma tout seul ou avec un membre de l'orchestre. Évidemment, c'est bizarre qu'il ne t'en ait pas parlé.

Tout en l'écoutant, Isabel secouait la tête en signe de dénégation.

— J'ai un pressentiment.

— Parle-lui, répéta Peter doucement. Dis-lui qu'Eddie t'a dit l'avoir rencontré au cinéma et laisse-le continuer. Il y a peut-être une explication toute simple et banale.

Encore une fois, elle secoua la tête. Impossible de lui en parler.

Peter sembla hésiter. Isabel comprit qu'il pesait soigneusement ce qu'il allait dire.

— Tu es sûre que ce n'est pas quelque chose d'autre qui cloche ?

— Qu'est-ce que tu veux dire ? demanda Isabel, les yeux ronds.

— Nous aimons beaucoup Jamie et nous sommes très contents de vous voir heureux ensemble… Mais on s'est parfois demandé…

Il regarda fixement Isabel, pour jauger sa réaction.

— On s'est parfois dit que le vrai danger qui peut menacer votre couple, ce n'est pas du tout une liaison avec une femme plus jeune, mais c'est le risque qu'un jour tu t'aperçoives qu'il ne t'apporte pas assez, en dehors de l'attraction physique. Tu ne penses pas que c'est peut-être là le problème ? Est-ce que tu as l'impression que tu t'éloignes de lui ?

Elle sentit qu'elle rougissait. D'une part, il se trompait, et puis il était allé trop loin. Il y a des limites dans l'amitié, et il venait d'en franchir une.

— Pas du tout, dit-elle. Franchement, je ne m'attendais pas à cette remarque de la part d'un ami proche comme toi.

— Les amis proches sont là pour prendre ce risque, objecta Peter, ne serait-ce que pour dissiper le doute. Tu es sûre que tu veux poursuivre ta relation avec Jamie ? Tu es sûre que tu veux l'épouser ?

— Mais oui ! Jamie et Charlie, c'est tout pour moi.

— D'accord, répondit Peter. Mais alors il faut revenir sur terre. D'abord tu dois trouver un moyen de parler à Jamie de cette séance de cinéma. Il ne faut pas laisser ça pourrir ta vie. S'il a une liaison, ce qui me semble peu probable, il faut que vous en parliez tous les deux, pour qu'il précise les sentiments qu'il a pour toi et ce qu'il compte faire.

Isabel allait intervenir, mais il l'en empêcha.

— Une fois que vous aurez éclairci la situation, juste un malentendu à mon avis, il faut absolument que tu essaies de moins te tourmenter au sujet de ton couple. Combien de fois est-ce qu'on en a discuté ensemble ?

Il répondit à sa propre question.

— Tu parles sans cesse de la différence d'âge, pour t'en alarmer. Et qu'est-ce que tous tes amis ont répondu, à commencer par nous ? D'y accorder moins d'importance, de te tranquilliser et de profiter de ta chance.

Il regarda Susie, qui hocha la tête en guise de confirmation.

— Mais tu as malgré tout continué à te miner. À plusieurs reprises, rappelle-toi, je t'ai dit de relativiser, et de moins y penser. Mais tu continues à t'imaginer en écervelée un peu mûre qui s'est choisi un gigolo ! Le type de relation que vous avez n'est pas courant, mais ça semble marcher. Prends-en ton parti, une bonne fois pour toutes.

Il s'arrêta et la regarda, comme pour s'assurer qu'elle était prête à en entendre davantage.

— Au fur et à mesure que vous allez vieillir, il y aura des tensions, des dissensions peut-être. Sa jeunesse deviendra peut-être un problème, ou non, je n'en sais rien. Mais je suis sûr que tu réussiras à faire face.

— Encore un peu de café ? demanda Susie en indiquant la tasse d'Isabel.

Isabel déclina l'offre et contempla le grand cèdre qui étalait harmonieusement ses branches majestueuses au milieu de la pelouse. La lumière du matin jouant sur le feuillage faisait naître tout un camaïeu de verts. Elle avait toujours su ce que ses amis allaient lui dire, et ils avaient complètement raison. En formulant à voix haute ce que nous pensons, les autres nous aident : si nous avons besoin d'eux, c'est que nous sommes incapables de prononcer les mots dont l'éclatante vérité, littéralement, nous aveugle.

Peter lui proposa de la reconduire en voiture, mais elle refusa, préférant marcher. Elle revint par Church Hill, dépassa le magasin de meubles et celui de l'ancien photographe, qui s'appelait alors J. Wilson Groat. Elle se rappelait avoir été photographiée, pour son passeport, par le propriétaire lui-même, monsieur J. Wilson Groat. Derrière son imposant appareil, il lui avait demandé des nouvelles des professeurs de son lycée, qu'il photographiait depuis si longtemps qu'il avait perdu le compte des années. Édimbourg avait autrefois un grand nombre de photographes, qui immortalisaient la vie de la cité. Le nom seul, J. Wilson Groat, était merveilleusement évocateur, comme celui du poissonnier qui faisait sa tournée dans le quartier quand elle était petite, au volant d'une camionnette décorée d'un poisson et de son nom en grosses lettres : J. Croan Bee. Sous son nom, ce slogan, simple et mémorable : *De la mer à votre assiette, avec J. Croan Bee.*

Tout en évoquant ces souvenirs, elle avait traversé la rue et remontait Albert Terrace, au flanc de la colline qui descendait en pente raide vers le sud, jusqu'aux profondeurs de Morningside, avec les Pentlands en toile de fond, cachées à ce moment précis par le brouillard qui n'avait pas encore atteint la ville elle-même. La rue était longée de belles maisons victoriennes. Aux deux extrémités, un héron de pierre était perché sur le toit. Par le passé, Jamie et elle empruntaient souvent cette rue quand ils emmenaient Charlie au supermarché. Isabel lui montrait les hérons, mais elle n'était pas sûre qu'il vît autre chose que les nuages… Elle s'arrêta tout à coup. *Par le passé.* Et si cela devait devenir le leitmotiv de ses souvenirs de Jamie, comme pour tous ceux que l'on a abandonnés ? *Par le passé* j'étais heureuse, j'avais un amant qui n'appartenait qu'à moi… Et je pensais… Involontairement, le vers d'Auden, tiré du *Blues de l'enterrement*, ce poème qui avait connu la notoriété après avoir été déclamé dans un film à succès, lui revint : *Je croyais que l'amour durerait toujours, j'avais tort.*

CHAPITRE 10

Grace vint l'accueillir à la porte d'entrée.

— Il dort à poings fermés, dit-elle en faisant un geste vers le premier étage. Complètement épuisé.

Elle leva les yeux au ciel.

— J'aimerais bien pouvoir dormir comme ça. Ça prouve qu'il a la conscience tranquille.

— Ou pas de conscience du tout, répondit Isabel.

Grace, qui repartait vers la cuisine, s'arrêta brusquement et se tourna vers Isabel.

— Pourquoi est-ce que vous dites ça ?

Isabel, lasse et démoralisée, n'avait nulle envie de se lancer dans une discussion. Mais il fallait bien qu'elle s'explique. Elle ajouta qu'à son avis, Charlie ne faisait pas encore la différence entre le bien et le mal. S'il faisait quelque chose de mal, il ne risquait pas d'avoir des remords.

— En tout cas, pas encore. Un enfant aussi jeune ne comprend pas les émotions des autres. Charlie ne peut pas voir le monde avec nos yeux d'adultes.

Elle ajouta une vague référence aux théories du psychologue suisse Piaget sur le développement moral chez l'enfant. Grace l'écouta avec des marques croissantes d'impatience.

— Charlie comprend beaucoup plus de choses que vous ne croyez, dit-elle d'un ton très sec.

— Ce n'est pas vraiment un problème de compréhension, répondit Isabel en haussant les épaules. C'est surtout une question d'empathie.

— Je vais vous donner un exemple, répartit Grace qui n'était pas du genre à se laisser démonter. Un jour, au lac de Blackford, nous avons rencontré un affreux petit garçon. Il était plus grand que Charlie, à peu près cinq ans. Un petit garçon horrible et très *vulgaire*. Il a lancé une pierre sur les canards. Vous savez ce que Charlie a fait ?

Isabel nota le mot *vulgaire*. Grace pouvait utiliser ce mot impunément, mais pour Isabel, c'était une autre histoire.

— Non. Qu'est-ce qu'il a fait ?

— Il a hurlé de rage et ensuite il s'est mis à crier : « C'est à moi ! »

— Oui… commença Isabel.

— Il était en colère parce que ce petit garçon avait fait du mal à ses canards. Charlie savait que c'était mal, vous comprenez, et il a protesté.

Isabel, qui songeait à Jamie, resta quelques instants plongée dans ses pensées. Puis, avec un effort, elle revint au moment présent : sa discussion avec Grace au sujet des canards et de la conscience.

— Je ne suis pas sûre, dit-elle enfin. Charlie crie « C'est à moi ! » quand d'autres enfants touchent à ses jouets. Je crois surtout qu'il s'est fâché parce qu'il aurait aimé faire la même chose, s'il en avait eu l'idée.

Elle regarda Grace avec l'air de s'excuser à moitié d'attribuer des mobiles aussi vils à son propre fils.

— Je suis sûre qu'il adorerait lancer une pierre sur un canard.

Grace en eut le souffle coupé.

— Non, non, vous vous trompez.

— Ce n'est pas la peine de s'énerver là-dessus, dit Isabel en haussant les épaules. Je dis simplement que les petits enfants n'ont pas la notion du bien et du mal. Il apprendra plus tard.

— À propos, répliqua Grace en repartant vers la cuisine, les canards mangent bien du poisson. J'ai regardé sur Internet, et ils disent que les canards mangent des herbes *et* du poisson.

Jamie revint vers une heure de l'après-midi, avec son étui à basson. Isabel était dans son bureau quand elle entendit la porte d'entrée s'ouvrir, et son coeur bondit dans sa poitrine. Elle se leva, pour se rasseoir aussitôt. Elle avait bien essayé de travailler depuis sa visite à Peter et Susie, mais force était de constater qu'elle n'avait pas fait grand-chose, à part lire quelques pages des épreuves du prochain numéro de la revue. Son esprit battait la campagne ; elle perdait constamment sa ligne, relisait plusieurs fois les mêmes passages. L'article n'était pas très captivant, et elle se demanda comment elle avait pu accepter de le publier. *« Citoyenneté et devoir de voter » : faut-il envisager des sanctions pénales pour les abstentionnistes ?* Le sujet en lui-même ne manquait pas d'intérêt, mais l'auteur avait réussi à le rendre particulièrement rébarbatif. *Les droits, comme Hohfeld le rappelle dans son analyse de la jurisprudence, sont intrinsèquement liés aux devoirs correspondants, en particulier celui qui consiste à se comporter de telle façon que le droit soit fondé...* Elle avait vérifié l'orthographe du nom – n'y avait-il pas un second *H* ? – En outre, l'auteur avait choisi d'insérer une note de bas de page de douze lignes pour présenter Hohfeld, point secondaire par rapport à la thèse défendue dans l'article. D'ailleurs, quelle était donc cette thèse ? Qu'il fallait voter, et rendre le vote obligatoire ? C'était manifester bien peu de tolérance pour l'électeur potentiel ne trouvant pas de candidat à son goût. Il faudrait peut-être, pour les indécis, l'option *Aucun des candidats proposés*.

Elle poussa les épreuves sur le côté et attendit. Elle entendit Jamie dans l'entrée, soudain la porte du bureau s'ouvrit et il entra. Elle retint son souffle. Elle avait l'impression de le détester, de détester cet homme qui pénétrait dans son bureau. Comme c'était facile.

Il lui sourit.

— Tu travailles ?

Comment ose-t-il sourire ? se demanda-t-elle en détournant les yeux.

— Isabel ? dit-il, l'air inquiet.

— Oui.

Il fut immédiatement sensible à la froideur de la voix d'Isabel.

— Quelque chose ne va pas ?

Elle aurait voulu répondre que tout allait très bien, mais elle ne put contrôler ce qui sortait de sa bouche.

— Le film t'a plu ?

Jamie n'avait pas l'air de comprendre.

— Quel film ?

— Ce film italien, répondit Isabel, qui avait du mal à parler.

L'effet de ces mots sur Jamie fut foudroyant. Il vint tout de suite vers elle, puis s'arrêta. Dans son trouble, il laissa tomber par terre une enveloppe qu'il avait prise sur la table de l'entrée, et ne prit pas la peine de la ramasser.

— Oh ! mon Dieu.

Il était tout près d'elle. Il tendit la main, mais Isabel recula.

— C'est Eddie qui t'a mise au courant, dit-il simplement.

Elle vit à son visage que c'était vrai. S'il avait été innocent, il n'aurait pas eu cet air coupable, abattu. *Voilà les prémices de la conscience*, se dit-elle. *Jeter une pierre sur les canards*.

— Je ne voulais pas que tu saches, avoua-t-il.

Elle se tourna vers lui, furieuse.

— C'est évident.

— Parce que toute cette histoire m'embarrasse énormément.

L'embarrasser ? Isabel n'en croyait pas ses oreilles.

— J'imagine, dit-elle.

Et elle ajouta, très bas mais de façon audible :

— Je te déteste.

Les mots étaient durs et laids, et elle les regretta immédiatement. C'était faux, elle l'aimait. Mais elle voulait aussi lui faire du mal, le frapper, le repousser. Elle ferma les yeux. *Non, ce n'est pas en train d'arriver, je ne sais plus ce que je fais, ce que je pense. Va-t'en.*

Les yeux toujours fermés, elle sentit qu'il posait les mains sur ses épaules. Elle se raidit : ce n'était pas, ce ne serait plus jamais la caresse d'un amant.

— Isabel, dit-il tout bas, ce n'est pas ce que tu crois, je t'assure. C'est Prue qui m'a invité. La répétition s'est terminée plus tôt que prévu et elle m'a demandé d'aller avec elle au cinéma.

Elle l'entendait respirer, sentait son souffle contre sa joue.

— Qu'est-ce que je pouvais faire ? Je t'ai parlé d'elle, c'est celle qui est malade. Condamnée en fait.

Enfin, elle le regarda : il avait les larmes aux yeux.

— J'y suis allé parce que je ne pouvais pas refuser, c'est tout. Elle n'a personne dans sa vie.

Le soulagement lui donnait presque le vertige.

— Oh Jamie ! dit-elle en lui prenant la main.

— Mais ce n'est pas tout, dit Jamie. Je voulais t'en parler, mais je ne savais pas comment.

— Je suis désolée, dit Isabel. Je pensais que…

Comment lui avouer ce qu'elle avait imaginé, et qu'elle avait douté de lui ?

— Ce n'est pas grave. Je ne t'en veux pas.

— Tu as dit qu'il y avait autre chose ?

— C'est un peu gênant à expliquer, dit Jamie en détournant les yeux. Après le film, Prue m'a demandé de rentrer avec elle.

Isabel était complètement immobile, sa main inerte dans celle de Jamie.

— Et ?

— Évidemment j'ai refusé, mais je ne lui ai pas répondu ce que j'aurais dû lui répondre.

— C'est-à-dire ?

— Que c'est impossible. Elle connaît ton existence, mais elle se comporte comme si cela ne faisait pas de différence. Comme si tu n'existais pas.

— Et pourtant j'existe, dit Isabel avec un faible sourire.

— Je ne veux pas lui faire de peine, elle n'a plus que quelques mois à vivre.

— Non, bien sûr.

Elle sentit une soudaine bouffée de tendresse, un retour de tendresse plutôt. Il était trop généreux pour blesser qui que ce soit, même une jeune fille entêtée qui aurait pourtant eu besoin qu'on lui mette, gentiment, les points sur les *i*.

Mais Jamie n'avait, semblait-il, pas encore tout dit. D'autres révélations ? Elle songea soudain qu'il avait peut-être déjà fauté, et que la soirée au cinéma était bien triviale, une suite plutôt qu'un prélude à quelque chose de plus important. Elle se raidit à nouveau.

— C'est quelque chose qu'elle m'a demandé, dit Jamie en baissant la voix. Elle m'a dit qu'elle n'avait jamais eu un vrai petit ami, et qu'elle ne voulait pas mourir sans avoir eu un amant. Ce sont ses mots. Ce qu'elle voulait dire, en fait, c'est assez facile à comprendre.

Isabel retint son souffle.

— Qu'est-ce que je pouvais dire ? Je n'ai rien dit. Je lui ai appelé un taxi et je suis rentré. Mais j'avais des remords.

Isabel sentait la colère monter en elle. Elle se leva.

— Je ne sais pas quoi dire non plus. C'est tout simplement du chantage, du chantage moral, et c'est grave. Elle voudrait que tu couches avec elle par pitié. Et comment ne pas avoir pitié d'elle ? Mais malgré tout c'est répréhensible.

Jamie hochait la tête, l'air malheureux.

— Tu as raison, j'aurais dû lui en vouloir, mais je n'ai pas pu. On ne peut pas se fâcher avec quelqu'un qui est dans cette situation.

Isabel réfléchit quelques instants, en regardant par la fenêtre. Jamie avait raison : on ne peut pas, on ne *doit* pas en vouloir à une personne condamnée. Mais pourquoi ? Ce serait absurde de décréter que souffrir d'une maladie incurable donne le droit d'agir suivant sa fantaisie. Elle n'était sans doute pas la seule personne dans cette situation qui ait commis une mauvaise action, que le monde pourrait blâmer. Certes, on peut, par compassion, se refuser à les sanctionner, mais on a quand même le droit d'être en colère et de leur montrer que leur comportement est inacceptable.

Elle se retourna à nouveau vers Jamie, qui s'était assis sur le bord du bureau, les yeux baissés.

— Il va bien falloir que tu lui parles, pourtant.

— Qu'est-ce que je dois dire ? demanda-t-il sans détour.

La question l'irrita. Tout le monde devrait savoir comment décourager les avances sans être blessant. Pourquoi devait-elle lui expliquer ?

— Tu n'as qu'à dire qu'il ne peut y avoir entre vous que de l'amitié, rien de plus. Dis-lui que tu l'aimes bien, et que cela ne va pas plus loin.

— Tu as raison.

— Quand est-ce que tu vas lui parler ?

— Je ne sais pas, bientôt, répondit Jamie. Ce ne sera pas facile.

On avait l'impression qu'il se sentait harcelé. Un sentiment de frustration commençait à envahir Isabel.

— C'est certain. Mais la vie n'est pas toujours facile, on ne peut pas toujours éviter les dégâts.

Une autre solution, moins évidente, lui vint soudain à l'esprit et elle la formula sans vraiment réfléchir.

— Et si je lui disais moi-même ?

Jamie n'était pas convaincu.

— Non, c'est impossible, je ne veux pas qu'elle sache que je t'en ai parlé. Et puis pourquoi est-ce que tu ferais le sale boulot pour moi ?

— Parce que je ne suis pas sûre que tu le feras toi-même, répondit Isabel sur un ton de défi.

Elle avait du mal à comprendre pourquoi Prue devait ignorer cette conversation. Elle aurait dû se douter qu'entre fiancés, on se fait des confidences. Mais après tout, elle prétendait n'avoir jamais eu de relation amoureuse, et ne comprenait peut-être pas ce degré d'intimité affective.

— Je suppose que je repousse toujours à plus tard, avoua Jamie.

Mais c'est seulement parce qu'il voulait éviter de blesser.

— C'est ta gentillesse qui te retient. Tu ne veux pas lui faire de mal, mais là, hélas, il va bien falloir la forcer à affronter la réalité, même si cette fille en souffre un peu.

Finalement, c'était peut-être une bonne idée qu'Isabel s'en occupât elle-même.

— D'ailleurs, poursuivit-elle, ce sera plus facile pour moi. De cette façon, elle pourra toujours t'idéaliser, elle ne t'en tiendra pas rigueur. Elle ne pensera pas que tu la repousses.

Jamie n'était pas responsable. Certaines personnes attirent les autres simplement en flirtant, en faisant semblant d'être disponible même quand ce n'est pas le cas. Ce type de comportement est dangereux, elle en avait fait l'expérience. Elle avait connu, quand elle faisait ses études de philosophie, une fille qui préparait son entrée dans l'amphithéâtre avec une précision calculée. Elle attendait que tous les garçons soient assis pour pouvoir les frôler en allant prendre sa place, avec un sourire ingénu et charmeur. À Cambridge, elle avait aussi rencontré un garçon très beau, originaire du Yorkshire qui, tout en se revendiquant hétérosexuel, avait contracté, dans un pensionnat privé coûteux et fermé aux filles, l'habitude de regarder les autres garçons en battant des cils, sans mesurer la confusion que cela causait autour de lui. Ces gens-là se comportent de façon à attirer une certaine forme d'attention. Même si Jamie, avec son profil de jeune premier, attirait les regards et tournait les têtes, ce n'était jamais délibéré, et il n'en profitait pas. Ce n'était pas sa faute si cette malheureuse avait été attirée par lui, comme un papillon vers la lumière. Si Jamie avait été un séducteur invétéré, à lui de se tirer de ce mauvais pas, mais il n'était qu'une victime innocente.

Elle avait réussi à se persuader de l'intérêt de cette solution, mais Jamie avait toujours l'air dubitatif. Si elle parlait à Prue, elle commencerait par lui dire sans ambages que Jamie n'était pas libre. C'était elle, Isabel, qui exigeait que leurs rapports fussent strictement professionnels. Cela la ferait passer pour une ogresse, une femme possessive, et la pauvre fille pourrait continuer à rêver de son prince charmant, sans voir son image ternie. C'était sans nul doute plus charitable. Prue vivrait ses dernières semaines en pensant qu'elle avait rencontré son idéal, mais que la présence de l'autre femme l'avait empêchée de montrer ses sentiments. C'était une version adoucie de la réalité, une meilleure fin pour une vie.

Ils laissèrent là la question. Isabel était résolue à éviter à Jamie l'inconfort d'une confrontation avec Prue. Elle passerait une demi-heure un peu désagréable à expliquer, à une femme beaucoup plus jeune qu'elle, les limites à ne pas franchir, voilà tout. Elle se promit de ne pas perdre de temps.

Avant tout, il lui fallait faire amende honorable. Elle avait dit à Jamie qu'elle le détestait. Il n'avait pas eu l'air de la prendre au sérieux, mais elle devait néanmoins retirer ses paroles.

— Ce que je t'ai dit, je ne le pensais pas, dit-elle en l'enlaçant. J'avais l'esprit à l'envers.

Elle l'embrassa. Il lui sourit, lui caressa doucement la joue. Quand il faisait ce geste, il semblait vouloir se persuader de la réalité de sa présence. C'était très flatteur, et le plaisir qu'elle y trouvait lui donnait le vertige.

— Je n'ai rien entendu, répondit-il. Qu'est-ce que tu as dit ?

Elle réfléchit rapidement : il n'est pas toujours judicieux de s'excuser pour des propos oubliés ou mal entendus.

— Quelque chose d'idiot.

— Toi, quelque chose d'idiot ? Impossible. Qu'est-ce que c'était ?

— J'étais en colère, ça m'a rendue…

— Je sais que tu étais en colère. Mais je n'écoutais pas. Tu n'as pas dit que tu me détestais ou quelque chose comme ça ?

Il se mit à rire. Quelle idée absurde.

— Tu avais entendu, reprocha Isabel.

Isabel avait posé les mains sur les épaules de Jamie et elle le sentit se raidir légèrement. C'était presque imperceptible, mais il avait réagi.

— Je ne savais pas ce que je disais, continua Isabel. J'ai perdu la tête. Je regrette d'avoir pu imaginer que tu laisserais quelqu'un s'immiscer entre nous.

— N'y pensons plus, fit-il avec douceur. C'est fini. Rappelle-toi qu'on se marie bientôt. Oublie le reste.

— Je sais, je sais, dit-elle en le serrant dans ses bras.

Ils n'avaient pas reparlé mariage depuis que la décision avait été prise. Il fallait discuter des dates. Est-ce qu'un mois suffisait pour les préparatifs ? Quels préparatifs étaient nécessaires pour une cérémonie tout à fait intime ? Et puis, le prochain numéro de la revue se profilait à l'horizon, si toutefois on a le droit de penser à ces choses quand on va se marier.

— Les malentendus, ça arrive, dit Jamie.

Elle lui caressa la nuque ; sa peau était douce comme de la soie.

— Hélas.

— Et puis ils se dissipent tout à coup. Et le soleil réapparaît.

— Comme c'est poétique, dit-elle en souriant.

Il lui glissa la main dans le dos, sous son chemisier.

— Ce petit poème que tu avais inventé, sur l'homme tatoué, tu t'en souviens ?

Elle n'y avait pas repensé depuis, mais elle s'en souvenait effectivement. Quelque chose comme : l'homme tatoué et sa femme tatouée et leur fils, le bébé tatoué, dont il est très fier. Une petite fantaisie sans importance, en forme de haïku. Elle était surprise qu'il s'en rappelât. En fait, il arrivait souvent à Jamie de ressortir des propos qu'elle avait tenus dans le passé et qu'il avait gardés dans sa mémoire.

— Fais quelque chose sur le soleil qui réapparaît.

— Tu veux vraiment ?

— Oui, ça montrera que tu me pardonnes.

Elle réfléchit un moment, puis lui murmura ces vers à l'oreille : *La pluie en Écosse est douce comme l'amour lui-même / Avant que le soleil revienne guérir ma blessure.*

Après un silence, Jamie demanda pourquoi la pluie était douce comme l'amour.

— C'est comme ça, répliqua Isabel.

Ils restèrent ainsi, debout, dans les bras l'un de l'autre. Qu'ai-je à pardonner à Jamie ? se demandait Isabel. Sa gentillesse, ou autre chose ? *Les vices cachés* : ce boulet qu'il nous faut traîner avec nous, parfois toute notre vie, sans pouvoir en parler, sans pouvoir partager le fardeau, Atlas malgré nous.

CHAPITRE 11

Quand on a été témoin de la brutalité ou de la bêtise humaine, il arrive que l'on se sente envahi par un douloureux sentiment de vide. Mais dans le cas d'Isabel, ce fut de courte durée : comme une zone de basses pressions attire les vents réparateurs, ce vide de l'âme fut bientôt comblé.

Ils se réconcilièrent, comme le font tous les couples, grâce à un mélange de tendresse, de considération pour les sentiments de l'autre, de sollicitude et de petits gestes affectueux. Et puis Charlie fournit une diversion, leur rappelant que ce qui les liait n'était pas seulement l'amour et l'affection, mais aussi la vie de ce petit garçon. Isabel essaya d'oublier ses paroles malheureuses, tout en continuant à se demander comment elle avait pu en arriver là. Et si Jamie l'avait prise au sérieux et lui avait rendu la monnaie de sa pièce ? L'amour est fragile, il se brise facilement et se répare avec peine : c'est ainsi que s'installe le désamour.

Isabel se promit que plus jamais elle ne soupçonnerait Jamie. La pensée seule la faisait rougir de honte ; comment avait-elle pu le soupçonner d'être infidèle ? Elle s'était conduite comme une adolescente peu sûre d'elle avec un petit ami volage. Plus jamais ça.

Dans la période qui suivit, ils furent très occupés tous les deux. Isabel mettait la main aux derniers préparatifs du prochain numéro de la revue. Elle devait distribuer les piles de livres pour lesquels les éditeurs espéraient une notice sous la rubrique « Livres reçus », et convaincre les spécialistes de faire des comptes-rendus. Pour cela, il fallait parfois passer la pommade, presque jusqu'à la flatterie. Il fallait tenir compte des ambitions et des inimitiés. Elle avait un jour envoyé un livre à un universitaire australien qui avait très rapidement accepté d'en faire un compte-rendu. Trop rapidement peut-être, car elle découvrit plus tard que l'auteur du livre avait fait la conquête de la femme de l'universitaire, ce qui avait fait du bruit dans le petit monde de la philosophie australienne. La conquête avait eu lieu un week-end, à l'occasion d'une conférence de la Société australasienne de philosophie, dont le sujet, par le plus grand des hasards, se trouvait être la loyauté. Tout cela, bien sûr, elle l'ignorait à l'époque. L'auteur du compte-rendu, qui effectuait une retraite dans une grande maison vide dans les montagnes Bleues, avait dû saisir la chance qui s'offrait à lui comme la manne dans le désert. *Je serai ravi de faire ce travail*, avait-il répondu. *Ne prenez pas la peine de m'envoyer le livre, je viens d'en acheter un exemplaire, je peux donc commencer tout de suite. Encore une fois, merci.*

À bien réfléchir, un tel enthousiasme aurait dû lui mettre la puce à l'oreille. Quand elle avait reçu le compte-rendu, rien ne pouvait attirer ses soupçons, sauf peut-être la dernière phrase : *L'auteur doit méditer ses actions.* Le ton était très critique, le texte truffé de remarques comme « erreurs grossières »,

« manque de rigueur dans l'analyse ». Ses critiques, quoique peu courtoises, restaient néanmoins dans le registre des joutes académiques. Mais quelques semaines après la publication, quand Isabel fut mise au courant des circonstances, elle relut la dernière phrase, et tout le texte, sous un éclairage nouveau. Il s'agissait d'une vengeance.

Pendant ce temps, Jamie avait une semaine de répétitions à Glasgow, où il remplaçait une bassoniste qui attendait des jumeaux et s'absentait pour six mois. C'était un travail stable, il appréciait le chef d'orchestre ; il était heureux. Il connaissait déjà la plupart des musiciens et aimait le programme du Scottish Opera cette saison-là.

— J'ai toujours envie de pleurer quand arrive *Una furtiva lagrima*. C'est moi que Donizetti fait pleurer en cachette.

— Mais c'est justement la fonction de la musique, dit Isabel. Quand j'écoute le trio de *Cosi fan Tutte*, « Soave sia il vento », je ne peux pas m'empêcher d'avoir les larmes aux yeux.

— Moi, c'est la mort de Mimi, ajouta Jamie. La première fois que j'ai vu *La Bohème*, j'avais treize ans. Tous les élèves sont allés au Théâtre royal de Glasgow. Quand Mimi est sur son lit de mort, à la fin, je sanglotais. Pour que les autres garçons ne s'en aperçoivent pas, je gardais la tête baissée, ce qui fait que je n'ai pas vu grand-chose de la scène. Pour finir, un camarade l'a remarqué et m'a donné un coup de pied dans le tibia.

— C'est ça, les garçons, conclut Isabel.

Toujours en train de se battre, de donner des coups de pied. Charlie était pacifique, comme son père, mais elle savait que lui aussi traverserait une phase destructrice, où il céderait à l'envie de tester la fragilité du monde qui l'entourait. Hier déjà, il avait lancé un petit wagon en bois contre la porte et l'expérience l'avait fasciné. Il ne s'arrêterait pas là. Jamie hochait la tête.

— Oui, c'est ça, dit-il. Des années plus tard, j'ai vu *La Bohème* dans une mise en scène moderne : ce n'était plus la mansarde à Paris, mais un atelier d'artiste à New York. Le décor était très minimaliste : beaucoup de blanc, un blanc très minimaliste aussi, si l'on peut dire. Mais Mimi mourait toujours de tuberculose. Et je me suis dit qu'il y avait un vrai problème. Si la scène était censée se passer dans le New York d'aujourd'hui, Mimi ne serait pas morte, on lui aurait donné des antibiotiques.

Isabel se mit à rire.

— Les antibiotiques, c'est la fin de l'opéra. Ça peut changer tant de choses.

— Mais ça voudrait dire plus de Mozart, répliqua Jamie.

Pour lui, la vraie tragédie, c'était la mort de Mozart. Il avait déclaré un jour à Isabel que sa mort prématurée avait peut-être été une plus grande catastrophe que la disparition des dinosaures. Isabel avait d'abord trouvé la comparaison idiote, mais finalement c'était une réflexion assez profonde, de plusieurs points de vue. Un chef-d'œuvre artistique, quintessence de la vérité et de la beauté, est-il intrinsèquement préférable à une espèce animale primaire et destructive ? Et préférable pour qui ? Si les dinosaures avaient survécu, l'homme ne serait peut-être pas apparu sur terre, ni Mozart *a fortiori.* Nous en savons sans doute davantage sur la genèse du monde pour ne plus doter l'espèce humaine d'un statut d'exception. S'il faut choisir entre les dinosaures et *Homo sapiens*, on peut penser que cela n'a pas vraiment d'importance, sauf bien sûr pour les espèces concernées. Fatalement, si c'est à nous de faire ce choix, la préférence ira à *Homo sapiens*. Ce choix suscite d'ores et déjà des objections, dans la mesure où l'on raye de la carte une espèce ou une autre, tout simplement par intérêt. Les dinosaures ont disparu : le tour des tigres viendra, si l'homme a besoin de leurs forêts natales ou s'il se juge menacé. Celui des baleines aussi, qui seront mangées, ou transformées en huile ou autre chose. Dès que l'on commence à nier toute valeur intrinsèque, autre que celle que confèrent les humains eux-mêmes, la morale fiche le camp. Au-delà du monde limité des interactions de l'homme avec les autres, il n'y a pas de morale.

— Tu imagines, si Mozart avait eu encore trente-cinq ans à vivre ? Tu te rends compte ?

On pouvait penser qu'à sa mort, le compositeur avait dit tout ce qu'il avait à dire, comme pour Auden : sa production avait été en déclinant au long de ses dernières années, et il était devenu de plus en plus ergoteur. Et s'il y avait un moment où l'artiste doit mourir, ou du moins se taire, avant de contredire tout ce qu'il a créé auparavant ? Elle pensait au cas récent d'un philosophe distingué et athée notoire qui, à la fin de sa vie, avait commencé à écrire des articles sur un ton bien différent. Les admirateurs de ses œuvres précédentes avaient été effondrés par ce revirement, qu'ils attribuaient à la sénilité. Elle avait lu à Jamie une lettre à ce sujet publiée dans le journal. Jamie était sceptique.

— Oui, mais il croyait tout de même ce qu'il disait quand il a écrit ces articles. Même s'il avait changé d'optique, il était toujours sincère.

— Certes. Mais cette certitude était peut-être due à un changement physiologique du cerveau.

— C'est toujours *son* cerveau, malgré tout, avait riposté Jamie, peu convaincu par l'argument.

— Son cerveau à… Quel âge avait-il ? disons quatre-vingts et quelques.

Encore une fois, Jamie semblait douter.

— L'homme de vingt ans, c'est la même personne que l'homme de quatre-vingts, non ?

— La même personne tangible, mais différente par bien des aspects.

Elle l'avait contemplé, se demandant comment lui changerait, avant de poursuivre :

— Je suppose qu'on doit sans doute juger les gens en fonction des périodes de leur vie. On peut changer si radicalement.

Jamie avait toujours l'air dubitatif.

— Ce qu'il faut faire, continua-t-elle, c'est préciser que l'on parle de quelqu'un à un moment donné de sa vie. Tous ces gens qui étaient communistes dans les années 1930, et qui ont changé d'avis quand ils ont compris les ravages que cela pouvait causer… Qu'est-ce qu'on va dire d'eux, à la fin de leur vie ? Qu'ils étaient communistes, qu'ils ont toléré le goulag ?

— Non, non, on regarde ce qu'ils sont devenus, leur…

Il avait cherché le mot juste.

— Leur position finale ?

— Oui, c'est ça qui compte.

Isabel approuvait cet argument charitable. Elle déplorait qu'il n'y ait pas assez de charité dans ce monde où la tolérance est rare, où l'on s'empresse de blâmer et de punir.

On n'a pas besoin de justifier l'amour : il est là, c'est tout. Il arrive sans invitation, parfois sans raison. Il nous surprend quand on ne l'attend plus, quand on se croit le cœur fermé, quand on ne se sent pas prêt à l'accueillir. On s'imagine que cela n'arrivera jamais, parce que ce n'est jamais arrivé. Mais si je cherche pourquoi je l'aime, se dit-elle, si j'essaie de comprendre la cause profonde de mon amour pour lui, c'est qu'il a le cœur généreux. Si je l'aime, ce n'est pas à cause de sa beauté, de la perfection des traits de son visage, de son sourire, ou de sa grâce. Tout cela compte, bien sûr, et depuis le premier jour. Si je l'aime, c'est parce qu'il est généreux. Je voudrais l'être aussi, je voudrais apprendre à lui ressembler. *Devenir* l'autre : ce souhait si peu réaliste, si sincère, et si révélateur, est le symbole même de l'amour, l'indice le plus flagrant de sa présence, sa carte de visite irréfutable.

On aura beau y mettre toute son énergie, remplacer une tâche ingrate par une autre plus facile ne permet l'oubli que pour un temps limité. Isabel ne l'ignorait pas. Tout en s'immergeant dans le travail pressant de la préparation du prochain numéro de la revue, elle avait relégué au fond de sa conscience ses autres engagements : l'offre intempestive du professeur Lettuce, l'explication avec Prue, son enquête sur les candidats au poste de chef d'établissement, sans oublier, bien sûr, le mariage. L'ordre de la liste la fit sourire : un mariage imminent devrait dominer le reste, mais il n'apparaissait dans sa liste que comme une chose à faire parmi d'autres. Certaines personnes ont toujours de bonnes raisons pour repousser *sine die* la cérémonie. On a pris la décision de se marier, mais on ne trouve jamais le moment opportun et l'inertie s'installe. Elle avait entendu parler d'un couple des Highlands qui s'était marié après être restés fiancés pendant vingt-huit ans. Le costume du marié, acheté à l'époque, avait passé tout ce temps dans la penderie, comme la robe de la mariée. Avec l'embonpoint de l'âge mûr, les fiancés ne rentraient plus dedans.

Le rythme de la vie est certes plus lent dans les villages reculés des Highlands, où il n'y a aucune raison de se presser. Cette idée lui rappela que les costumes rétrécissent aussi pour d'autres raisons. Quand elle était étudiante, Isabel avait fait du camping dans le nord de l'Écosse. Dans la région du Wester Ross, en passant devant une petite ferme, elle avait vu un costume d'homme sécher sur une corde à linge. En général, on ne lave pas les costumes d'homme, mais dans cet endroit, il n'y a guère le choix ; le costume, sombre sur le fond d'herbe verte, les manches gonflées d'air, gesticulait au gré des sautes de vent qui venaient de la mer. Après tant d'années, le souvenir de cette scène restait très vif ; elle croyait encore sentir les odeurs d'herbe et d'iode qu'exhalait le varech séchant sur la grève, et la force du vent soufflant directement de l'Atlantique houleux.

Ils reparleraient mariage, le plus vite possible. Elle comptait suggérer qu'ils se donnent encore quelques mois, pour mettre tout au point. Pour partir en voyage de noces, il fallait qu'elle prenne des dispositions : une revue de philosophie ne se publie pas toute seule. Jamie avait aussi des engagements : il lui faudrait aménager son programme de répétitions et de séances d'enregistrement occasionnelles. Et puis il y avait Charlie. Ils avaient l'intention de le prendre avec eux, bien sûr, et cela excluait d'office certaines des destinations que Jamie avait envisagées. Difficile d'emmener un si petit enfant dans une île déserte au large de l'Écosse !

Isabel avait accepté le principe d'une lune de miel en Écosse. Personnellement, elle aurait préféré faire du trekking dans l'Himalaya, ce qui, avec un enfant de moins de deux ans, n'était pas une bonne idée. Les pentes himalayennes sont déjà assez rudes pour les adultes : pour Charlie, ce serait encore pire, à moins qu'on ne l'arrime, bien emmitouflé, sur le dos d'un de ces sherpas qui louent leurs services, en plus de la masse de paquets que ceux-ci portent habituellement. Charlie n'y prendrait guère de plaisir. En outre, sur ces étroits chemins de montagne, un faux pas peut vous faire chuter à des centaines de mètres, dans les éboulis, ou dans un ravin vertigineux. Non, du point de vue de Charlie, les vacances idéales se passeraient sur une plage, près d'une mer calme aux marées imperceptibles, avec un temps ni trop chaud ni trop froid. Certes beaucoup moins romantique, mais une lune de miel avec un jeune enfant doit s'écarter des conventions.

Elle décida d'avoir une discussion à ce sujet avec Jamie pour fixer la date et tout organiser en conséquence. Pour l'instant, il fallait revenir à des tâches plus immédiates, en particulier un dîner où Isabel avait été conviée. Elle irait seule, Jamie ayant un concert à Dundee ce soir-là. Elle aurait ainsi l'occasion de se concentrer sur une affaire qui l'occupait et qu'elle avait remisée : la liste des candidats.

— À Édimbourg, dit Jillian, les gens ont tendance à oublier notre existence.

Elles contemplaient les pelouses d'Abbotsford, la demeure de Walter Scott. Isabel accepta le verre de vin qu'un jeune homme lui proposait sur un petit plateau d'argent. Il portait un uniforme de serveur, pantalon noir et chemise blanche, mais elle voyait à ses mains qu'il était sans doute jardinier, ou homme de peine, réquisitionné pour l'emploi. Elle le remercia et il fit un large sourire.

— Vous travaillez ici ? demanda-t-elle.

— Non, je suis berger.

Il indiqua d'un signe de tête un homme qui se tenait à l'autre bout de la pièce.

— Son berger.

Le jeune homme s'éloigna. Isabel buvait son vin à petites gorgées.

— Le berger d'Ettrick, dit-elle à mi-voix.

Jillian semblait ne pas comprendre.

— James Hogg, expliqua Isabel. L'essayiste, celui qu'on a appelé le berger d'Ettrick.

— Oui, bien sûr, dit Jillian, l'air troublé.

— Vous disiez qu'à Édimbourg, on oublie…

— C'est nous qu'on oublie. À Édimbourg, les gens ont l'impression qu'ils sont le centre du monde, et qu'ici, à la campagne, il ne se passe jamais rien. Je n'exagère pas. Il n'y a qu'à prendre pour exemple cet endroit où nous sommes. Quand on pense que c'est la maison de Walter Scott, rien que ça… le temple de la littérature écossaise ! Et pourtant, nous avons le plus grand mal à susciter leur intérêt.

— Oh, je suis sûre qu'ils sont intéressés, protesta Isabel. En tout cas moi je le suis, j'adore Scott. Il est encore très lu, je crois.

— Je ne sais pas. *Rob Roy*, peut-être, mais à part ça…

— Le problème avec ces grands romans historiques, c'est de trouver le temps de les lire. Et puis, aujourd'hui, ils peuvent sembler un peu ardus. On a tant de choses à faire.

— En tout cas, répliqua Jillian en admirant le plafond, ils vont se précipiter une fois que les administrateurs auront fini la rénovation. Ce plafond magnifique, tous ces trésors !

Elle indiqua du geste la collection d'armes anciennes qui décoraient les murs. De quoi combler les amateurs de romantisme.

— Quelle accumulation ! remarqua Isabel. Scott avait vraiment la passion des *objets*.

— Il était fasciné par le passé. Sa vie était totalement imprégnée d'histoire romantique : brumes, glens, châteaux, et tout le reste. C'est incroyable à quel point il a incarné son époque. Et c'est ici qu'il vivait et qu'il écrivait. Après le dîner, si vous voulez, nous pourrons aller visiter son cabinet de travail. Son bureau est toujours là.

Le mari de Jillian avait eu l'idée de cette invitation à Abbotsford. Membre d'une association de soutien à la restauration de la maison de Walter Scott, il avait invité à dîner des donateurs potentiels. Jillian avait suggéré qu'Isabel se joignît à eux.

— Je voudrais vous le présenter, avait-elle expliqué à Isabel. Bien sûr, à vous, on ne demandera pas de don. Si vous venez, c'est en tant que…

Isabel attendit la suite avec curiosité.

— En tant qu'amie, poursuivit Jillian. Et vous pourrez faire la connaissance de Harold et de Christine. C'est le directeur actuel de Bishop Forbes. Je trouve que c'est mieux de les rencontrer dans un cadre moins formel.

Elle baissa la voix, comme si elle complotait quelque chose.

— Il ne sait pas que vous vous occupez de cette histoire pour nous. Mais ça pourrait vous être utile de les connaître.

Isabel ne voyait pas bien quelle différence cela pouvait bien faire : on lui avait dit, en effet, que le directeur partant ne jouait aucun rôle dans la nomination de son successeur. Mais elle avait très envie de revoir Abbotsford après tant d'années. La dernière fois qu'elle était venue, elle était encore au lycée ; les religieuses y vivaient toujours. Celles-ci descendaient en droite ligne de Scott et entretenaient la maison de leur mieux. Mais la surface des toitures, la multitude de murs à entretenir avaient fini par consumer toutes leurs ressources. Habiter l'Écosse, c'est se battre en permanence contre les éléments, la pluie qui érode la pierre la plus dure, le vent qui soulève les ardoises les plus lourdes et déforme les gouttières les plus robustes, le froid qui attaque le mortier le plus compact.

Jillian conduisit Isabel à l'autre bout de la pièce. Son mari était un homme de haute taille au nez aquilin. Il émanait de lui une énergie irrépressible. Un meneur d'hommes-né, se mouvant avec la plus grande facilité dans le milieu des commissions et des conseils d'administration.

Elle croisa le regard d'Alex en lui serrant la main. Il avait les yeux bleu pâle, pleins d'une lumière intense. Ce phénomène curieux intriguait toujours Isabel : c'était comme si la lumière venait de l'intérieur plutôt que de l'extérieur, alors que les yeux sont censés refléter la lumière, et non l'émettre.

Il l'emmena vers une des larges baies qui donnait sur le parc de Walter Scott.

— Nous n'aurons pas le temps de beaucoup parler, avec cette *meute*, dit-il doucement.

Le nom collectif, songea Isabel rêveusement, une meute de donateurs. Pourquoi pas un *filon* de donateurs, ou bien un *luxe* de donateurs ? À l'évidence, le second l'emportait.

— Jillian m'a mis au courant, dit-il. J'ai cru comprendre que vous… comment dire… qu'il vous arrive de faire des recherches sur telle ou telle personne, dans des cas délicats ? C'est Jillian qui nous a convaincus qu'il fallait éviter d'attirer l'attention en faisant appel à une de ces officines qui enquêtent sur les fraudes et les escroqueries, pour ne pas risquer que l'affaire s'ébruite. Il nous faut quelqu'un de discret, comme vous.

Elle baissa les yeux sur son verre ; il s'en aperçut.

— Désolé, on dirait un mauvais dialogue de cinéma, dit-il, mais c'est parfois utile pour expliquer les choses.

Elle s'était méprise sur son compte. Alex Mackinlay n'était pas un de ces patrons toujours prêts à sortir clichés et banalités. Elle décelait une intelligence subtile.

— Je comprends, répondit-elle. Je suis prête à vous aider.

— Je vous en suis très reconnaissant, dit-il en la regardant d'un air admiratif. Mais je dois avouer que j'ai eu envie de vous demander pour quelle raison vous le faites.

La technique est éprouvée. Quand on veut découvrir quelque chose, sans avoir à le demander directement, le plus simple est de déclarer d'emblée qu'on se refuse à poser la question. Cela ne rate jamais. Quand un homme politique promet qu'il ne soulèvera pas la question du passé d'un rival, l'effet est garanti : la chasse au scandale commence immédiatement et la vie de celui-ci est passée au peigne fin.

— En fait, je n'ai pas le cœur de refuser, expliqua Isabel. C'est un défaut chez moi, je dois l'avouer.

— Vous êtes honnête, au moins, dit Alex en souriant. Je ne sais pas si j'aurais votre franchise.

— Vous croyez ? s'écria Isabel. Alors je vais m'abstenir de vous demander quels sont vos défauts.

C'était la réponse du berger à la bergère.

— Ces trois candidats… dit-il sans relever la plaisanterie. Comme Jillian vous l'a dit, il semblerait que l'un d'entre eux ait menti sur son passé, ou qu'il ne convienne pas au poste. Seulement nous ne savons pas lequel.

Isabel prit le temps de réfléchir. S'il était aussi intelligent qu'elle le pensait, il avait certainement son avis sur l'identité de la brebis galeuse. *Si* brebis galeuse il y avait. Elle décida de lui poser directement la question.

— Est-ce que vous soupçonnez quelqu'un ? Vous devez avoir votre petite idée, non ?

— Cela m'est très difficile de répondre, dit-il après un silence.

— Parce que vous n'êtes pas sûr ?

— Exactement. Ça ne veut pas dire que je n'ai pas de soupçons. Mais j'ai appris à ne pas me fier à mon premier mouvement quand il s'agit de personnes.

— Comment est-ce possible ? demanda Isabel, très surprise. Vous êtes un homme d'affaires, je crois. Tous les jours, vous êtes amené à vous faire une opinion sur les gens. Il faut bien que vous fassiez appel à votre jugement.

Il protesta vivement.

— Non, pas pour les personnes justement. Les données, les chiffres, oui, surtout les bilans comptables. Mais en ce qui concerne les gens, c'est différent. Autrefois, je croyais pouvoir me fier à mon intuition, mais ce n'est plus le cas aujourd'hui.

— Il faut m'en dire plus, insista Isabel. Vous ne pouvez pas rester dans le flou.

— Soit, dit-il après une hésitation. À l'époque j'étais P.-D.G. d'une entreprise basée à Glasgow. Nous avons eu un problème de détournement de fonds. Quelqu'un se servait dans la caisse. Comme nous ne voulions pas alerter la police, nous avons essayé de résoudre le problème nous-mêmes. J'ai demandé au directeur de me faire part de ses soupçons. J'avais une très bonne opinion de lui et je pensais qu'il savait ce qui se passait dans le personnel. Il m'a donné un nom, et j'ai fait venir le type. J'ai trouvé qu'il avait l'air malhonnête. Je lui ai demandé à brûle-pourpoint s'il était au courant du détournement de fonds. Il était très nerveux, il marmonnait, regardait le plafond et n'arrivait pas à me regarder en face.

— Vous avez décidé qu'il était coupable.

— Oui.

— Qu'est-ce que vous avez fait ?

Alex baissa les yeux, évitant le contact direct lui aussi.

— Je n'avais aucune preuve, donc je me suis contenté de le mettre en garde, je lui ai dit qu'il était sous surveillance. Je ne pouvais rien dire de plus. Et puis il est sorti. Le soir même il est allé à Erskine Bridge et il s'est jeté à l'eau. Voilà. Il a laissé trois enfants, et sa femme en attendait un quatrième.

Isabel fit la grimace.

— Ce genre de tragédie n'est pas exceptionnel. Le sentiment de culpabilité, ça peut être très puissant.

Alex la regardait cette fois, mais il n'y avait plus de lumière dans ses yeux.

— Sauf qu'il n'était pas coupable. Il était totalement innocent. J'avais commis une erreur de jugement gravissime, et je ne m'étais même pas aperçu qu'il était très dépressif. J'ai géré cette histoire de façon catastrophique. Quelques semaines plus tard, on a pris le directeur pratiquement la main dans le sac. À son endroit aussi, j'avais fait une erreur de jugement, comme pour ce malheureux qui s'est jeté du pont. Voilà toute l'affaire.

Elle resta silencieuse. C'était une affreuse tragédie. Difficile dans ses circonstances de lui demander qui il soupçonnait. Mais lui-même prit les devants.

— Tom Simpson, dit-il. Le troisième nom de votre liste. Je lui trouve quelque chose de suspect.

Isabel s'interrogeait : un air coupable ? une cravate mal choisie ?

— Stupide, poursuivit Alex. Ce type est stupide. Pendant l'entretien, personne ne l'a mentionné, ni d'ailleurs les témoignages de référence. Mais je crois qu'il n'est pas très intelligent.

— Il pourrait quand même faire un bon administrateur, suggéra Isabel. Faut-il vraiment que les chefs d'établissement soient des intellectuels ? Ce qui compte, c'est de savoir motiver le personnel et les élèves, et de contenter les parents. Pour ça, les aptitudes intellectuelles ne sont pas fondamentales.

— Oui, répondit Alex en souriant. Autrefois, c'est comme ça qu'on recrutait les chefs d'établissement, mais ça a beaucoup changé. Non, ce qui me gêne, c'est qu'il prétend avoir obtenu des diplômes avec mention très bien. Ça me paraît improbable.

— Vous pourriez vérifier. Il suffirait de contacter les universités concernées.

— C'est ce que j'ai fait, dit Alex. J'ai pris l'initiative de contacter le service de la scolarité de l'université de Bristol. Ils m'ont confirmé qu'il avait bien fait ses études là-bas, mais ils se sont refusés à me communiquer les détails de ses diplômes, soi-disant pour protéger la confidentialité. Vous savez, maintenant, on ne veut plus vous donner l'heure au nom de la protection de la vie privée.

— J'ai même entendu parler de quelqu'un qui refusait de donner son nom, sous prétexte de défendre sa vie privée.

— Les gens sont bizarres, reconnut Alex.

— Très. Et les deux autres ? Gordon Leafers et John Fraser ?

— Je les ai vus lors de l'entretien, dit Alex en haussant les épaules. Je connaissais déjà un peu John Fraser. Nous avons des amis communs.

— C'est très instructif. Qu'en disent-ils ?

— Ils l'admirent beaucoup, mais ils le trouvent un peu sombre. C'est le mot qu'ils ont utilisé, sombre.

Ce n'est pas étonnant, songea Isabel, avec la mort de l'autre alpiniste sur la conscience, il a des raisons d'être sombre.

— Et Gordon ?

Alex n'hésita pas : Gordon était, à son avis, irréprochable.

— Tout le monde l'aime, c'est une personnalité très séduisante.

Trop séduisant, peut-être ? se dit Isabel. Du moins pour les femmes mariées. Une femme entra dans la pièce par une porte latérale et fit un signe à Alex.

— Le dîner est servi, dit celui-ci. Je crois que Jillian vous a placée près du directeur actuel, Harold Slade. Je suis sûr qu'il vous plaira.

Ils se rendirent à la salle à manger et prirent place. Quand chacun se fut installé, Alex tapota son verre avec son couteau et se leva. Il remercia l'assistance d'avoir accepté son invitation, espéra que tous apprécieraient cette visite. Il était certain que Scott reviendrait à la mode et charmerait l'imagination d'une nouvelle génération. Il était heureux de jouer un rôle, même modeste, dans cette renaissance. Eux aussi, d'ailleurs, pouvaient y participer.

Involontairement, Isabel fronça les sourcils. On pouvait douter qu'une génération habituée à un régime tout électronique, à un humour prêt à consommer, aux effets spéciaux prodigieux du cinéma, fût vraiment prête à adopter un écrivain comme Scott, dont les livres pèsent des kilos. Pourtant, les auteurs de livres très longs continuaient à connaître le succès : on lisait toujours Dickens et

Stevenson, et même Proust, ou du moins on faisait semblant.

— Tant que les gens s'intéresseront à l'histoire écossaise, dit Alex en promenant sur la table un regard qui défiait des contradicteurs éventuels, Scott aura un public.

Les convives hochaient la tête, Isabel incluse. L'année précédente, il y avait eu un rassemblement des clans écossais : les participants étaient venus de tous les coins du globe. Des gens habitant des villes lointaines et modernes comme Cincinnati ou Canberra qui ressentaient encore, si longtemps après, la force d'attraction de leur ascendance écossaise, avaient applaudi aux danses traditionnelles et autres manifestations folkloriques, grisés par la débauche de couleurs des costumes des clans. Pourquoi pas ? Les gens ont besoin de savoir d'où ils viennent, même si la mémoire de ces temps et de ces lieux reculés flanche parfois. Isabel en concluait que les liens du sang, pour ténus qu'ils soient, protègent l'individu contre le vide de l'éphémère humain. Car, au bout du compte, nous sommes tous des occupants occasionnels et insignifiants de cette planète, porteurs temporaires d'un message génétique toujours menacé de disparition. Nous n'avons pas toujours été présents, et rien ne nous permet de penser que nous le serons indéfiniment. Mais nous n'aimons pas que l'on nous rappelle cette désagréable réalité, d'où cet attachement aux fétus de paille de l'identité, qui nous donnent l'illusion de la permanence.

Scott symbolisait cette identité, comme d'ailleurs cette magnifique demeure, pleine des reliques de l'Écosse d'autrefois. *Préservez-moi de la douleur du néant.* La citation lui revenait en mémoire sans qu'elle sût très bien la situer. Une variation autour de ce vers du XVe siècle, *Timor nihil conturbat me*[1]. Ce que nous devons craindre, ce n'est pas la mort, c'est le néant.

Distraite par ces pensées, elle ne prêta pas beaucoup attention à la suite du discours, quelques remarques sur Scott et son amour pour Abbotsford. Celui-ci terminé, le brouhaha des conversations reprit et elle se tourna vers son voisin, Harold Slade. Après lui avoir serré la main, il entra en matière. Alex Mackinlay lui avait indiqué qu'Isabel était prête à venir un jour dans son établissement pour parler aux élèves des études de philosophie.

— Si vous pensez que c'est une bonne idée, naturellement, ajouta-t-il. J'ai découvert au fil des années que les gens ne croient pas forcément à ce qu'ils font.

— Rassurez-vous, je crois à la philosophie, monsieur Slade.

— Harry, je vous en prie.

— La philosophie, il faut y croire, poursuivit Isabel. Dès qu'on commence à penser, on fait de la philosophie. Je serai très heureuse de venir parler philosophie à vos élèves.

Pour ne pas être tentée d'être pédante, elle préférait abréger.

— Merci, dit-il en inclinant la tête. Peut-être avant que je passe la main ? Je quitte ce poste, vous comprenez.

— Oui, on me l'a dit. Singapour, c'est bien ça ?

Il hocha la tête. Elle considéra attentivement son visage, les rides autour des yeux, le tissu légèrement élimé d'une chemise préférée que l'on met trop souvent. C'était un homme d'uns stature imposante,

1. *Timor mortis* [sic] *conturbat me* : la peur de la mort me trouble l'âme.

qu'elle imaginait bien encourager l'équipe de rugby depuis la ligne de touche. Il exhibait cette masculinité sans complexe, cette simplicité d'esprit que l'on rencontre chez ceux qui passent leur vie dans les écoles de garçons. Cette simplicité apparente pouvait toutefois être trompeuse. Elle se rendit compte aussi que son charme était dangereux.

— Vous êtes impatient de partir ?

— Je ferai sans doute le même genre de travail, mais dans un endroit bien différent.

Il lui sourit.

— J'aime Singapour, parce que c'est très ordonné. La vie ici devient trop chaotique, la négligence s'installe. Pas chez eux.

Elle admit qu'en société, l'ordre avait du bon.

— Personne ne recherche ce que Hobbes appelait une vie de brute, pénible et brève.

— Tout à fait.

Il rompit le petit morceau de pain posé à côté de son assiette.

— À Singapour, ils sont bien élevés, courtois. Dans la rue, on ne voit jamais d'ivrognes, ni de bagarres.

— Certes. Mais l'atmosphère ne risque-t-elle pas de devenir un peu… L'ordre, c'est bien, mais il y a peut-être des limites…

Elle n'acheva pas sa pensée.

— C'est ce que dit ma femme, répondit-il en regardant le long de la table. Elle n'a pas très envie de partir, hélas. Mais je l'ai persuadée de faire un essai. Nous sommes prêts à vivre séparés quelques années si c'est vraiment impossible. Elle pourrait rester ici.

— Beaucoup de gens le font, dit Isabel.

— Mais enfin, elle n'est pas très enthousiaste. Je me sens un peu coupable.

Encore une fois, il se pencha pour regarder les convives. Suivant son regard, Isabel vit une femme mince, un peu osseuse, assise quelques places plus loin. La femme leva les yeux, et Isabel croisa son regard. L'espace d'un instant, Isabel fut choquée d'y lire de la jalousie. Il lui fallut quelque temps pour comprendre. Pourquoi cette animosité ? Simplement parce que son mari était assis près d'une autre femme lors d'un dîner ? Parce qu'elle n'était pas certaine des sentiments de son mari, ou qu'elle était une *épouse possessive*. Isabel arrêta là sa réflexion : elle ne savait rien d'elle, hormis qu'elle voulait rester dans son pays, et ne pas quitter l'Écosse. Mais cette simple information disait tout ce qu'il fallait savoir.

Elle regarda à nouveau en direction de Christine Slade. Celle-ci avait les yeux baissés sur le bol de soupe servi par le jeune homme qui avait distribué les apéritifs avant le dîner, le berger. Elle semblait si malheureuse qu'Isabel en éprouva soudain de la pitié. Elles sont nombreuses, les femmes qui voient leur vie bouleversée par les ambitions professionnelles de leur mari, celles qui vivent dans l'ombre sans se plaindre, qui acceptent de quitter amis et famille au gré des promotions. Peut-être pourrait-on dire la même chose des maris, à cette exception près, qui est de taille : cela arrive moins souvent…

Isabel se tourna vers Harold.

— Puisque votre épouse est si malheureuse à l'idée de partir, est-ce que vous avez envisagé de rester en Écosse ?

— Mais elle finira par s'habituer ! s'exclama-t-il, l'air surpris. Je ne me fais pas de souci pour elle. Les gens s'adaptent, vous savez. On s'habitue à tout.

Isabel réfléchit aux mots qu'il avait utilisés : *Je ne me fais pas de souci pour elle*. Effectivement, se dit-elle, il ne se fait pas de souci parce que, pour lui, elle fait partie des meubles. C'était un homme à femmes, habitué à être adulé.

Jillian, qui était assise juste en face d'eux, regardait Harold fixement. Isabel vit ses lèvres articuler un mot sans bruit. Elle jeta un coup d'œil à Harold : il avait intercepté le mot de Jillian et lui souriait. Isabel se sentit mal à l'aise, comme si elle assistait involontairement à une scène intime.

Après le dîner, en prenant le café dans le salon, Isabel eut l'occasion d'aller vers Christine Slade. Elle arriva juste comme celle-ci allait engager la conversation avec un homme qui étudiait de près un des tableaux accrochés au mur. Isabel se présenta.

— J'ai eu le plaisir de bavarder avec votre mari pendant le dîner. Il m'a parlé de Singapour.

La femme eut un sourire las. Elle regarda Isabel, sans montrer aucun intérêt.

— Oui, dit-elle. Singapour.

Isabel prit le temps d'avaler une gorgée de café. Il était froid.

— Ça doit être passionnant, une école internationale, lança-t-elle. Avec tant de nationalités diverses…

— Celle-là est très britannique. Cricket, préfets, et tout ça.

Le ton était très condescendant, avec une façon de prononcer *cricket* qui indiquait un certain manque d'enthousiasme.

— C'est un jeu si étrange, dit Isabel en souriant. Il y a des moments de grande excitation et des heures d'ennui. Comme la vie, dans un sens.

Christine la regarda vaguement, comme si elle se rendait compte qu'il s'agissait d'une plaisanterie, mais sans bien la comprendre.

— Peut-être.

Isabel cherchait désespérément quelque chose à dire.

— Vous allez vivre dans un appartement ou une maison ?

En posant la question, elle avait déjà conscience de sa banalité. Peu lui importait de savoir si ces personnes, qu'elle venait à peine de rencontrer, allaient vivre en appartement ou dans une maison. À Singapour, les appartements étaient sans doute plus nombreux que les maisons. Mais c'était sans importance…

La question suscita pourtant chez son interlocutrice une étincelle d'intérêt.

— Le logement de fonction est une maison, et il y aura une bonne.

— Ah !

Encore une fois, Isabel se retrouva à court d'idées. Quel genre de bonne ? Y aurait-il un garage, une allée pour garer la voiture ? Auraient-ils une voiture ?

— Il fait très chaud là-bas, dit soudain Christine. La température est plus ou moins constante, mais elle est très élevée.

Isabel hocha la tête. Il fait chaud à Singapour. Oui, elle l'avait entendu dire.

— Vous n'êtes pas heureuse de partir ?

La question était directe, mais Isabel voulait absolument sortir de ces platitudes.

Christine lança un coup d'œil à son mari, de l'autre côté de la pièce, en pleine conversation avec Alex et un autre invité.

— Cela ne me gêne pas, dit-elle carrément. Harry désire partir, c'est ce qui compte.

Isabel ne répondit rien, consciente que la situation était peut-être plus compliquée qu'elle ne l'avait cru. Harry voulait partir à cause du poste, cela semblait clair. Mais la vérité pouvait être tout autre : et s'il souhaitait partir justement parce que son épouse, une femme plutôt insipide, ne le souhaitait pas, elle ? Rien de plus simple, quand on veut se séparer de sa femme, que d'aller travailler dans un pays où elle hésitera à vous joindre. Bien sûr, il faut exclure des villes comme Paris, Melbourne ou Vancouver, où la vie est plutôt agréable, au bénéfice d'endroits où *personne* ne veut aller. Singapour, une ville plutôt belle, confortable et sûre, ne tombait évidemment pas dans cette catégorie. Mais le climat et la distance suffisent à expliquer que Christine n'ait pas envie de suivre son mari.

Si Harry avait vraiment décidé de partir très loin pour quitter une vie de famille sans joie, il ne désirait sans doute pas qu'elle l'accompagnât. Mais il lui faudrait être diplomate, car suggérer qu'il ne désirait pas sa présence aurait sans doute le résultat inverse : elle s'empresserait de le rejoindre pour éviter qu'il ne parte avec une autre.

Il était tout à fait possible qu'elle jouât la comédie, que son rêve le plus cher fût d'habiter à Singapour, mais qu'elle préférât dissimuler cette envie. Ou bien cela l'arrangeait : son mari parti à Singapour, elle pourrait rester seule en Écosse… avec son amant… le jeune professeur de gymnastique nouvellement nommé peut-être. Isabel s'obligea à interrompre ces élucubrations absurdes. La vie n'est jamais aussi compliquée, et l'affaire était simple : un homme accepte un poste à l'étranger mais sa femme est réticente car elle ne veut pas quitter ses habitudes et qu'elle est heureuse là où elle est. Elle le suivrait quand même, et leur vie reprendrait son cours, peu différente en somme de celle qu'ils menaient en Écosse. Il n'y avait là aucun mystère, apparences et réalité ne faisaient qu'une.

Quand Isabel se retourna vers Christine, celle-ci s'éloignait pour parler à d'autres invités. C'est *elle* qui me trouve sans intérêt, se dit Isabel. Après cette conversation, elle en avait bien le droit. Isabel termina son café froid et posa la tasse sur une table. Harry et Christine la déprimaient : il n'y avait pas de bonheur dans ce couple.

Elle regarda sa montre. Avant de reprendre sa voiture pour rentrer à Édimbourg, elle fit un calcul rapide. Elle avait pris un verre de vin avant le dîner et un demi-verre au cours du repas. La quantité, répartie sur trois heures, était bien en deçà de la limite autorisée. En partant maintenant, elle serait chez elle en un peu plus d'une heure, juste avant le retour de Jamie. Grace, qui gardait Charlie, dormirait à la maison.

Quelques minutes plus tard, elle roulait en direction d'Édimbourg dans sa voiture suédoise verte. Elle distinguait vaguement la campagne des Borders grâce à une lune aux trois quarts pleine : vastes champs ponctués de bois sombres ; collines vallonnées se détachant sur le ciel nocturne, dont la silhouette ronde évoque la bête tapie, l'ours endormi ou la baleine à bosse. C'était là le paysage cher à Walter Scott ; elle se plaisait à imaginer l'écrivain dans son cabinet de travail à Abbotsford, contemplant le monde qu'il peuplait de ses personnages, un monde de luttes sans espoir et de quêtes héroïques.

Même si son imagination suggérait le contraire, le monde avait changé, et il lui fallait revenir à la réalité du moment. Dans le monde de Harry et Christine, il n'y avait pas de mystères. Ils n'avaient rien à voir avec le candidat suspect. Elle n'avait pas avancé dans ses recherches, sauf qu'elle savait maintenant qu'Alex se méfiait des références de Tom Simpson et le considérait comme intellectuellement inférieur aux deux autres, et menteur par-dessus le marché. Cela changeait les données du problème, à supposer que l'on puisse le prouver. L'hypothèse du faux diplôme était facile à vérifier, et elle pouvait toujours essayer, mais c'était si improbable que ce serait une perte de temps. Inutile donc de poursuivre cette piste. Le suspect désigné par la lettre, le seul à avoir un grave secret à cacher, ne pouvait être que John Fraser, elle en était persuadée.

Elle entra dans Édimbourg par le sud. Admirant le panorama des lumières de la ville, elle pensa à l'amie de Jamie, Prue. Dans cette ville qu'elle dominait, il y avait là tant de gens qu'elle connaissait, ou qui la connaissaient ; tant de liens, d'associations, d'amitiés, qui sont le véritable tissu nerveux des sociétés humaines. L'une de ces personnes dont la fenêtre était encore éclairée à cette heure se trouvait être cette jeune fille malheureuse et angoissée qu'elle s'était engagée à rencontrer, dont le cœur avait sans doute déjà été brisé par l'injustice du sort qui la frappait, et qui n'avait comme perspectives que chagrin et déception. À moins que… Il lui vint soudain à l'esprit une idée complètement folle. À moins qu'elle ne partage Jamie, par charité, avec une fille qui n'avait plus que quelques mois à vivre. Isabel avait tout et l'autre n'avait rien. Était-ce si choquant de permettre à Jamie d'aller lui apporter du réconfort, de lui faire connaître l'amour avant de disparaître ? La plupart des femmes auraient été horrifiées par cette proposition, qui ne suscitait aucun effroi chez Isabel, seulement un peu de honte, et un certain embarras. Comment Jamie réagirait-il à une telle suggestion ? Elle imagina le regard chargé de reproche qu'il prenait parfois : *Tu parles sérieusement ? Je crois que tu perds complètement la tête.*

Comment peux-tu même y penser ? Le plus probable, c'était qu'il serait consterné, et à juste titre.

Effectivement, comment osait-elle évoquer même cette possibilité ? Ce qui pouvait passer pour un acte généreux, une volonté de partage, n'était en fait qu'une preuve implicite de désinvolture : elle n'aimait pas suffisamment l'homme qu'elle allait épouser pour s'offusquer qu'il ait une liaison avec une autre femme. Ce qui était faux : elle l'aimait, elle le voulait à l'exclusion de tous les autres. Elle chercha dans sa mémoire la formule immémoriale de la cérémonie du mariage, au temps où les modernisateurs du langage n'en avaient pas encore chassé toute poésie. *Abandonner tous les autres ?* Quel beau mot qu'*abandonner* ! La phrase était sans conteste plus explicite et sa portée plus grande que les pâles succédanés d'aujourd'hui. Et pourtant, cette idée folle qui lui avait traversé l'esprit ne venait pas du néant. Nos pensées nous appartiennent et si elles choquent, c'est que cette pulsion est en nous. Comme si nous avions un alter ego infernal qui tolérerait, avec la plus grande facilité et le plus grand naturel, nos tentations d'infidélité, de débauche charnelle et d'égoïsme.

CHAPITRE 12

Naturellement, elle ne parla pas de cette lubie à Jamie. Le lendemain matin, au petit déjeuner, tandis que Jamie préparait pour Charlie des mouillettes, agrémentées d'un peu de Marmite, l'idée lui traversa à nouveau l'esprit, mais elle la chassa en se forçant à penser à autre chose. Elle savait que c'est la technique des saints, les patentés comme les aspirants. On repousse les pensées impures en évoquant des sujets célestes, des chœurs d'anges par exemple. L'autoflagellation est une autre manière de corriger un esprit coupable, mais plus difficile à employer à la table du petit déjeuner. Isabel se contenta de penser à Christopher Dove, qu'elle imagina complotant d'autres noirceurs devant son bol de muesli. À cette scène, elle ajouta le professeur Lettuce, assis face à Dove, contemplant son jeune collègue, béat d'admiration. L'image la fit sourire, ce qui prouvait que le procédé avait marché : elle ne pensait plus à cette horrible tentation.

Jamie, loin d'imaginer les affres d'Isabel, discutait de l'organisation de la journée. Il était libre et se proposait d'emmener Charlie au jardin botanique. Charlie avait récemment découvert les poissons qui nagent paresseusement dans les bassins des serres : ils leur rendraient visite et en profiteraient pour admirer les plantes les plus exotiques. Charlie avait, semble-t-il, terriblement envie de toucher un cactus, et Jamie se demandait s'il devait le laisser découvrir seul que les épines et les aiguilles piquent.

— C'est comme ça qu'ils apprennent, non ?

Isabel regarda Charlie avec tendresse. Comme tous les parents, il y avait tant de dangers dont elle aurait voulu le préserver. Les cactus devaient en faire partie.

— Non, dit-elle enfin. Il a bien le temps de découvrir la vérité sur les cactus, et sur l'alcool, et sur les peines de cœur. Il apprendra plus tard.

Elle avait son programme pour la journée. La veille, avant de se rendre à Abbotsford, elle avait téléphoné à Charlie Maclean pour lui demander les coordonnées du père de l'alpiniste qui avait trouvé la mort dans l'ascension de l'Everest. Elle désirait lui parler, et Charlie lui avait dit qu'il le connaissait. Il lui procura obligeamment un numéro de téléphone.

— Il est à la retraite aujourd'hui. Il habite tout près. Il travaille encore pour une ou deux distilleries. C'était un as. Mais il ne s'est jamais remis de la perte de son fils unique, l'alpiniste. Il y a une sœur, mais elle est malheureusement un peu attardée.

Le mot *attardé*, qui n'avait pourtant rien de méchant, devenait rare depuis que l'on préférait parler, par euphémisme, de « difficultés d'apprentissage ». Mais l'Écosse résistait encore à la tyrannie du politiquement correct.

Au téléphone, le père s'était déclaré prêt à la recevoir, se contentant de lui demander pourquoi elle voulait le rencontrer.

— Je veux apprendre ce qui s'est passé lors de cette expédition.

— Vous écrivez quelque chose ? demanda-t-il d'une voix lasse.

— Pas vraiment.

— Vous voulez vraiment me parler ? Je n'y étais pas, vous savez.

— Si cela ne vous ennuie pas trop.

Il y eut un court silence. Cela l'ennuie, se dit Isabel, et c'est bien compréhensible. Pourtant, ce n'est pas ce qu'il répondit.

— D'accord. Si c'est important pour vous.

Il parlait sur un ton résigné, mais Isabel fut frappée par autre chose : *Si c'est important pour vous*. C'est en grande partie le fondement de la morale de nos rapports avec autrui. Nous reconnaissons ce qui est important pour l'autre, nous en tenons compte. De ce principe découlent beaucoup de choses : la reconnaissance des droits, la courtoisie… tout ce qui permet d'éviter les conflits. Si, par exemple, ceux qui s'opposent au mariage homosexuel partaient de ce principe – *c'est important pour eux* –, cela pourrait contribuer à faire disparaître leurs réticences. Le problème, c'est que si l'on applique cette même règle aux opposants, alors on tourne en rond. Essayer de concilier des positions contradictoires, c'est aussi difficile que de mélanger l'huile d'olive et le vinaigre balsamique.

Isabel ferma les yeux. Ce n'est pas sur une analogie avec le vinaigre balsamique que l'on peut construire une éthique.

— Vous êtes là ?

La voix à l'autre bout du fil la tira de sa rêverie philosophique.

— Oui, oui. Je suis désolée, je pensais à autre chose.

Elle s'excusa à nouveau et arrangea un rendez-vous. Il la recevrait chez lui à dix heures et demie. Il habitait juste à la sortie d'Édimbourg, près de la chapelle de Roslin, tout au bord des collines de Pentland. Sa maison était située sur la route qui va de Roslin au village de Temple ; un paysage étrange, coincé entre des vallées étroites et sinueuses et les vallonnements qui donnent naissance aux collines des Borders.

— Vous ne pouvez pas rater la maison, dit-il, le crépi est couleur ocre. Vous n'en verrez pas d'autre, vous ne pouvez pas vous tromper.

Comme il l'avait prédit, elle trouva facilement. La maison était plus grande qu'elle ne l'avait imaginé, à la fois ferme fonctionnelle et manoir du châtelain, comme on aurait dit autrefois. Pas assez imposante pour une famille qui aurait des prétentions sociales, mais parfaitement confortable.

Une courte allée menait à la maison, fraîchement recouverte de gravillons qui crissaient agréablement sous les roues de la voiture, avec un bruit plaisant de vagues qui s'écrasent sur la plage. Elle gara son véhicule, en sortit et admira la maison. L'architecture en était heureuse, et devait dater de la fin de l'ère géorgienne. Le style victorien se profilait déjà, mais n'avait pas éliminé les proportions harmonieuses de l'époque précédente. Une maison facile à vivre, bien dans sa peau, ou du moins dans son mortier.

La couleur ocre venait du crépi typique, fait de calcaire et de petits cailloux, qui forme le revêtement extérieur des maisons écossaises. Il était d'une couleur chaude que l'on trouve parfois dans l'est de l'Écosse, importé sans doute des Pays-Bas, quand le commerce fleurissait entre les ports écossais et leurs voisins hollandais de la mer du Nord.

Iain Alexander avait vu Isabel et ouvrit la porte alors qu'elle contemplait toujours la façade, la tête en l'air.

— Mademoiselle Dalhousie ?

Il pouvait avoir un peu plus de soixante-dix ans ; d'apparence très soignée, il avait le teint clair et un peu rouge de l'Écossais rural, effet conjoint du vent et de la pluie, et aussi des cieux où filaient les nuages. Ils échangèrent une poignée de main.

— Vous avez bien de la chance d'habiter ici, dit Isabel en indiquant du geste la façade.

— Je le sais. Beaucoup de chance. L'ocre est une couleur si chaleureuse.

Il parlait simplement, avec un accent qui évoquait un Édimbourg suranné.

— Ma défunte épouse aimait beaucoup cet endroit, ajouta-t-il en montrant vaguement le jardin. Elle avait créé un jardin magnifique, mais malheureusement je l'ai un peu laissé à l'abandon. On ne peut pas tout faire. Parfois, on ne peut rien faire du tout d'ailleurs.

Il la fit entrer et la conduisit le long d'un couloir tapissé de livres, jusqu'à un salon qui donnait, contrairement à l'habitude, sur l'arrière de la maison. Les murs étaient décorés de tableaux plutôt conventionnels – paysages, oiseaux en plein vol, une petite toile représentant une scène mythologique, une vieille carte du canton de Midlothian dans un cadre. Et soudain, là, au-dessus de la cheminée de marbre blanc, elle vit son Raeburn, celui qu'elle avait examiné dans le catalogue avec Guy Peploe, celui qu'elle comptait essayer de remporter lors de la vente, dans un mois. Elle resta immobile quelques instants et se demanda si elle n'était pas le jouet d'une illusion. Était-ce une copie, ou un autre tableau ressemblant étrangement au Raeburn ?

— Est-ce…

Elle s'interrompit. C'était son tableau, forcément.

— Raeburn, dit Iain. Mon trésor. Du moins pour l'instant…

Lui aussi s'interrompit, avant de continuer.

— Bientôt, il faudra que je l'expédie à la salle des ventes. Il va me manquer.

Isabel s'approcha pour observer le tableau de plus près. En bas du cadre, sur un petit losange doré, étaient inscrits les mots *Sir Henry Raeburn : Mrs Alexander et sa petite-fille*.

C'est mon tableau, se dit-elle. Le portrait de *ma* trisaïeule.

— Pourquoi est-ce que vous le vendez ? demanda Isabel en se tournant vers lui.

La question était abrupte, et elle se rendit aussitôt compte de son manque de tact. On met un objet en vente pour deux raisons : parce qu'on ne l'aime pas ou parce que l'on a besoin d'argent. Il n'y a pas vraiment d'autres cas de figure. Et il venait de dire qu'il l'aimait.

— J'y suis obligé, répondit-il. C'est ennuyeux de se séparer d'un tableau qui est lié à l'histoire de la famille, mais…

Il haussa les épaules.

— C'est une nécessité financière.

Il avait l'air gêné, et elle savait pourquoi : pour les gens de sa génération, il est de mauvais goût de parler d'argent. On subit la pauvreté avec stoïcisme, on profite de la richesse avec modestie. Elle rougit de l'avoir ainsi contraint à admettre ses embarras financiers. Elle se revint au tableau pour l'étudier.

— Je connais ce portrait, dit-elle.

Il n'eut pas l'air surpris.

— Raeburn est très connu.

— Je sais qui est cette femme, dit-elle en le regardant.

— Oui, dit-il simplement, le nom est inscrit sur le cadre. Mrs Alexander, une parente lointaine.

— C'est ma parente aussi, dit Isabel doucement, mais pas si lointaine que ça. C'est ma trisaïeule.

Il resta silencieux un moment. Ils se regardaient d'un air un peu déconcerté, conscients que leur entretien venait de prendre un tour nouveau. D'étrangers, ils étaient devenus parents, quoique éloignés.

Il regarda par la fenêtre avant de parler.

— C'est pour cette raison que vous êtes venue ? C'est à cause de ce tableau ?

— Pas du tout, répondit Isabel en secouant la tête énergiquement. J'ignorais que nous avions ce lien. Je dois dire que je suis ravie de me découvrir un nouveau cousin.

— C'est extraordinaire, dit-il, rasséréné. Mais il ne faut pas oublier que la population de l'Écosse n'est pas très nombreuse. Apparemment, les scientifiques qui étudient l'ADN ont découvert que beaucoup d'Écossais sont en fait parents. Beaucoup plus que l'on ne croit.

— Quand j'ai vu votre nom, j'aurais dû penser à la branche des Alexander. Je n'ai pas réfléchi.

Iain l'invita à s'asseoir.

— J'ai un arbre généalogique quelque part, dit-il. Un cousin de Nouvelle-Zélande est venu nous voir et a passé des mois à fouiner dans les Archives. Il a réalisé un grand schéma qu'il a déplié sur la table de la cuisine. On aurait dit la Genèse. Untel engendra untel, jusqu'à la énième génération. C'était très détaillé, et un peu barbant.

Isabel voyait très bien ce qu'il voulait dire. Elle comprenait l'intérêt de telles recherches, mais elle-même n'avait jamais été tentée d'explorer les ramifications familiales : qui a épousé qui, qui a eu quel enfant, etc. Elle faisait toutefois une exception pour les anecdotes à caractère historique. Par sa mère, elle était apparentée au premier aviateur qui ait atterri à Mobile, en Alabama, et à une femme accusée d'avoir assassiné son amant, propriétaire à La Nouvelle-Orléans d'une boîte de nuit louche. Celle-ci, une fois acquittée, avait pris le voile. Le pionnier de l'aviation était exceptionnel, dans la mesure où très peu de gens possédaient un avion à l'époque, et puis il était brave, ou peut-être téméraire. Quant à la religieuse… Isabel la croyait coupable, le jury ayant sans doute considéré que la victime méritait son sort. Il est fréquent que les jurés acquittent des coupables patents si la victime est suffisamment déplaisante. Tous les patrons de boîtes de nuit sont par essence louches ; généralement, la profession n'attire pas les citoyens intègres.

Elle s'assit donc, et ils discutèrent des liens familiaux qui les unissaient. Sans être très compliquée, la filiation remontait loin dans le passé, les lignées ayant commencé à diverger presque deux siècles auparavant. Pourtant cette association était une réalité que l'on ne pouvait pas ignorer. D'ailleurs, on recherche instinctivement cette proximité quand on rencontre quelqu'un pour la première fois. Quand on est présenté à quelqu'un que l'on ne connaît pas, on essaie toujours de se découvrir des amis ou des relations communs. C'est aussi banal que de discuter du temps qu'il fait ; et aussi rassurant. La météo est un ciment social : quand on parle de la pluie, du froid, des espoirs de beau temps déjoués par la pression atmosphérique, on se souvient que l'étranger nous ressemble, et se désole, plus rarement se réjouit, du même climat.

— Je suis désolée que vous la vendiez, dit Isabel avec un coup d'œil à la toile. La pauvre femme…

— Évidemment, répondit-il avec un léger sourire, c'est mieux vu de vendre une autre grand-mère que de vendre la sienne. Et c'est plus votre aïeule, au énième degré, que la mienne.

Isabel aimait ce genre d'humour à froid. D'où venait l'expression *vendre père et mère* ? Est-ce la pire action que l'on puisse commettre ?

— Je dois vous faire un aveu, dit-elle.

Il la regarda d'un air interrogateur.

— J'ai vu le tableau dans le catalogue de Christie's, et j'avais l'intention d'essayer de le remporter.

S'il était surpris par cet aveu, il n'en montra rien.

— Eh bien j'espère que vous l'emporterez. Je préfère savoir qu'il va trouver un cadre qui lui convient, plutôt que de le voir partir à l'étranger. Je ne sais pas où partent les Raeburn de nos jours.

Elle voulut répondre que certains Raeburn reviennent en Écosse. Elle en avait vu un dans une galerie d'Édimbourg, le portrait saisissant d'un médecin écossais. Mais elle n'ouvrit pas la bouche : en quelques secondes, elle avait pris sa décision. Si l'idée était inhabituelle, les circonstances elles-mêmes l'étaient.

— Et si je l'achetais ?

— Ce sera une vente publique, dit-il, surpris. Vous pouvez enchérir, si vous voulez.

Il eut soudain l'air gêné.

— Vous savez, ça peut monter assez haut.

— Je le sais, répondit Isabel. Mais si je vous l'achetais à vous directement, vous pourriez le retirer de la vente.

— Je suis désolé, dit-il, de plus en plus gêné. Je ne veux pas avoir l'air cupide, mais j'en tirerai un meilleur prix en le vendant aux enchères. J'ai besoin de cet argent, hélas. Vous comprenez, j'ai une fille qui a des problèmes de santé. J'ai besoin d'argent pour pouvoir m'occuper d'elle.

Bien sûr, se dit Isabel : c'était la fille dont Charlie Maclean lui avait parlé.

— Je vous donnerai le meilleur prix que vous puissiez raisonnablement espérer, dit-elle. Au-dessus de l'estimation. Et cette estimation, je la connais.

— Je ne sais pas, dit-il, perplexe.

Elle lui exposa alors la proposition qu'elle avait concoctée pendant leur conversation. Elle aurait voulu lui poser la main sur l'épaule, prendre dans ses bras cet homme fier, digne et courtois.

— Autre chose. Je suis tout à fait disposée à vous laisser profiter du tableau pendant, disons, les cinq ans qui viennent. Vous le gardez chez vous. Je l'achète, mais c'est vous qui le gardez. Ça ne me gêne pas du tout d'attendre cinq ans, et ça me ferait plaisir que vous en profitiez.

— Vous parlez sérieusement ? demanda-t-il, les yeux ronds.

— Tout à fait.

— Mais pourquoi ? Pourquoi est-ce que feriez quelque chose d'aussi incroyable, d'aussi généreux, pour moi ? Je ne peux pas accepter, d'ailleurs.

Isabel fut chagrinée par sa réaction.

— Mais pourquoi pas ? Après tout, nous sommes parents, même de très loin. Un cadeau entre parents…

— Non, non, dit-il en secouant la tête. Vous exagérez l'importance…

— Pas du tout. Est-ce que je peux vous avouer quelque chose sans que vous vous formalisiez ?

— Si vous voulez, répondit-il en fronçant les sourcils.

— Cet arrangement me donnerait beaucoup de plaisir, et en plus ça me convient parfaitement.

J'obtiens un tableau que je voulais, et vous avez la possibilité de le garder encore quelque temps. Vous me donnez quelque chose, et je vous donne quelque chose. Je sais que rien ne m'y oblige. Je pourrais très bien attendre la vente et l'acheter pour le même prix. Seulement j'aimerais que vous le gardiez. Faites-moi ce plaisir.

Il l'avait écoutée attentivement, l'air grave. On dirait que je fais une conférence, se dit Isabel.

— Désolée, je ne voulais pas vous faire la leçon.

— Non, non, dit-il en levant une main. C'est moi qui devrais m'excuser. Vous m'offrez un cadeau et mon premier mouvement est de refuser. C'est tout simplement grossier de ma part.

— Alors vous acceptez ?

Il secoua la tête, comme pour dissiper une confusion grandissante.

— C'est très étrange. Vous m'avez téléphoné pour me demander de vous parler de l'accident de Chris. J'ai accepté, alors que je n'ai vraiment rien à dire qui puisse vous intéresser. Et voilà que vous arrivez, vous vous présentez comme une parente et vous me proposez d'acheter mon Raeburn sans vraiment l'acheter…

Elle tomba d'accord : cela pouvait paraître étrange.

— Mais la vie est étrange, monsieur Alexander. Très étrange. Des choses inattendues se produisent tout le temps. Je pense que nous devons laisser faire le hasard.

Elle traversa la pièce pour aller jusqu'à lui, qui était toujours assis. Elle se pencha vers lui et lui prit la main. Malgré sa surprise, il ne la retira pas. Loin d'être embarrassant, ce moment d'intimité entre eux était réconfortant.

— Je suppose que Christie's a fait une évaluation ? demanda Isabel.

— Oui, ils m'ont donné un chiffre.

— Je vous donnerai cette somme, dit-elle. Retirez le tableau de la vente. Vous pourrez dire, sans mentir, que vous préférez qu'il reste dans la famille.

— Le commissaire-priseur ne sera pas content. Il voudra sa commission. C'est ce qu'ils font, vous savez, quand un objet est directement vendu à un amateur qui l'a vu sur le catalogue.

Isabel n'en avait cure.

— Très bien, je paierai sa commission. Il ne perdra rien.

Iain semblait avoir du mal à comprendre ce qu'elle lui proposait.

— Et le tableau restera ici, mais vous en serez propriétaire ?

— C'est ça. Mais il faudra faire un acte sous seing privé, comme disait mon père qui était juriste, pour attester que le tableau reste en votre possession pendant cinq ans. Est-ce que ça vous conviendrait ?

Il se mit à rire.

— Ce serait difficile d'y trouver à redire ! C'est vraiment incroyable.

— C'est le genre de proposition qu'on ne peut pas refuser, dit Isabel en souriant elle aussi.

— Vous ne faites pas partie de la mafia, j'espère ? s'écria-t-il en faisant semblant d'avoir peur.

— Je crois qu'ils n'acceptent pas les femmes, répondit Isabel. Raison de plus pour les éliminer.

— Je sais qu'il est encore tôt, dit-il en se levant, mais je prends toujours un petit verre de sherry avant le déjeuner. Puis-je vous en proposer un ? Ou quelque chose de plus doux, un sirop de citron vert par exemple ?

— Parfait. Buvez votre sherry, je prendrai un sirop. Ensuite, nous pourrions…

— Parler de Chris, oui, je n'ai pas oublié.

Il sortit. Isabel retourna examiner le Raeburn. Mrs Alexander, son ancêtre, la contemplait du haut de deux siècles, avec un air approbateur, même si Isabel ne s'en rendait pas compte. De toute façon, par modestie, elle n'avait pas l'habitude de se décerner des satisfecit. Elle avait simplement fait ce qu'elle devait faire. La plupart du temps, c'était facile et cela ne coûtait pas cher ; parfois, comme maintenant, cela pouvait être coûteux. Mais c'était néanmoins une bonne chose. Quand Iain revint, Isabel ne montra aucun regret. Style Édith Piaf, se dit-elle. *Non, je ne regrette rien*, même pas trente-six mille livres immobilisés pendant cinq ans pour un Raeburn qu'elle posséderait sans en profiter.

Ils s'installèrent près de la fenêtre. Le ciel était dégagé, strié de fins rubans de nuages sur un fond bleu froid et vide.

— Je n'ai jamais aimé que Chris fasse de l'alpinisme, raconta Iain. Mais je savais que cela ne servirait à rien d'essayer de l'en empêcher, car c'était le rêve de sa vie, plus important même que le rugby. Vous savez qu'il a fait partie de l'équipe nationale d'Écosse ? Tout petit déjà, il grimpait partout. Plusieurs fois, il a fallu aller le chercher sur le toit. Un été où nous étions en vacances sur l'île de Jura, quand il avait douze ans environ, il avait escaladé une colline sans nous prévenir. Nous pensions qu'il était parti voir un copain qui séjournait sur l'île, mais non, il était parti grimper.

— Je connais cette île, dit Isabel, se souvenant de sa visite avec Jamie.

Iain hocha la tête.

— Elle est magnifique, Chris aime… aimait beaucoup y aller, même tout récemment.

Isabel remarqua le passage du présent au passé : ce genre d'ajustement est sans doute le plus difficile quand on perd un être cher, ou quand une histoire d'amour s'achève. Le présent est aboli, et en même temps il n'y a pas de futur.

— J'étais conscient des dangers, continua Iain. Mais je me disais que d'autres sports étaient tout aussi dangereux. J'essayais de me persuader que Chris était sage et prudent, et que seuls les pressés et les imprudents ont des accidents. Mais ce n'est pas vrai, bien sûr. Tout le monde peut faire une erreur, même l'alpiniste le plus chevronné : il suffit de poser son pied au mauvais endroit et l'on tombe dans une crevasse. Un tas de choses arrivent sans qu'on puisse incriminer une erreur humaine.

Isabel attendit qu'il reprît son récit, mais il demeurait silencieux, les yeux fixés sur le petit verre de sherry qu'il faisait tourner dans sa main droite.

— Que s'est-il passé exactement ? Il était parti avec John Fraser, je crois ?

Iain hocha la tête, les yeux toujours sur son verre.

— Ils avaient tenté l'Everest ensemble. Chris rêvait d'en faire l'ascension, comme tous les alpinistes j'imagine. Ils n'étaient qu'à un jour ou deux du sommet, avant le camp final. Je ne sais plus comment ils disent. Il semble qu'en traversant un champ de glace, Chris a trébuché, et il est tombé. John est revenu le chercher ; avec le sherpa, chacun leur tour, ils ont soutenu Chris pour le ramener au camp. Quand ils sont arrivés, Chris délirait et il n'a survécu qu'une ou deux heures. La maladie de l'altitude, avec une complication… J'ai oublié les termes exacts du rapport médical.

Isabel était fascinée. Elle imaginait un champ de glace à très haute altitude, éblouissant sous le soleil, deux hommes en soutenant un troisième sur un pont échelle, au-dessus d'un abîme de glace bleue.

— John Fraser s'est conduit comme un héros, continua Iain. J'ai entendu dire qu'aujourd'hui beaucoup de grimpeurs ne prennent même plus la peine de ramener ceux qui ne peuvent plus suivre. Ils se contentent de les fourrer dans un trou de glace avec un drapeau pour marquer l'endroit, au cas où il serait encore vivant quand ils redescendront. Vous vous rendez compte ? Voilà où on en est.

Isabel ne répondit pas. Elle s'était complètement trompée dans ses hypothèses, ce qui n'était pas une surprise. Il lui arrivait souvent de mal interpréter une situation ou de parvenir à des conclusions tout à fait erronées.

Mais Iain n'avait pas fini.

— Par contre, c'est vraiment dommage pour l'autre.

— Un autre ? Il y avait donc dans l'expédition un autre grimpeur qui n'est pas revenu ?

— Non, non, dit-il. Je parle d'une autre ascension, dans le nord de l'Écosse.

— Encore une tragédie ? demanda Isabel à mi-voix.

— Oui. C'est Chris qui me l'a raconté. Ça s'est produit plusieurs années avant leur tentative dans l'Everest.

Iain expliqua que Chris était présent, qu'il n'avait pas vu ce qui s'était passé, mais qu'il pensait savoir.

— C'est-à-dire ?

— Je n'aime pas rapporter des rumeurs, dit-il. Je n'ai aucune preuve, je ne sais cela que par ouï-dire.

— J'en tiendrai compte, répondit Isabel. Racontez, s'il vous plaît.

Il avait l'air peiné de lui refuser une bribe d'information, alors qu'elle venait de se montrer si généreuse envers lui. Il ne pouvait être sûr de rien, mais il décida de lui dire ce qu'il savait.

— J'ai entendu dire que John Fraser a coupé la corde d'un grimpeur. Il était parti avec Cameron, un ami de Chris, un peu plus âgé. Cameron est tombé, ou il a glissé, je ne sais pas, et John Fraser aurait coupé la corde pour sauver sa peau.

Il n'en dit pas plus, l'air honteux d'avoir ainsi franchi la limite imaginaire entre un simple récit et une rumeur.

— Si c'est un choix entre deux personnes, remarqua Isabel, c'est tout à fait compréhensible de se choisir soi-même. Pourquoi entraîner une deuxième personne dans la mort ?

— Je ne dis pas qu'il n'aurait pas dû, répondit Iain après un temps de réflexion. Je ne dis pas non plus que c'est véridique. C'est seulement ce qu'on m'a raconté. Il a coupé la corde d'un autre grimpeur pour sauver sa vie.

Isabel prit elle aussi le temps de méditer. Aurait-elle coupé la corde ? Combien pourraient répondre sans mentir par la négative ? Et si Jamie, ou Charlie, avait été à l'autre bout ?

— C'est arrivé où ?

— Je ne suis pas sûr, dit Iain en cherchant dans sa mémoire. À Glencoe, je crois. Un de ces sommets qui surplombent le col, avec beaucoup de ravins.

Ils continuèrent à deviser quelque temps. Puis Isabel regarda sa montre et déclara qu'elle devait rentrer.

— Vous avez toujours l'intention… demanda Iain en indiquant le tableau.

— Profitez-en, dit Isabel en lui prenant la main. Il reste où il est. Je vais demander à Simon Mackintosh de prendre contact avec vous. C'est mon notaire.

— Je le connais. Je connaissais aussi Aeneas, son père.

— Eh bien vous voyez, tout est arrangé.

— Édimbourg est vraiment une ville extraordinaire, s'exclama Iain soudain. On peut se faire confiance.

— Oui, le système fonctionne bien.

En quittant la maison, elle se demanda s'il n'y avait pas un peu d'arrogance dans cette remarque. D'un autre côté, chaque ville a son fonctionnement propre, et toutes reposent sur le même principe : on connaît ses concitoyens et on les respecte. Rien de critiquable à cela. Seuls les partisans du chaos pourraient y trouver à redire, ou ceux qui nient toute idée d'appartenance, et toute solidarité. Ils sont légion, ceux qui haïssent l'attachement au terroir et le sentiment d'identité, et qui voudraient nous réduire à l'esclavage de l'anonymat, à la vie dans de vastes entités impersonnelles, avec des gouvernants dont on ne sait ni le visage ni le nom. S'ils préfèrent ce système, grand bien leur fasse, mais elle ne partageait pas ce point de vue. Jamais elle n'aurait honte d'aimer son pays, sa ville, jamais elle ne cesserait de tout faire pour préserver ce réseau de liens personnels et intimes qui cimente les communautés. Jamais.

CHAPITRE 13

Le jour suivant, un samedi, Isabel était de service au magasin. Les arrangements avaient été pris quelques semaines auparavant et Isabel n'osa pas demander à Cat de les changer. Celle-ci passait la journée à Londres, partant à six heures du matin de la gare de Waverley et revenant le dimanche matin, pour participer à un déjeuner en l'honneur de l'une de ses amies de lycée, qui épousait un officier.

Cat espérait assister au mariage et elles avaient eu une discussion à ce sujet.

— Il est sublime. Il s'appelle Jon, sans *h*.

— C'est un choix ou c'est de naissance ?

Cat n'avait pas apprécié la plaisanterie.

— Quelle importance ?

— Aucune, mais c'est toi qui en as parlé. En général les John gardent le *h*.

— Je trouve que c'est plus sexy comme ça, avait dit Cat. Jon est un prénom vraiment très sexy.

Isabel n'avait rien répondu. John Liamor avait gardé le *h* et pour être sexy, il l'était. C'est d'ailleurs pour cette raison qu'elle l'avait épousé. Après beaucoup d'introspection et d'interrogations sur les raisons de cet échec, elle en avait tiré une leçon : c'est son physique qui l'avait séduite.

— Décider qu'un prénom est sexy ou pas me paraît vraiment futile, avait décrété Isabel. Et l'on ne doit pas épouser quelqu'un simplement parce qu'il est sublime.

— Je n'ai pas dit…

Cat était devenue écarlate.

— Non, non, je sais, avait assuré Isabel pour la calmer. Je n'ai pas dit ça. Je suis sûre que ton amie a bien d'autres raisons d'épouser Jon. Ce que je dis, c'est qu'en général, ce n'est pas une bonne idée. Il ne faut pas choisir un homme juste parce qu'il est beau. Les hommes font sans cesse cette erreur. Ils fondent tout sur l'apparence physique et ils se retrouvent avec une femme qu'ils ne peuvent pas supporter, ou bien qui les ennuie à mourir.

Cat l'avait regardée d'un air incrédule.

— Et toi alors ?

— Moi ?

— Tu es mal placée pour juger les autres, non ?

Isabel avait ouvert la bouche pour répondre, mais aucun son n'en était sorti.

— C'est vrai enfin, avait poursuivi Cat. Il n'y a qu'à regarder Jamie.

Isabel avait le souffle coupé. Mais Cat n'en démordit pas.

— Je suis désolée, mais tu ne peux pas critiquer chez les autres ce que tu fais toi-même.

— Est-ce que tu es en train d'insinuer que j'ai été attirée par Jamie à cause de son physique ? C'est ça dont tu m'accuses ?

— Je ne t'accuse pas, avait dit Cat en baissant les yeux. Seulement… Excuse-moi, mais si Jamie avait été plus petit que toi, avec du ventre, tu crois que vous vous seriez retrouvés ensemble ? S'il avait eu mauvaise haleine, ou des pellicules ? Tu le crois vraiment ? Sincèrement ?

— Ça n'a rien à voir avec le physique, avait répondu Isabel sèchement.

— On dit ça, mais est-ce qu'on le croit vraiment ?

— Moi oui. On peut aimer des gens qui ne sont pas beaux du tout. Tu ne vas pas me dire le contraire ?

Cat secouait la tête. Non, ce qu'elle voulait dire, c'est que les gens se contentent de ce qu'ils peuvent avoir. Quelqu'un qui n'est pas séduisant peut arriver à se faire aimer, mais c'est plus dur, ça se mérite. Quand on est beau, il n'y a pas d'effort à faire, on plaît à tout le monde. C'est évident, insista Cat. Il n'y avait qu'à observer les couples : les beaux choisissent les beaux et les autres doivent se contenter de ce qu'ils trouvent.

Qu'elle est stupide et superficielle ! avait pensé Isabel. Mais sa colère s'était dissipée immédiatement, d'ailleurs ce n'était pas vraiment de la colère. Isabel aurait été surtout scandalisée si elle ne s'était pas rendu compte que Cat avait probablement raison. Si Jamie avait été tel que Cat le décrivait, autant être honnête : elle ne se serait peut-être jamais intéressée à lui. Ce serait donc l'apparence physique, autrement dit le hasard, qui déterminerait les sentiments ? Cette conclusion l'avait déprimée. Elle ne se croyait pas aussi frivole.

— Peut-être pas, avait-elle concédé.

— Tu vois bien.

Puis elles avaient changé de sujet. Isabel voulait savoir si l'amie de Cat s'inquiétait à l'idée que son futur mari soit envoyé en service actif.

— Il y a tellement de petites guerres aujourd'hui. La vie d'un officier a bien changé. Autrefois, c'était polo et ski. Maintenant, ils partent en mission et se font tirer dessus. Je ne sais pas si tous s'en rendent compte quand ils s'enrôlent.

— Elle dit qu'elle n'est pas inquiète, mais je ne la crois pas. Ces guerres vont peut-être prendre fin.

Isabel en doutait.

— Il y en aura toujours une autre, et une autre après celle-là. On ne risque pas la pénurie, hélas. D'ailleurs, ça ne s'est jamais vu.

Une seule consolation, bien mince : ces guerres semblaient de plus en plus menées par des volontaires. Mais cela ne résistait pas à l'examen, puisqu'il fallait s'interroger sur la notion même de volontariat. La pauvreté, le manque de perspectives, pas exactement choisis, constituent des agents recruteurs puissants.

Cat partit à Londres assister à la cérémonie. Isabel laissa Charlie à son père et se rendit au magasin juste après huit heures et demie. Cela lui donnerait le temps de moudre le café et de s'occuper d'autres préparatifs avant d'ouvrir aux clients, à neuf heures. Il y avait généralement affluence à l'ouverture, souvent des habitués pressés qui venaient boire leur café du matin. Si tout était prêt à l'avance, Eddie et elle pouvaient servir le café à raison d'une tasse par minute. Elle l'avait minuté un jour où elle était en veine de productivité, et annoncé fièrement à Cat sa performance. Celle-ci n'avait pas semblé très admirative.

— Mais si tu les sers si vite, ils n'achèteront rien d'autre. Leurs yeux ne pourront pas se poser sur le chocolat ou d'autres produits essentiels.

— On pourrait leur demander s'ils veulent du chocolat, avait suggéré Eddie. C'est ce qu'ils font au café du coin : *Vous désirez un muffin, ce matin ?* Et quand on refuse, ils ont l'air très déçus.

— J'ai horreur de ça, avait déclaré Isabel. J'ai horreur qu'on me demande si je veux autre chose. Et puis franchement, je pense que c'est mal de susciter des désirs de muffins dans l'esprit des gens. Pour commencer, ça nuit à la campagne antimuffin du gouvernement : il dépense un argent fou pour nous persuader de manger sain et voilà qu'on vous propose un muffin.

— Qu'est-ce que le gouvernement reproche aux muffins ? avait demandé Eddie.

La discussion n'avait débouché sur rien. Cat savait très bien qu'Isabel l'aidait au magasin bénévolement : il est difficile de donner des ordres à quelqu'un qui travaille pour rien, et qui se trouve en plus être votre tante. Elle avait donc laissé Isabel libre de servir le café à la vitesse qu'elle désirait – ce qu'elle faisait.

Ce matin-là, Eddie avait envie de bavarder. Il était supporter de la petite équipe de football d'une ville obscure du Fife, uniquement parce que son père avait passé sa jeunesse dans cette ville. L'équipe, qui collectionnait les dernières places d'une ligue de second rang, avait peu de mérite, mais pouvait compter sur la loyauté presque fanatique de ses supporters. Hélas, ce soutien était soumis à rude épreuve, car on venait d'apprendre que le gardien de but avait été soudoyé par une autre équipe. L'appât n'était pas d'ordre financier, mais sexuel : il avait été convenu que s'il les laissait marquer un but, la petite amie d'un joueur de l'équipe adverse lui accorderait ses faveurs. Il avait accepté, mais n'avait pas reçu sa récompense, la fille en question déclarant qu'elle n'avait jamais eu l'intention de se prêter au jeu. Cela l'avait mis en rage : il avait raconté à ses amis qu'on l'avait trompé, et clamait haut et fort que la jeune femme devrait avoir honte.

Isabel avait écouté l'histoire, fascinée.
— Il a peut-être été naïf, dit-elle. Pour une gaffe, c'est une gaffe. C'est la fin de sa carrière, je suppose.
Eddie hochait la tête.
— De toute façon, il n'était pas très bon. Mais il n'aurait jamais dû faire confiance. Il aurait dû s'assurer que... qu'elle tiendrait sa parole avant de laisser marquer le but. Il a vraiment été stupide.
Isabel, qui était en train de moudre du café, arrêta la machine.
— Eddie, il n'aurait jamais dû dire oui, c'est tout.
— D'accord, mais à partir du moment où il a accepté, il aurait dû s'y prendre différemment. Maintenant, tout le monde se moque de nous, c'est ça qui m'énerve.
— Je suis désolée.
— C'est de sa faute à elle, ajouta Eddie, sensible à cette marque de sympathie. Pour un homme, c'est impossible de refuser ce genre de proposition.
Isabel transvasa le café moulu dans un pot et jeta un coup d'œil à Eddie. Il semblait dire que les hommes sont incapables de se maîtriser. Elle fronça les sourcils : le croyait-il vraiment ?
— Vous dites ça sérieusement ? Vous pensez qu'il ne pouvait pas refuser ?
— Non, protesta Eddie en rougissant. Un homme doit dire non à une femme comme ça. D'après moi, c'est la femme qui est coupable dans l'histoire.
Isabel resta silencieuse. Des ensorceleuses qui rôdent autour de gardiens de but vulnérables, c'était peut-être là sa vision du monde. Elle regarda sa montre et fit signe à Eddie d'ouvrir le magasin. Ils auraient peut-être l'occasion de revenir sur le sujet. À l'évidence, les hommes peuvent se maîtriser. Jamie en était un exemple : Prue, qui avait jeté son

dévolu sur lui, en avait fait l'expérience. Pauvre fille... Non, ce n'était pas le mot juste. Infortunée, certes, mais aussi calculatrice et prête à voler un homme marié ou sur le point de l'être. Elle n'était pas une exception d'ailleurs, tant de gens se montrant totalement dénués de scrupules quand il s'agit de conquérir l'homme ou la femme qu'ils désirent. Si l'on aime un homme entre tous, si l'on croit qu'il est le seul que l'on pourra jamais aimer, comment résister ? Elle-même n'était pas sûre d'y parvenir. Et si d'aventure cet homme était déjà pris, saurait-elle s'effacer ? Cette considération pesa sur elle toute la matinée, pendant qu'elle servait le café. Quand c'est le cœur qui parle, on est prêt à tout, ou presque. Et l'on constate tous les jours que la raison, la retenue, la conscience sont des remparts bien fragiles contre l'assaut de la passion, contre le raz-de-marée d'émotion primaire qui nous submerge si facilement. Les sociétés humaines l'ont compris de tout temps et forgé des barrières contre cette force qu'elles jugent destructrice : le mariage, l'opprobre, le sacrifice de soi sont autant de précautions contre la faiblesse humaine face à la fatalité de la biologie.

Elle observa Eddie : pour n'être pas philosophe, il avait néanmoins du jugement. Elle, la philosophe, ne semblait pas avoir une meilleure compréhension du monde. Elle connaissait les termes techniques désignant la vie, mais lui savait ce que c'était de la *subir*. C'était facile de critiquer son point de vue, en particulier cette tendance à faire porter la responsabilité à la femme, mais il avait peut-être raison : ce serait la faute de cette jeune femme, Ève serait plus coupable qu'Adam.

Elle se révolta contre une telle analyse. Ève s'était fait piéger, tout le monde le savait.

Ce matin-là, le magasin ne désemplit pas et ils ne purent faire une pause que vers deux heures. Ils pouvaient alors espérer avoir une heure de tranquillité. Une fois le magasin vide, Isabel s'essuya le front.

— Quelle bousculade, mon Dieu !

— Asseyez-vous, proposa Eddie. J'ai des trucs à ranger.

— Non, répondit Isabel. Faites une pause d'abord, et moi après. Je vais…

Elle allait se mettre au rangement quand elle entendit la porte s'ouvrir. Elle soupira : ils n'auraient de répit qu'à la fermeture, à six heures. Elle serait épuisée.

— C'est lui, murmura Eddie en lui donnant un coup de coude.

Isabel se retourna. Gordon Leafers refermait la porte du magasin. Elle ne le reconnut pas immédiatement. Eddie remarqua ce flottement.

— Son type. Lui. Le type de Cat, dit-il tout bas.

Gordon s'approcha du comptoir.

— Est-ce que Cat est là ?

Manifestement surpris de trouver Isabel à cet endroit, il avait l'air perplexe.

— Je ne m'attendais pas…

— Nous sommes une entreprise familiale, déclara Isabel en s'essuyant les mains sur son tablier. Nous mettons tous la main à la pâte. Eddie et moi, nous formons équipe depuis longtemps. C'est lui le patron.

— Pas vraiment, protesta Eddie anxieusement. C'est elle, moi je suis juste…

— Directeur adjoint, suggéra Isabel. Très compétent. Cat est à Londres, malheureusement.

— Mais bien sûr ! s'écria Gordon, se rappelant soudain. Elle m'a dit qu'elle avait un mariage.

Les hommes oublient tout, songea Isabel. Les femmes leur expliquent des choses et ils ne s'en souviennent jamais.

— Je lui dirai que vous êtes passé. Puis-je vous offrir un café ? Un thé ?

Il consulta sa montre. Il avait le temps de prendre un café.

— Je dois assister à un match de cricket. Je ne suis pas très amateur, mais c'est important pour l'établissement.

— Je vous rejoins, dit Isabel en indiquant une table. Eddie, ça ne vous ennuie pas si je fais une pause maintenant ?

— Pas du tout, répondit Eddie, l'air déprimé pourtant.

Elle prépara deux tasses de café et les apporta à la table où Gordon feuilletait un numéro de *The List*, le magazine qui présentait le programme des manifestations à Édimbourg et Glasgow. Elle remarqua l'entête de la page ouverte : *Agenda gays, lesbiennes, bi et trans*. Un encadré publicitaire annonçait la tenue d'un tournoi d'athlétisme gay dans Queen Street Gardens. Il tourna la page rapidement. Elle l'observa attentivement : était-il… transsexuel ? Mais dans ce cas, comment pouvait-il être attiré par Cat ? S'il était en train de devenir une femme, il serait normal qu'il soit plutôt attiré par les hommes. Sauf, naturellement, s'il avait l'intention de devenir une lesbienne, auquel cas Cat était un très bon choix. Le seul problème, c'est qu'elle n'était pas forcément prête à transformer une relation hétérosexuelle avec un homme en relation homosexuelle avec un homme devenu femme, même si, du temps où il était encore un homme, il était déjà son amant.

Discrètement, elle étudia les traits de son visage pendant qu'il buvait son café. Son regard se porta d'abord sur le menton : il n'était pas très bien rasé, mais il s'en dispensait peut-être le samedi. Les mains ensuite, pas très féminines avec leurs poils noirs.

Il avait dû s'apercevoir qu'elle le dévisageait et changea de position, l'air mal à l'aise.

— Désolée. J'étais en train de me dire que nous sommes ce que nous sommes biologiquement. Ça doit être difficile d'échapper à cette identité.

— Ah oui ? demanda-t-il d'un ton moqueur. Et qu'est-ce qui vous fait penser à ça ?

Impossible de lui dire la vérité.

— J'ai l'esprit porté à la divagation. Je pars d'une hypothèse, d'une question curieuse, et ma pensée prend le mors aux dents et bat la campagne.

Il sembla se détendre.

— Vous rêvez tout éveillée. Ça arrive à tout le monde. Dans la classe, il faut lutter contre ça. Une fois qu'ils se mettent à regarder par la fenêtre, c'est fini, leur attention décline. Ils sont ailleurs.

Elle croisa son regard.

— Vous aimez votre travail ?

— C'est parfois très gratifiant, répondit-il en haussant les épaules. Par contre, à d'autres moments… je pourrais les étrangler, vraiment.

Et si cela s'était réellement produit ? pensa Isabel. Mais elle n'en dit rien.

— Vous n'en viendriez pas là. De toute façon, aujourd'hui, il n'y a plus de châtiment corporel.

— Même avant, c'était mal vu de les étrangler, fit-il en souriant.

Elle décida de changer de sujet.

— Vous m'avez dit que vous cherchiez un autre poste. Vous avez des nouvelles ?

— Non, pas encore. Comme je vous l'avais dit, je n'ai pas grande chance de l'avoir.

— Pourquoi donc ? demanda Isabel en reposant sa tasse.

— À cause de la concurrence. Je sais qui sont les autres candidats retenus.

Elle effleura de l'index le bord de sa tasse, traçant une mince ligne dans la mousse de lait.

— Ah oui ? dit-elle sur le ton le plus dégagé possible. Comment avez-vous su ? Je pensais que c'était confidentiel. Les autres candidats…

— … ne veulent pas forcément qu'on sache qu'ils ont postulé ? Bien sûr que c'est confidentiel, mais les gens sont bavards, vous savez.

— Vraiment ?

— Oui.

L'auteur de la lettre anonyme connaissait cette liste. Donc, en toute logique… Elle essaya un syllogisme. (1) L'auteur de la lettre anonyme connaissait les noms des candidats ; (2) Gordon connaît les noms des candidats ; (3) Gordon est l'auteur de la lettre anonyme.

L'argument était évidemment fallacieux. Les deux prémisses en étaient justes mais la troisième proposition tirait une conclusion injustifiée. En réalité, il aurait fallu dire : Gordon fait partie de ceux qui *auraient pu* écrire la lettre anonyme.

Elle se demanda s'il était vraiment au courant. Il ne faut pas toujours se fier aux rumeurs.

— Qui sont les autres candidats ? demanda-t-elle.

— Vous ne les connaissez pas, répondit-il d'un air taquin.

— Je les connais peut-être. En fait, j'ai entendu dire…

Gordon lui coupa la parole.

— J'en doute.

— John Fraser, dit-elle, pour commencer. Et Tom Simpson.

Il la regarda d'un air complètement ébahi et Isabel éclata de rire.

— Moi aussi, j'écoute peut-être les rumeurs.

Je n'ai pas menti, se dit-elle : j'ai dit *peut-être*. Avant qu'il réponde, elle se pencha en avant.

— John Fraser est un mordu d'alpinisme, n'est-ce pas ? dit-elle à mi-voix.

Gordon hocha la tête, imperceptiblement.

— J'ai même appris qu'il avait été mêlé à plusieurs accidents.

— C'est ce qu'on prétend, répondit Gordon, assez distant.

— Dans l'ascension de l'Everest, par exemple.

— J'ai lu quelque chose là-dessus, répondit Gordon, toujours impassible. Ils ont perdu un des membres de l'équipe. Ça arrive souvent, apparemment.

— Dans la « zone de la mort ».

Elle attendit qu'il intervînt, mais il continuait à la regarder en silence.

— Et puis il y a Glencoe, continua Isabel. Un autre accident.

Sur les traits de Gordon passa un frémissement presque invisible.

— Il y a beaucoup d'accidents dans nos montagnes. Combien de grimpeurs est-ce que nous perdons par an ? Une demi-douzaine ?

— Je n'en ai aucune idée, dit-il en vidant sa tasse d'un trait. Il faut que j'y aille. Ce maudit match de cricket.

— Bien sûr.

Elle le regarda partir. Eddie, qui avait trouvé de quoi s'occuper derrière le comptoir, vint la rejoindre.

— Je ne l'aime pas, dit-il. Je ne l'aime pas, c'est tout. Il est pire que Bruno, bien pire.

— Ça n'est pas vrai, protesta Isabel. Il est mille fois mieux.

— Il ne me regarde pas. Quand il vient ici, son regard me traverse comme si je n'existais pas.

— Vous êtes sûr ? C'est peut-être de la timidité. Et vous, vous le saluez ? Vous vous êtes montré cordial ?

— Pour quoi faire ? fit Eddie avec une moue.

— Parce que les gens qui ne sont pas aimables ne doivent pas se plaindre qu'on ne soit pas aimable avec eux. Voilà pourquoi.

Ils en restèrent là, car deux clients entrèrent, et il fallait s'occuper d'eux. Tout en les servant, Isabel réfléchissait à sa conversation avec Gordon. Gordon connaissait John Fraser : pire, il n'avait pas dit tout ce qu'il savait. Il sembla à Isabel que la solution lui crevait les yeux. Gordon avait pu écrire la lettre anonyme pour éliminer l'un de ses rivaux. Il avait le mobile et l'information. Seulement, pourquoi ne pas avoir révélé le secret ? Il avait suggéré qu'un candidat, sans dire lequel, avait quelque chose à cacher, sans préciser quoi. Quelle était l'utilité pour lui de se montrer aussi indirect, aussi timoré ? Nulle, pensait Isabel. Mais ce n'était pas impossible. Elle ne voyait pas de bonne raison de le rayer de la liste des suspects.

Il y avait donc deux conclusions qu'elle pourrait rapporter au conseil d'administration. La première, c'est qu'un candidat était soupçonné, mais seulement soupçonné, de lâcheté. La seconde, qu'un des candidats était prêt à écrire ce genre de lettre pour améliorer ses chances de succès. Les administrateurs feraient ce qu'ils voudraient de ses réflexions, mais une chose était certaine : Tom Simpson, que certains trouvaient un peu léger intellectuellement, obtiendrait le poste, sauf, bien sûr, si son diplôme s'avérait être un faux.

Elle était irritée que l'établissement lui ait forcé la main, et s'en voulait d'avoir eu la faiblesse de le permettre. Elle regrettait de ne pas être plus égoïste, comme Cat, comme presque tout le monde. Puis elle se reprocha son manque de charité : Cat, après tout, était sa nièce, et son amie. Si elle était incapable de charité envers elle, alors que dire de Christopher Dove, ou du professeur Lettuce ? Elle frissonna à ce nom, qui évoquait un champ de légumes ternes, fanés, sans caractère et Lettuce lui-même, considérant ce champ avec morosité, ne sachant que faire. Elle voulut s'interdire de penser à ce dernier. Le problème, c'est que pour s'empêcher consciemment de penser à quelque chose, il faut d'abord y penser. Tentant une expérience, elle essaya de ne pas penser au café. Immédiatement, son esprit fut envahi par des quantités de café sous toutes les formes, en grains, et moulu, dégageant cet arôme si particulier qui évoque les promesses de l'aube ; qui évoque aussi, bizarrement, Paris, un journal tout frais imprimé et le soleil du matin.

CHAPITRE 14

Il était temps d'agir, car les problèmes s'accumulaient : l'enquête, avec ses complications et ses incertitudes ; l'article de Lettuce sur le nouveau livre de Dove, qu'elle attendait d'un jour à l'autre ; une quantité d'ouvrages indigestes qu'il faudrait expédier aux critiques. Pourquoi les philosophes étaient-ils si prolixes ? À cela s'ajoutait Prue, et aussi le mariage, s'il avait lieu un jour. Il fallait agir.

Ce samedi-là, elle rentra du magasin tard, fatiguée, impatiente de se changer et de prendre un bon bain. Quand on travaille avec la nourriture, les vêtements s'imprègnent d'une odeur désagréable. En rentrant chez elle, elle avait l'impression d'empester la saucisse italienne épicée. Quand Jamie l'embrassa sur le seuil, elle remarqua qu'il fronçait légèrement le nez, comme s'il avait dû embrasser un salami ou un fromage français bien fait.

— Désolée, c'est à cause des saucisses et des fromages, ça se dépose partout.

Il se pencha pour l'embrasser à nouveau.

— C'est très agréable, cette odeur d'ail.

— Peut-être, mais j'ai besoin de prendre un bain.

Il lui raconta que Charlie, épuisé, couché de bonne heure, s'était endormi tout de suite. Elle était déçue : il lui restait toujours assez d'énergie pour Charlie, même quand elle était au bout du rouleau. Mais pas question de le réveiller. Elle alla droit à la salle de bains attenante à leur chambre et se débarrassa de ses vêtements de travail. Est-ce que Cat devait subir cela tous les jours ? Isabel compatissait sincèrement. Il n'y avait pas de doute possible : elle empestait le salami, ou du moins l'ail qui agrémentait la marque vendue au magasin.

Une fois déshabillée, elle alla jusqu'à la baignoire tester la température de l'eau. La maison était équipée d'une chaudière à l'ancienne, qui faisait sourire Alex, le plombier ; il allait jusqu'à parler de musée de la Technologie.

— Mais elle chauffe des quantités d'eau ! protestait Isabel.

Il avait donc résisté à la tentation de la moderniser. Maintenant, ces océans remplissaient la baignoire et dégageaient des nuages de vapeur d'eau, comme au hammam. L'eau, qui arrivait directement des Pentland, était douce à la peau. Comme les Londoniens envieraient cette eau, condamnés qu'ils sont à un liquide dur et chargé de calcaire, entre autres substances ! Certes, ils avaient des salles de théâtre et d'opéra en abondance, mais pour l'eau, ils étaient plutôt mal lotis…

— Jamie.

Il l'avait suivie au premier et se tenait sur le seuil de la salle de bains, d'où il la regardait en souriant.

— Cela ne te gêne pas si… demanda-t-il en indiquant la baignoire d'un signe de tête.

Isabel se rendit compte alors qu'ils n'avaient jamais pris un bain ensemble. Il n'y avait à cela aucune raison particulière – ni pudeur, ni réserve, ni inhibitions –, mais le fait demeurait : ils n'avaient jamais partagé une baignoire.

— Tu as de la place, dit-elle en indiquant l'autre bout de la baignoire.

Il commença à retirer ses vêtements ; il ne portait qu'un tee-shirt et un jean, cela ne prit pas longtemps. Elle leva la tête pour le regarder, et baissa vite les yeux. L'eau du bain, à cause de la lumière renvoyée par les carreaux, était vert clair. Elle recula pour s'adosser à la paroi. L'émail était tout chaud.

Il avança, la lumière douce jouant sur sa peau ; mince, musclé comme une sculpture de Praxitèle. Il n'avait pas un gramme de chair superflue, et n'en avait jamais eu. Moi, se dit-elle, j'ai la chair douce et souple d'Ève.

— Jamie.

— Oui ?

Elle lui confia la pensée intime et absurde qui l'occupait.

— Ne change jamais, je t'en supplie.

Il se laissa glisser dans l'eau en face d'elle, les genoux remontés.

— Tout le monde change, dit-il en riant.

— Pas toi. Les règles ne doivent pas s'appliquer à toi.

Il l'éclaboussa légèrement. Une volute de vapeur surgit à l'endroit où il avait troublé l'eau.

— Tu te rappelles la dernière fois où tu as partagé une baignoire ?

Elle ferma les yeux.

— Je ne sais plus. Quand j'étais petite, je suppose. Des copines venaient dormir à la maison et on prenait le bain ensemble. Je devais avoir sept ou huit ans. Et toi ?

Elle ouvrit les yeux.

— Je ne me souviens plus. C'est si loin.

Elle n'insista pas, sentant qu'il ne souhaitait pas poursuivre. Elle toucha la jambe de Jamie, la caressa du plat de la main. Ils ne parlaient pas. Il ouvrit le robinet brièvement, laissant l'eau froide se mélanger à l'eau chaude. Elle ferma les yeux pour savourer la sensation délicieuse que lui procurait la baisse de température, puis le lent réchauffement, quand Jamie rajouta de l'eau chaude. Elle chercha à comprendre pourquoi cela semblait la ramener à une époque pleine de souvenirs et de nostalgie. C'était un retour au tout premier souvenir, quand on est immergé dans un liquide chaud, au plus profond du confortable ventre maternel, où aucune lumière ne vient troubler l'obscurité bienfaisante.

Encore humides, emmitouflés dans leurs peignoirs, ils sortirent de la salle de bains et retournèrent dans la chambre. Même à huit heures du soir, un rayon de soleil oblique frappait le dessus de lit, une batiste blanche d'Irlande du Nord. Isabel adorait ce tissu. *Dites-lui de me faire une chemise de batiste / Persil, sauge, romarin et thym / Sans couture, ni broderie / Et elle sera ma bien-aimée.* Cette ballade, elle l'avait chantée à Charlie un jour. Il n'avait pas dû comprendre grand-chose, mais il l'avait regardée attentivement, avec de grands yeux.

— J'ai oublié de me laver les cheveux, dit Jamie, debout au milieu de la pièce, une serviette autour des reins. Je voulais…

Le téléphone sonna.

— On répond ? demanda Isabel.

— Oui, c'est mieux, on ne sait jamais.

Jamie recevait parfois des propositions de travail à des heures inhabituelles. C'était peut-être le cas. Il alla à la table de chevet où se trouvait le téléphone et décrocha.

Il répondit à une question qu'Isabel ne put saisir.

— Oui.

Isabel entendait un bruit indistinct de voix à l'autre bout du fil.

— Non, fit Jamie en baissant la voix.

Isabel détourna les yeux.

— Je t'ai dit non. C'est impossible.

Isabel se retourna. Il tenait le récepteur d'une façon étrange, comme pour étouffer la voix. Mais Isabel avait entendu. Leurs regards se croisèrent.

— Écoute, je ne peux pas parler. Je t'appellerai plus tard. Demain.

La voix désincarnée prononça des mots qui suscitèrent une vive réponse.

— Ce n'est pas vrai. Je n'ai jamais dit ça. Excuse-moi, je dois partir. Au revoir.

Isabel était figée sur place, son cœur battait à tout rompre dans sa poitrine, elle avait du mal à respirer.

— C'était qui ?

Elle le savait bien sûr, mais il fallait qu'elle demande.

— Cette fille dont je t'ai parlé, dit Jamie en s'éloignant du téléphone.

— Je m'en doutais.

— Je lui ai pourtant dit de ne plus me téléphoner.

— Elle t'a déjà appelé ici ? Chez nous ?

Isabel rougit violemment. Jamie soupira, avec un geste d'impuissance.

— Je lui ai interdit, répéta-t-il. Qu'est-ce que je peux faire ? Elle me poursuit. Elle m'a dit qu'elle allait mal. Elle voulait que je vienne chez elle.

— Ce soir ? Maintenant ?

Il hocha la tête, l'air accablé.

— Bien, dit Isabel. Je vais lui parler. Je vais aller la trouver tout de suite. Tout de suite.

— Tu crois que…

Elle balaya toute objection.

— Jamie, il faut arrêter tout ça. Je sais que tu ne peux pas, car tu es trop… gentil. De toute façon, elle ne tient pas compte de ce que tu lui dis. Elle m'écoutera peut-être, moi. C'est sans doute plus facile pour une femme de faire passer ce message à une autre femme.

C'était vrai. Des années auparavant, elle avait assisté à une bagarre devant un pub de Tollcross. Deux femmes en étaient sorties à grand fracas, se tirant les cheveux, se griffant comme des chats. L'une d'elles avait crié *Salope ! Salope ! Il est à moi !* Elle se souvenait encore combien les passants avaient été choqués. Du moins la majorité : un garçonnet, ravi, avait poussé des cris d'encouragement jusqu'à ce que sa mère lui ferme le bec en lui mettant la main sur la bouche.

— Elle est en train de mourir, dit Jamie doucement.

— C'est notre lot à tous, répliqua Isabel sèchement, tôt ou tard. Ce n'est pas parce qu'on meurt qu'on doit se conduire comme ça.

Elle s'arrêta de justesse avant de lui raconter la folle idée qui lui était venue, à savoir que la charité lui commandait de partager Jamie. Elle avait honte d'avoir eu cette pensée ; il fallait la garder pour elle. À ce moment précis, elle était en colère, ce qui était tout aussi exagéré. Cette fille, qui avait eu le toupet de téléphoner à Jamie chez elle, ne méritait pas d'être prise au sérieux. Par contre, ce qu'elle méritait, c'était ce qu'Isabel allait lui donner : un avertissement sans ambiguïté.

Elle s'habilla rapidement. Jamie lui recommanda vaguement de prendre des précautions avec Prue, mais elle l'entendit à peine.

— Elle habite Stockbridge, dit-il. Leslie Place, la petite rue étroite qui va jusqu'à St Bernard's Crescent.

Il lui donna le numéro sans avoir besoin de le chercher, et elle aurait voulu lui demander pourquoi, puis elle se rappela qu'il lui avait confié être allé chez elle.

— Je n'en ai sans doute pas pour longtemps, dit-elle. Tu peux attendre un peu, pour le dîner ?

— Pas de problème, je m'en occupe, proposa-t-il. J'attends que tu reviennes.

Sa voix était sans inflexion. Elle s'avança vers lui, rhabillée maintenant ; lui n'avait que sa serviette. Elle vit en l'embrassant qu'il avait la chair de poule. Elle n'avait pas envie de partir, elle voulait rester avec lui, s'allonger à ses côtés et oublier cette fille, et tout le reste d'ailleurs : la revue, ses responsabilités de directrice, les services que l'on venait sans arrêt lui demander, les appels à sa générosité de mécène… Oublier tout cela et ne penser qu'à la chance extraordinaire qu'elle avait : un amant jeune et beau qui voulait l'épouser, un amant qui jouait du basson et aimait tendrement leur fils et…

— Il faut que j'aille lui parler. Tu es d'accord, n'est-ce pas ?

Il hocha la tête sans dire un mot.

— Pour sortir d'un bourbier, la seule solution c'est de rassembler toutes ses métaphores et de percer l'abcès.

Ils se mirent à rire, et la tension retomba.

— Un mélange de métaphores n'a jamais fait de mal à personne, dit-il.

— Détrompe-toi.

Isabel regardait les numéros peints sur la pierre au-dessus des portes. Leslie Place était bordée, à une ou deux exceptions près, de maisons mitoyennes de quatre étages, chaque palier étant subdivisé en appartements et desservi par un escalier de pierre. Les appartements étaient de confort variable. La plupart étaient assez grands, mais d'autres, comme oubliés dans les recoins, ne comptaient qu'une chambre et une salle de séjour faisant office de cuisine. Quand ces immeubles avaient été construits, au XIXᵉ siècle, il était courant que ce type de logement abritât toute une famille, par exemple celle d'un modeste employé de bureau qui aurait réussi à quitter un toit encore plus modeste dans un quartier moins favorisé de la ville. Certaines cages d'escalier avaient été refaites, les pierres changées, la rampe remplacée ; mais d'autres étaient vétustes, il y régnait une vague odeur de pipi de chat et le plâtre s'effritait là où des générations de déménageurs peu soigneux avaient heurté les murs.

L'appartement de Prue était au premier. La peinture lilas de la porte semblait récente, contrairement aux deux autres portes du palier, toutes noires. Une petite carte de visite y était punaisée. Sous le nom – P. L. MacKay –, le message suivant : *courrier pour Thompson et Edwards*. Quelqu'un avait rajouté au crayon à côté du deuxième nom : *Il me doit dix livres*. Malgré son appréhension, cela fit sourire Isabel.

Elle inspira profondément. La lumière passait à travers le verre de l'imposte au-dessus de la porte ; il y avait donc quelqu'un, sans doute Prue elle-même, puisqu'elle venait de téléphoner. Thompson et Edwards n'habitaient pas l'appartement, ils y faisaient simplement distribuer leur courrier. De toute façon, Edwards cherchait sans doute à se faire oublier.

Elle tira la sonnette par son cordon démodé. Il y eut un bruit métallique à l'intérieur.

Prue ouvrit la porte. C'était une jeune femme d'une vingtaine d'années, vêtue d'un jean et d'un pull-over imprimé rouge. Elle était pieds nus.

— Vous êtes Prue ?

Isabel remarqua que la lèvre de Prue avait tremblé. *Elle sait qui je suis.*

— Je suis Isabel Dalhousie.

Prue fit un pas en arrière. Cela ne semblait pas prémédité. Craignant qu'elle ne s'évanouisse, Isabel eut un moment d'anxiété.

— Puis-je entrer ? demanda Isabel en avançant et en fermant la porte derrière elle. Je savais que vous étiez chez vous, puisque vous venez d'appeler Jamie. Vous avez téléphoné chez nous.

Prue ne répondit rien. Elle regardait Isabel avec une frayeur non feinte.

— Je ne crois pas que ce soit une bonne idée de…

Isabel cherchait les mots justes, puisque Jamie lui avait recommandé de prendre des précautions. Elle serait prudente ; après tout, cette pauvre fille était condamnée.

— Écoutez, je sais que vous aimez beaucoup Jamie, et je le comprends très bien. Mais Jamie et moi nous vivons ensemble, vous voyez ? Nous allons nous marier. Il vous aime beaucoup, je vous assure, beaucoup. C'est seulement que… eh bien nous sommes ensemble, un point c'est tout. Vous comprenez ce que je veux dire ?

Prue semblait récupérer ses forces. Son air choqué disparut. Elle commença même à sourire.

— Jamie m'aime beaucoup, dit-elle enfin, vous avez raison. D'ailleurs, il me l'a prouvé.

Ces mots frappèrent Isabel comme une gifle.

— Prouvé…

Le sourire s'élargit.

— Oui, Jamie est mon amant.

Isabel avait les yeux rivés sur elle, incapable de prononcer un mot.

— Il ne vous l'a pas dit ? continua Prue. Je croyais qu'il vous avait mise au courant. Il m'a promis qu'il allait vous parler.

— Quand ? demanda Isabel dans un murmure presque inaudible.

— Quoi ?

— Depuis quand êtes-vous amants ?

— Oh je ne sais plus, un mois à peu près. C'était au mois de mai, je crois.

Dans la petite entrée où elles se trouvaient, une porte s'ouvrit, qui donnait sur la salle de séjour, et une femme apparut, un peu plus âgée que Prue. Elle jeta un coup d'œil à Isabel et s'adressa à Prue.

— Prue ? Il y a un problème ?

Isabel fit volte-face, ouvrit la porte d'entrée et, sans rien dire à l'une ou l'autre, sortit de l'appartement. Elle avait les yeux pleins de larmes. En bas de l'escalier, elle s'arrêta pour se retenir à la rampe. Tout en haut de l'escalier, par la lucarne, elle vit qu'il y avait encore un peu de lumière dans le ciel vide et blanc du soir, un ciel insensible à la petite tragédie qui venait de se jouer.

Elle entendit des pas sur l'escalier de pierre ; quelqu'un descendait. Elle leva la tête, pensant voir arriver Prue, mais c'était l'autre femme.

— Vous êtes Isabel, c'est ça ?

Isabel ne répondit rien, et considéra la femme, ne sachant pas quelles étaient ses intentions. Elle se rappela soudain la bagarre à Tollcross.

L'autre femme était devant elle et tendait la main pour lui toucher le bras.

— Je suis la sœur de Prue, dit-elle. J'ai tout entendu. Elle m'a appelée il y a quelques minutes, et je suis venue. J'habite à côté, dans Danube Street. Il faut excuser ma sœur, elle ne va pas bien.

Il y avait dans son attitude quelque chose de rassurant.

— J'ai reçu un choc, commença Isabel. Je ne sais pas…

— Ça ne m'étonne pas. Mais écoutez, ce n'est pas vrai. Rien n'est vrai. Ce ne sont que des fantasmes.

Il fallut quelque temps : d'abord les mots, puis leur signification, enfin, très lentement le soulagement. Isabel avait l'impression qu'on la tirait d'un puits profond.

— Ce n'est pas vrai pour Jamie ?

— Bien sûr que non, dit la femme en secouant la tête. Elle a déjà fait le coup, hélas.

Isabel tiqua.

— Mais elle est en train de mourir.

L'autre femme poussa un gémissement.

— Elle n'a rien du tout, physiquement du moins. C'est une ruse. Elle raconte qu'elle va bientôt mourir, alors les gens ont pitié d'elle.

Isabel mit quelques secondes à absorber ces informations. Bien sûr, le coup était classique. On obtient tout ce que l'on veut en faisant croire que l'on va mourir.

— C'est une sorte de chantage, dit-elle.

— Tout à fait. Écoutez, nous essayons de la persuader de se soigner. On y est presque, mais ce n'est pas facile.

— Ce n'est jamais facile, répondit Isabel, à qui le soulagement coupait les jambes.

— Vous avez été très compréhensive. Je vous promets que cela n'ira pas plus loin. Elle va partir à Aberdeen. C'est là que nos parents habitent, ils vont s'occuper d'elle. Mon père est médecin là-bas. Il a parlé à un ami psychiatre.

Isabel fut prise de compassion pour les deux sœurs. Après de nouvelles excuses, la femme confia à quel point le comportement de Prue la contrariait. Tout le monde n'était pas aussi tolérant qu'Isabel.

Elles se séparèrent et Isabel sortit dans la rue. Elle était épuisée, et aurait besoin de trouver un taxi. Elle en aperçut un au bout de la rue, qui était libre, et fit de grands gestes. Le taxi fit un appel de phares pour signaler qu'il l'avait vue et tourna pour venir vers elle.

— Ça ne va pas ? demanda le chauffeur quand elle s'installa.

— Si, si, ça va très bien.

À Édimbourg, un taxi, c'est plus qu'un taxi. Il joue le rôle d'assistante sociale, de psychologue et de philosophe aussi, comme Isabel. Leurs regards se croisèrent dans le rétroviseur.

— Vous aviez l'air perturbée, dit-il.

— Je l'étais. Il y a quelques minutes, j'ai cru que c'était la fin du monde. Maintenant, je sais que ce n'est pas vrai.

Le taxi grimpait la pente après l'extrémité d'Anne Hill. En contrebas sur la droite, à l'extrémité d'une large avenue, se dressait la masse gothique de Fettes, le pensionnat privé.

— Tout s'arrange alors, dit-il.

— Je peux vous demander quelque chose ?

Encore une fois, ils échangèrent un regard dans le rétroviseur.

— Bien sûr.

— Est-ce qu'il faut avoir honte d'avoir cru le pire de quelqu'un qu'on aime ? Alors qu'on devrait lui faire confiance ?

Il prit le temps de la réflexion.

— Non, dit-il enfin, c'est naturel.
— Vous croyez ?
— J'en suis sûr.
— Je suppose que vous voyez toutes sortes de gens dans votre taxi, dit-elle avec un sourire.
— Ça, c'est bien vrai.
Ils approchaient de Dean Bridge. Au-delà du pont, les maisons s'accrochaient au-dessus du ravin. Édimbourg n'a pas été baptisée pour rien la ville des précipices.
— Donc ce n'est pas la peine que j'aie des remords d'avoir douté de quelqu'un que j'aime ?
— Pas du tout, répondit le chauffeur, catégorique. Du moment que vous êtes prête à reconnaître que vous avez tort.
— J'avais tort.

Quand elle rentra, Jamie était au piano. Elle entra dans la pièce sans faire de bruit et il ne s'aperçut pas immédiatement de sa présence. Il se retourna, les mains encore sur le clavier. Elle hocha la tête.
— Tu lui as parlé ?
— Oui.
Elle avança jusqu'à se tenir tout derrière lui et posa doucement ses mains sur ses épaules.
— Je crois que c'est fini.
— Pauvre fille, soupira-t-il. C'est tellement injuste.
— Qu'est-ce qui est injuste ?
— Mais qu'elle soit si malade. Tu ne trouves pas que c'est injuste, cette maladie ?
Isabel avait envie de rire.
— Si c'est vrai.
Elle sentit qu'il réagissait. Il tordit le cou pour la croiser son regard.
— Quoi ?

— Prue n'est pas du tout en train de mourir, dit-elle. J'ai parlé à sa sœur. Elle n'a rien, du moins physiquement. Mentalement, c'est une autre histoire.

Isabel raconta la scène à Jamie, et les révélations de la sœur de Prue. Il écoutait avec une stupéfaction qui se transforma lentement en colère.

— Oublie toute cette histoire, conseilla Isabel.

— Je la hais.

Isabel se pencha pour l'embrasser.

— Il ne faut pas. Ne la hais pas. On n'a jamais raison de haïr quelqu'un.

— Vraiment ?

La colère de la vertu outragée, c'était légitime, mais la haine, jamais.

— Qu'est-ce que c'est, la haine ? Vouloir du mal ? Vouloir leur élimination, leur mort ?

— Oui, et puis…

— Et quoi encore ?

— Vouloir les voir souffrir.

— Et c'est vraiment ce que tu désires pour cette fille ? dit-elle en lui caressant la joue. Tu veux qu'elle souffre ?

Il secoua la tête et se blottit contre elle.

— Non, pas vraiment.

La haine vous racornit à l'intérieur. C'est comme attiser un feu censé brûler l'autre et qui, en fait, vous consume vous-même. Il faudrait qu'elle s'en souvienne, elle qui avait trouvé si facile de haïr Jamie quand elle avait appris sa sortie au cinéma avec Prue. Elle en était encore choquée.

— Je t'ai interrompu, dit-elle.

Il se retourna vers le piano et se remit à jouer. Elle reconnut la chanson traditionnelle écossaise et prononça les paroles sans bruit.

Je construirai une tonnelle pour ma mie / Près de la fontaine de cristal pur / Et dessus, j'amasserai / Toutes les fleurs de la montagne.

Toutes les fleurs de la montagne. Elle lui apporterait volontiers toutes les fleurs de la montagne. Avec plaisir, même si cela prenait beaucoup de temps. Les chansons existent dans un monde irréel, où ce genre d'exploit est possible. Dans une chanson, quinze mille kilomètres, ce n'est pas très long. Et finalement, l'Éternité, ça passe assez vite.

CHAPITRE 15

Avec l'enthousiasme et l'énergie de celle qui a réussi à mener à bien une tâche délicate, Isabel se prépara à s'attaquer à la suivante. Elle avait téléphoné à Alex Mackinlay pour prendre rendez-vous et lui exposer le résultat de ses recherches. Elle n'avait pas de réponse claire à lui apporter, mais elle pourrait lui en dire plus sur les candidats et il en tirerait ses propres conclusions. Cela ne lui plaisait qu'à moitié de devoir exposer ses doutes au sujet de Gordon, mais elle n'avait pas le choix. Il suffirait de présenter les choses de la façon la plus objective possible : il était possible, sans plus, qu'il ait écrit cette lettre, et le conseil d'administration déciderait ou non d'en tenir compte. Elle n'avait aucune raison tangible de lui en attribuer la paternité, mais son intuition la portait vers cette hypothèse. Quelque chose dans leur conversation l'avait fait douter, un sixième sens la mettait en garde. Seulement, doit-on écouter son sixième sens ?

Quant à John Fraser, elle ne savait pas avec certitude ce qui s'était passé lors de cette escalade : avait-il réellement fait preuve de lâcheté ? Elle aurait dû essayer de rencontrer la famille de l'autre grimpeur, mais elle ne l'avait pas fait. Il était difficile de retrouver leur trace, car ils avaient déménagé à Londres. Elle n'était pas allée plus loin.

John Fraser était victime d'une campagne de rumeurs, mais il y avait peut-être de bonnes raisons à cela. Tom Simpson, qu'Alex Mackinlay considérait comme une petite pointure intellectuellement, restait donc seul en lice. Cette mauvaise opinion était peut-être fondée sur une inimitié personnelle. De plus, il arrive que l'on se montre très sévère avec son successeur. Harry Slade avait pu faire part à Alex de ses doutes sur les capacités de Tom Simpson, et de fil en aiguille, ils en étaient venus à mettre en cause la validité de son diplôme. Encore une fois, il s'agissait de simples ragots, peu dignes d'être retenus.

Isabel avait imaginé qu'Alex Mackinlay se proposerait de venir chez elle, mais il n'en fit rien.

— Nous avons un déjeuner de travail demain midi dans l'établissement, pour la fin du trimestre. Je devrais être libre vers trois heures. Si vous vouliez venir, je vous ferais visiter les locaux et nous pourrions avoir une conversation en privé.

Elle allait rétorquer que cela ne l'arrangeait pas du tout, qu'elle préférait que lui vînt la voir, mais elle n'en fit rien. En fait, cela ne la dérangeait pas tant que cela : Grace avait l'intention d'emmener Charlie chez une de ses amies à Trinity, Jamie avait une répétition. De toute façon, elle voulait voir à quoi ressemblait l'établissement ; c'était l'occasion.

— Vous avez des réponses pour nous ? avait demandé Alex.

— Certaines réponses sont plutôt des questions, avait répondu Isabel après une hésitation.

— Cela me semble très énigmatique.

— C'est inhérent à certaines situations.

Elle n'était pas sûre qu'il eût compris son propos. C'était un homme d'affaires, habitué à l'action, qui raisonnait en termes de certitudes. Elle sentait pourtant qu'elle avait piqué sa curiosité.

— Alors nous allons essayer de les rendre moins énigmatiques.

— D'accord, avait-elle dit en riant.

Le lendemain, elle quitta la maison juste après deux heures. Il ne lui faudrait guère plus d'une demi-heure pour arriver, mais elle en profiterait pour se promener dans le parc avant son rendez-vous. Le jardin était réputé pour ses spécimens rares de rhododendrons, rapportés de l'Himalaya au début du XXe siècle, et Isabel avait très envie de les voir. Le jardin était également orné de sculptures, œuvres d'un artiste renommé qui habitait le voisinage et avait fait don à l'établissement de ses œuvres, assez étranges. Les messages gravés par le sculpteur dans la pierre, se dit-elle, ont aussi leur part de mystère.

Elle s'arrêta en chemin juste après le village de Silverburn, ayant remarqué un faucon en chasse au-dessus des contreforts des Pentlands. C'était un oiseau de grande taille, qui attendait le moment propice pour fondre sur sa proie. Elle se gara sur le bas-côté pour observer la scène : le faucon, assailli de toutes parts par un groupe d'oiseaux plus petits, fut contraint de battre en retraite, piteusement. Les petits oiseaux, comme autant de minuscules Spitfires dans une bataille d'Angleterre héroïque et inégale, virevoltaient en tous sens, changeant brusquement de direction : un combat aérien qui donnait le vertige. Le faucon, dépassé en nombre, irrité par cet assaut, prit soudain son envol en direction des sommets et disparut. Isabel demeura sur place quelques minutes, le moteur de sa voiture suédoise verte au ralenti, avant de reprendre la route. Cette courte bataille avait eu lieu tout près de la grande ville, et appartenait pourtant à un monde complètement différent. Tout comme, moins de deux kilomètres plus loin, l'homme donnant à manger au bétail dans son champ, vidant un sac de nourriture dans une trémie métallique, encerclé par les animaux qui se bousculaient autour de la mangeoire.

Elle connaissait West Linton ; un de ses amis, Derek Watson, y tenait une minuscule librairie. Elle résista à la tentation d'aller lui rendre visite ; elle aurait d'autres occasions. Elle traversa le village, emprunta la route secondaire qui mène aux collines, et arriva, une centaine de mètres plus loin, aux grilles du pensionnat. *Bishop Forbes, établissement privé pour garçons de 8 à 18 ans*. Huit ans, c'est un peu jeune pour quitter sa famille. Elle tâcha d'imaginer Charlie, de six ans plus âgé, partant en pension, ses petites affaires serrées dans une valise. Jamais elle ne ferait une chose pareille, et peu lui importaient les beaux discours sur l'indépendance et la maturité que les enfants étaient censés y acquérir. Ces qualités, on peut les développer à la maison. Jamie et elle apprendraient à Charlie les règles de la vie en société, ce n'est pas un étranger qui le ferait.

Elle suivit les panneaux jusqu'au parking, où elle laissa sa voiture. Derrière un bosquet de chênes se dressait le bâtiment principal, un grand édifice de pierre, de style palladien, flanqué de plusieurs ailes de chaque côté, au milieu de vastes pelouses bordées de constructions plus modernes, sans doute un gymnase, des dortoirs, une chapelle. Ici et là, de petits groupes de garçons allaient d'une porte à l'autre, leurs livres sous le bras. Dans le lointain, le gémissement d'une cornemuse transperçait l'air de l'après-midi : l'orchestre répétait.

Elle emprunta le sentier qui menait du parking au jardin de rhododendrons et se retrouva quelques minutes plus tard devant un petit écriteau qui retraçait l'histoire du jardin et énumérait les espèces qu'il contenait. Certains buissons avaient perdu l'éclat du début de l'été, mais d'autres flamboyaient encore. Elle suivit le sentier pavé qui serpentait entre les massifs, s'arrêtant de temps en temps pour lire les étiquettes.

Arrivée à l'extrémité du jardin, elle constata avec surprise qu'il jouxtait le terrain de cricket. Ce n'était pas un jeu typiquement écossais, mais on y jouait dans ce genre de pensionnat, signe de l'influence anglaise. Les quelques joueurs écossais semblaient prendre un malin plaisir à pratiquer un sport aux règles obscures, qui intéressait si peu leurs compatriotes. Ici, on initiait leurs successeurs.

Tout près, sur deux bancs placés à l'ombre d'un arbre, les membres de l'équipe à la batte étaient assis, entourés d'un fouillis de protège-tibias et autres accessoires : battes, pulls blancs aux manches nouées, grand tableau où le score était inscrit à la craie. Quand elle s'approcha, les garçons la saluèrent avec politesse ; l'un deux ôta même sa casquette.

Elle adressa la parole à un garçonnet qui se trouvait un peu à l'écart. Il était très jeune, comme les autres, dix ou onze ans ; il s'agissait sans doute d'une équipe de cadets.

— Comment se passe le match ?

— Très bien, répondit-il poliment. Nous allons gagner.

— Et combien de points est-ce que tu as marqués ?

— Zéro, dit-il en baissant les yeux. C'est Macdonald qui m'a éliminé, il lance des balles très rapides.

— Je suis désolée.

— Merci. Quand ils joueront, je vais viser Macdonald et l'éliminer.

— Qui est assis là-bas ? demanda Isabel en indiquant deux transats inoccupés à l'écart du groupe.

— Deux professeurs, dit-il en haussant les épaules. Ils sont partis. Vous pouvez vous asseoir si vous voulez.

— Ça t'ennuierait de t'asseoir à côté de moi pour m'expliquer comment ça marche ? J'ai du mal à comprendre les règles.

Il hésita d'abord, avant d'accepter.

— D'accord.

Ils se dirigèrent vers les transats.

— Il faut faire attention, dit-elle. Ils peuvent s'écrouler et te pincer les doigts.

— Justement c'est arrivé hier à un garçon qui s'appelle Brodie. Il s'est fait pincer les doigts et il a fallu lui mettre un pansement. Bien fait pour lui.

— Il le méritait ?

— C'est une brute, dit le garçon.

— Ah. Et il te brutalise ?

— Oui.

Le garçonnet avait des taches de rousseur et les yeux verts. Elle remarqua une petite cicatrice sur son menton ; une égratignure récente, rien de sérieux. Les garçons sont toujours couverts de plaies et de bosses, et en plus ils cassent tout.

— Tu ne peux rien faire ?

Il secoua la tête.

— Si on cafte, ils vous frappent.

— Qui ?

— Les autres.

C'était la loi de la jungle, bien sûr. Une jungle pour garçons entre huit et dix-huit ans.

— Tu te plais, ici ?

Il réfléchit un moment.

— Oui, assez, dit-il enfin.
— Tu vas regretter monsieur Slade ?
Il fronça le sourcil.
— Quand il partira à Singapour ?
— Oui, dit Isabel. Il va dans une école qui ressemble à celle-ci, je crois. Beaucoup de cricket.
— J'aime bien monsieur Slade. Ça m'ennuie qu'il s'en aille.
— Il va te manquer ? demanda Isabel avec un sourire.
— Pas autant qu'à mademoiselle Carty. Elle…
Isabel attendait qu'il finisse sa phrase, mais son attention était captivée par ce qui se passait sur le terrain. Un batteur avait touché la balle et un chasseur courait pour l'attraper. Quand il la laissa tomber, il y eut un grognement général sur le terrain.
— Il s'en est fallu de peu, dit Isabel. Dis-moi, qui est mademoiselle Carty ?
— C'est la secrétaire de l'école. On l'appelle Poulette.
— Ce n'est pas très poli, déclara Isabel, essayant de ne pas rire. Je peux savoir pourquoi ?
— Parce que c'est une poule.
Isabel eut le souffle coupé. Il avait l'air si innocent, et il l'était sûrement. Il ne comprenait sans doute pas ce qu'il disait.
— Ce n'est pas très gentil, répéta Isabel. Tu ne devrais pas dire ça.
— Elle est amoureuse de Sladey.
Isabel ne trouva rien à répondre. Mademoiselle Carty était amoureuse de monsieur Slade. C'était une sottise, une invention de collégien. Leur imagination est fertile en horreurs de toutes sortes, sans rapport avec la vérité ou même la vraisemblance. Ils inventent. Pourtant, mademoiselle Carty, la pauvre secrétaire, amoureuse de monsieur Slade, le sédui-

sant directeur… Il annonce son départ, elle le supplie de rester. Il persiste. Mais si elle fait capoter la recherche d'un successeur, il restera, ne serait-ce que quelques mois de plus. Et dans ce laps de temps, tout peut arriver…

Elle observait le garçon, qui avait sorti un tube de pastilles de menthe de sa poche, et en ôtait le papier.

— Vous voulez un bonbon à la menthe ?

— Non merci, dit-elle. Comment sais-tu que mademoiselle Carty est amoureuse de monsieur Slade ?

— J'ai vu monsieur Slade l'embrasser, répondit-il avec le plus grand calme. Il ne savait pas que j'étais là. J'avais perdu une balle dans l'un des buissons, par là.

Il indiquait le jardin de rhododendrons.

— J'étais en train de la chercher, poursuivit-il, quand ils sont arrivés par l'allée. Ils ne m'ont pas vu. Je l'ai vu embrasser Poulette. Berk ! Dégoûtant ! J'ai failli vomir. Berk !

Isabel put trouver le secrétariat en demandant son chemin à un élève qui lui indiqua un escalier partant du hall central.

— Là-haut. Il y a une porte blanche avec une plaque *Directeur*. C'est là.

Elle monta au premier et découvrit un vaste palier, où quelques fauteuils étaient disposés autour d'une table basse à plateau de verre. Sur la porte, sous la plaque, un petit écriteau indiquait *Frappez et entrez*.

Elle frappa, poussa la porte, et se retrouva dans une vaste pièce meublée de plusieurs bureaux et de meubles à classeurs, avec un panneau d'affichage couvert de notices et d'aide-mémoire. À l'autre bout de la pièce, sous une fenêtre, une femme était assise à un bureau. Elle avait des mèches blondes et portait une tunique rouge. Poulette Carty, se dit Isabel. La femme se retourna à l'entrée d'Isabel et regarda sa montre.

— Mademoiselle Dalhousie ?

— Oui, monsieur Mackinlay…

— Il vous attend dans la salle du conseil, je vais vous y emmener.

Isabel la suivit le long du couloir, dont les murs étaient décorés de photographies d'équipes sportives. *Rugby*, *Moins de quinze ans*, *Première équipe de tennis*, *Natation*. Tous ces établissements se ressemblent. Cela lui rappelait le collège pour jeunes filles George Watson, la directrice en robe de laine et soie noire, et l'odeur de la craie…

— Vous avez un très beau parc, dit-elle. J'ai visité le jardin de rhododendrons.

Qu'est-ce que je cherche ? se demanda Isabel. À la faire rougir à ce souvenir ?

— C'est effectivement très joli, dit mademoiselle Carty. Je l'aime beaucoup, moi aussi.

Isabel sentit son cœur battre plus vite devant l'effronterie de la question qu'elle voulait poser.

— Monsieur Slade va vous manquer quand il partira pour Singapour, non ?

Elle était prête à toutes sortes de réactions de la part de mademoiselle Carty, mais celle-ci resta impassible.

— C'est une grande perte, dit celle-ci sur un ton égal, mais cela arrive souvent. Les meilleurs professeurs obtiennent des promotions. On s'y habitue.

— Vous devez travailler très étroitement avec lui.

— Bien sûr. Mais nous aurons un bon remplaçant.

Isabel hocha la tête.

— Les candidats sont bons, ajouta mademoiselle Carty. Du moins c'est ce que l'on m'a dit, car je ne participe pas au processus de sélection, évidemment.

Mais il paraît qu'il y avait de très bons candidats. Je serai très intéressée de les voir quand ils viendront passer les entretiens.

— Je suis désolée, déclara Isabel à Alex Mackinlay, mais il faut que je mette de l'ordre dans mes pensées.

Ils étaient seuls dans la salle du conseil. Mademoiselle Carty, après avoir introduit Isabel, était revenue quelques minutes plus tard avec un plateau de thé, puis était retournée dans son bureau.

— C'est un pilier de cet établissement, dit Alex quand la secrétaire eut refermé la porte. Elle est là depuis une quinzaine d'années. C'est la mémoire vivante de cette institution.

— Très utile, remarqua Isabel.

Alex servit le thé.

— Vous m'avez dit que vous aviez besoin de mettre de l'ordre dans vos pensées. Voulez-vous que je vous laisse seule quelques instants ?

— Non, répondit Isabel. Cela vous ennuie que je réfléchisse à haute voix ?

— Pas le moins du monde, répondit Alex en lui passant une tasse.

Isabel avala une gorgée de thé.

— J'ai découvert un certain nombre de choses sur deux des candidats, John Fraser et Gordon Leafers.

— Oui ?

— John Fraser est alpiniste.

— Je sais.

— Peut-être savez-vous qu'il a perdu deux…

Alex leva la main pour l'interrompre.

— Je vais vous faire gagner du temps. John Fraser n'est plus candidat. Ce n'est pas la peine de le prendre en compte.

Isabel eut besoin de quelques secondes pour enregistrer l'information.

— Vous l'avez éliminé ?

— Non, c'est lui qui a retiré sa candidature.

Alex expliqua qu'il avait reçu une lettre de John Fraser le matin même. Pour des raisons personnelles, celui-ci ne désirait plus postuler, mais il estimait devoir une explication à l'établissement, dans la mesure où il leur avait fait perdre du temps.

— La lettre est longue, et il semble très affecté. Il est traité pour dépression, et il ne voulait pas nous le cacher. La dépression est due à un immense sentiment de culpabilité.

— J'allais justement vous le dire, répliqua Isabel. Il se sent coupable depuis qu'il a coupé une corde.

— Mais non, objecta Alex, c'est le contraire. C'est sa corde à lui qui a été coupée.

— Je ne…

— Apparemment, dit Alex en posant sa tasse, quelqu'un lui a sauvé la vie pendant l'ascension de Glencoe. John était attaché à un grimpeur qui est tombé. John a commencé à glisser lui aussi et l'autre a compris que la seule façon d'empêcher ça, c'était de couper la corde qui les reliait. C'est ce qu'il a fait, et il est tombé au fond. C'est vraiment remarquable, un tel sacrifice. John se sent coupable d'être vivant alors que l'autre a été tué. C'est ce qu'on appelle la « culpabilité du survivant », en fait.

Isabel regarda par la fenêtre. Tout s'éclairait, soudain.

— De toute façon, poursuivit Alex, il pense ne pas pouvoir assumer ce poste tant qu'il est dans cet état d'esprit. C'est compréhensible. Pauvre homme.

— Oui, fit Isabel.

— Mais il reste les deux autres. Leafers et Simpson. Est-ce qu'ils ont des secrets inavouables ?

Isabel n'avait pas encore digéré la nouvelle du retrait de John Fraser. Il ne lui restait plus grand-chose à dire.

— Je ne me suis pas vraiment intéressée à Simpson, car j'ai cru comprendre que vous n'aviez pas une très bonne opinion de lui.

— C'est vrai, dit-il. Pour moi, il n'est pas à la hauteur. Deux ou trois membres du comité voulaient lui donner sa chance, alors j'ai accepté qu'il fasse partie de la sélection finale, mais je ne crois pas qu'il aille plus loin.

— Donc, inutile de se préoccuper de lui ?

— Absolument inutile, effectivement. Même s'il dissimulait quelque chose, ce dont je doute, cela n'aurait pas d'importance. Il n'aura jamais le poste.

Il jeta à Isabel un regard interrogateur.

— Il nous reste Gordon Leafers. Dites-moi ce que vous avez appris sur lui.

Isabel savait ce qu'elle avait à faire.

— En ce qui concerne Gordon, il faut que je déclare un conflit d'intérêts. C'est actuellement le petit ami de ma nièce.

Elle expliqua qu'elle trouvait Gordon sympathique, mais qu'elle se devait d'être objective.

— Et votre avis objectif ?

— Mon avis objectif, c'est qu'il n'y a rien de suspect, sauf que…

Il avait l'air intéressé.

— Sauf que ?

— Je me suis demandé si c'était lui qui avait écrit la lettre. Je le crois ambitieux. Il aurait pu vouloir compromettre les deux autres candidats. Je ne sais pas pourquoi j'ai cette impression, je n'ai aucune preuve.

— C'est juste une impression ?

— Oui. Il sait qui figure sur la liste. Il aurait donc à la fois le mobile et l'opportunité.

Alex réfléchit.

— Mais d'autres possédaient aussi cette information.

— Qui ? demanda Isabel.

— Mademoiselle Carty. Et son assistante. Lorsque la liste a été tapée.

Isabel attendit un moment.

— Par qui ?

— Mademoiselle Carty, je crois. C'est elle qui me l'a passée pour vous la transmettre.

— Elle savait que vous alliez me la donner ?

Il hocha la tête.

— Je crois même lui avoir dit pourquoi nous faisions appel à vous. Elle sait tout ce qui se passe ici, mais elle est la discrétion même.

Et pourtant elle m'a induite en erreur, pensa Isabel. Mais ce n'est pas de cela qu'elle voulait parler.

— Puis-je vous parler en toute confiance ? dit-elle.

— Bien sûr.

— Savez-vous s'il se passe quelque chose entre monsieur Slade et mademoiselle Carty ?

— Au-delà d'une relation professionnelle ?

— Une liaison.

— Mon Dieu ! s'exclama-t-il en ouvrant de grands yeux. Ça me paraît très improbable. Je ne le vois pas du tout se lancer là-dedans. Ni elle, d'ailleurs.

L'idée semblait beaucoup l'amuser. Mais Isabel insista.

— Pourquoi est-ce que ce serait impossible ? Monsieur Slade est séduisant, et même charismatique. Sa femme, si je peux me permettre, n'est pas très drôle.

— Non, assura Alex, qui avait maintenant l'air embarrassé. Je ne peux pas y croire. D'ailleurs, pourquoi faites-vous cette suggestion ? Vous avez entendu des rumeurs ?

Isabel hésita : elle n'aimait pas mentir, mais rien n'oblige à répondre à toutes les questions que l'on vous pose.

— Il faut toujours considérer toutes les possibilités.

Il haussa les épaules.

— Certes, mais certaines hypothèses, franchement… Revenons à Gordon Leafers. Vous avez des soupçons, vous pensez qu'il pourrait faire un coup en douce, par exemple écrire une lettre anonyme pour renforcer ses chances de gagner. Peut-être, comment savoir ? Personnellement, je n'y crois pas.

Il remplit leurs tasses à nouveau.

— Pourtant, j'ai appris quelque chose à son sujet qui prouverait qu'il n'est pas notre meilleur choix. J'ai appris qu'il ne postule pas sérieusement, qu'il ne veut pas vraiment ce poste.

Elle attendit la suite.

— Je tiens de source très sûre, par quelqu'un qui travaille là où il enseigne, qu'il n'a posé sa candidature que pour pouvoir montrer une offre à son employeur actuel, si nous lui donnions le poste, et ainsi obtenir une promotion. Il aurait fait la confidence à un collègue, et l'affaire s'est ébruitée. Il ne désire pas du tout partir. Il nous a utilisés, comme cela se passe parfois. Nous allons donc lui dire que sa candidature n'est plus sélectionnée. Il est hors de question que nous nous laissions manipuler de la sorte.

Isabel ne savait quoi répondre. Les trois candidats étaient maintenant hors course : pourquoi Alex Mackinlay avait-il voulu la voir ? Pensait-il qu'elle n'avait rien de mieux à faire que d'enquêter sur une liste de non-candidats ? Elle respira un grand coup.

— Je suis surprise que vous n'ayez pas jugé bon de me prévenir plus tôt. J'ai vraiment perdu mon temps.

Il prit immédiatement un air contrit.

— Je suis désolé. Surtout ne croyez pas ça. En fait, cela m'intéressc énormément d'écouter ce que vous avez à me dire.

— Quel est l'intérêt ? fit Isabel d'un air de reproche.

— Mais si. Voyez-vous, mademoiselle Dalhousie, c'est la lettre qui m'intéresse. Qui l'a écrite ? Il faut comprendre que, pour nous, c'est le problème le plus important. Nous devons savoir s'il y a quelqu'un en qui nous ne pouvons pas avoir confiance. Pour moi, c'est ce qui compte.

Elle le comprenait. Une lettre anonyme peut être très déstabilisante dans la mesure où elle suscite le doute et le soupçon, et distend les liens qui existent normalement entre les gens.

Soudain, il se retourna pour attraper un dossier sur la table derrière lui. Il en sortit une feuille de papier, qu'il lui tendit. C'était la lettre, écrite à l'encre verte ; les majuscules malhabiles déguisaient l'écriture de l'auteur.

— Ce morceau de papier, c'est de la dynamite, dit-il. J'espérais que vous pourriez nous aider à découvrir qui l'a écrite. Est-ce que vous avez une idée ?

Isabel réfléchissait, les yeux fixés sur le document : outre mademoiselle Carty et son assistante, les autres membres du comité connaissaient aussi les noms. Quant à ceux-ci, impossible de savoir ce qu'ils pensaient des candidats ; Isabel n'aurait sans doute ni le temps ni l'occasion de le découvrir.

— Je ne sais pas. Mais il faudrait peut-être considérer le suspect numéro un.

— C'est-à-dire ?

— Eh bien, mademoiselle Carty savait qui figurait sur la liste, n'est-ce pas ?

— Vous avez vraiment une dent contre elle, dit-il en riant.

— Elle avait l'information et le mobile. Elle a pu vouloir empêcher que Harold Slade ne parte. Et le meilleur moyen, c'était de faire en sorte qu'on ne puisse lui trouver un successeur, ou que la nomination soit repoussée.

— Ça ne lui ressemble pas, répondit-il sèchement. Pas plus que… d'avoir une liaison avec Harold Slade.

Il semblait très sûr de lui pour quelqu'un qui, peu de temps auparavant, lui avait avoué qu'il s'était trompé du tout au tout sur le compte de ce pauvre homme, à Glasgow.

— Est-ce que je peux vous dire quelque chose ? Quand mademoiselle Carty m'a accompagnée dans cette pièce, elle m'a dit qu'elle n'avait pas la moindre idée de l'identité des candidats. Et qu'elle ne les avait pas rencontrés. Pourquoi m'induire en erreur ?

— C'est ce qu'elle a dit ?

— Oui.

— Vous êtes sûre que vous avez bien entendu ?

— Absolument.

À nouveau, il fronça le sourcil, comme s'il cherchait une explication.

— C'était par discrétion professionnelle, dit-il enfin. Elle est très discrète. Que feriez-vous si quelqu'un engageait la conversation sur un sujet délicat, sur lequel vous avez des informations confidentielles ? Vous diriez peut-être : « Je ne suis au courant de rien. » C'est ce que moi je ferais. Ça coupe court aux questions.

Il semblait content de son raisonnement et la regarda avec expectative, comme s'il la défiait de le contredire.

— Vous permettez ? demanda Isabel en montrant la lettre qu'il tenait à la main.

— C'est répugnant, n'est-ce pas ? dit-il en la lui tendant.

La feuille était froissée, là où il l'avait tenue. Le cœur d'Isabel se glaça en pensant à la dose de venin, de ruse et de lâcheté qu'il fallait pour écrire ce genre de lettre.

— Vous l'avez montrée à quelqu'un ?

— La montrer ? répondit Alex Mackinlay sur un ton désinvolte. Non, bien sûr.

— Personne d'autre, absolument personne ne l'a vue ? Même pas votre femme ?

— Je ne l'ai certainement pas montrée à Jilly, dit-il. Je l'ai mise dans ce dossier et elle y est restée. Ça me dégoûte. Rien que de la toucher, je me sens sali.

— Vous en avez parlé à d'autres personnes ?

— Non, répondit-il. Si je me souviens bien, la seule à qui j'en aie parlé est Jilly.

Isabel commençait à avoir du mal à respirer. Elle brûlait. Quand elles en avaient discuté dans le magasin de Cat autour d'une tasse de café, Jillian lui avait confié que la lettre avait été écrite à l'encre verte, et pourtant, elle ne l'avait jamais vue. Son cerveau se mit à tourner à plein régime. Cela voulait dire que… Non, c'est son mari qui, tout simplement, lui en avait parlé. C'est assez rare de voir des lettres écrites à l'encre verte ; il avait très bien pu lui raconter ce détail. Elle ressentit une certaine déception tant le scénario qu'elle avait imaginé était parfait.

— De l'encre verte, dit-elle à mi-voix en regardant la lettre.

— Quoi ? demanda Alex, l'air étonné.

— L'encre verte, dit Isabel en montrant la lettre.

— Oh, je vois, répondit-il en haussant les épaules. Ou plutôt, je ne vois pas. J'ai un défaut masculin : je suis daltonien.

— Vous ne voyez pas de différence entre le rouge et le vert ? répéta Isabel doucement.

Il sembla irrité par la question, comme s'il voulait revenir au sujet qui les occupait.

— Non, je ne peux pas. C'est courant chez les hommes. Les femmes ne semblent pas en souffrir, ou très rarement.

Pendant un bref instant, Isabel fut submergée par l'euphorie. C'était la même satisfaction que lorsqu'elle arrivait à résoudre une grille de mots croisés, ou à comprendre le raisonnement qui sous-tend une preuve mathématique. À lui seul, ce fait établissait l'identité de l'auteur. Alex Mackinlay ne pouvait pas avoir dit à sa femme que l'encre était verte. Il n'avait pas eu besoin de lui montrer la lettre : c'est elle qui l'avait écrite.

— Vous avez l'air d'avoir eu une illumination, dit-il en la dévisageant. Je peux la partager ?

Isabel, sur le point de parler, se tut. Non, se dit-elle, je n'ai pas envie de partager.

— Eh bien ?

Elle lui rendit la lettre avec un haussement d'épaules.

— Ce qui caractérise les lettres anonymes, déclara Isabel, c'est qu'on ne sait pas qui les a écrites.

Il remit la lettre dans le dossier. Elle sentit qu'elle commençait à l'ennuyer, et comprit que c'était sa façon d'être : il ne s'intéressait qu'à ceux qui pouvaient lui servir à quelque chose. Cette intuition parlait si fort qu'elle décida, cette fois, de s'y fier.

— Il faut que je rentre en ville, dit-elle en regardant sa montre. Je regrette de n'avoir pas pu vous aider davantage.

Il se montra poli, mais sa voix manquait de chaleur.

— Je vous suis très reconnaissant, mademoiselle Dalhousie, du temps que vous avez passé sur cette histoire, même si nous n'en savons pas plus qu'au début.

Mais si, pensa Isabel. Nous avons beaucoup avancé.

— Je suppose, dit-elle à voix haute, que vous allez demander à Harold Slade de rester ?

— Effectivement, répondit-il. En fait, je l'ai déjà fait, et il a été heureux d'accepter.

— Temporairement ?

— Non, de façon permanente.

— Mais Singapour, alors ?

— Assez curieusement, répondit Alex en souriant, je crois qu'ils seront très contents que Harold ne prenne pas le poste. Certains, du moins. J'ai discuté avec mon homologue là-bas, le président du conseil d'administration. Il m'a parlé avec beaucoup de franchise. Apparemment, il n'y avait pas unanimité sur le choix. Un groupe assez nombreux préférait une nomination en interne, le directeur adjoint, en fait. Le président m'a avoué qu'il faisait partie de ces derniers, mais qu'ils avaient été mis en minorité. Il sera très content que Harold renonce au poste.

— Eh bien, soupira Isabel, le problème est réglé. Encore une fois, je dois dire que je suis surprise que vous m'ayez demandé de m'occuper de cette histoire. Finalement, tout s'arrange.

Il ne répondit rien. Conscient de la trace de colère dans sa voix, il avait l'air préoccupé.

— Mais je ne vous ai rien demandé, dit-il. C'est ma femme. Elle a agi de sa propre initiative, et ensuite elle m'a mis devant le fait accompli. J'ai accepté et je vous ai laissée faire.

Isabel se détourna et contempla par la fenêtre deux élèves en train de se livrer à la lutte. L'un avait fait tomber l'autre par terre et s'asseyait sur sa poitrine. Ils étaient ébouriffés, la chemise sortie du pantalon. Celui qui était sur le sol frappa son compagnon dans le dos pour le déloger. Ensuite il lui donna un coup de pied, mais sans trop de violence. Manifestement, ils étaient amis.

— Est-ce que je peux vous demander, dit-elle en se tournant à nouveau vers lui, qui votre femme soupçonne ?

Il hésita, comme peu sûr de lui.

— Janet Carty.

— Et elle vous a fait part de ses soupçons ?

— Oui, répondit-il, perplexe. Elle m'a dit qu'elle était pratiquement sûre que c'était elle la coupable. Elle m'a poussé à agir. D'ailleurs, elle semblait certaine que vos recherches confirmeraient ses soupçons.

Bien sûr. Elle se rappela alors la soirée à Abbotsford, le message muet adressé par Jillian à Harold Slade, le regard qu'il lui avait lancé en retour. Amants. Cela sautait aux yeux, ils étaient amants. Et si Jillian avait une rivale, et que cette rivale fût Janet Carty ? Cela serait on ne peut plus logique de sa part de compromettre la secrétaire tout en empêchant, ou du moins en retardant, le départ de son amant pour Singapour.

— Je peux vous assurer que Janet Carty n'a pas écrit cette lettre, dit-elle. Si quelque chose est clair dans cette histoire, c'est ça.

— Comment pouvez-vous en être sûre ?

Il avait l'air intéressé.

— Parce que je sais qui l'a écrite.

Elle avait parlé impulsivement, et le regretta aussitôt. *Je n'aurais pas dû dire ça. Je ne peux pas lui révéler que sa femme a une liaison, parce que cela détruirait toute son existence et que je n'en ai pas le droit. De toute façon, cette relation peut se terminer, ou tourner court, et elle lui reviendra peut-être. Qui suis-je pour entraver cette possibilité ?*

Il la regardait fixement.

— Mais il y a un instant, vous me disiez que vous n'en aviez pas la moindre idée !

Elle se dirigea vers la porte.

— C'était il y a un instant.

— Alors qui est-ce ?

Elle hésita. Mais il risquait de passer sa colère sur sa femme. Elle ne lui faisait pas confiance.

— Je préfère ne pas vous le dire.

— Comment ça, vous préférez ne pas me le dire ?

Il avait presque crié. C'est peut-être pour cela que sa femme va chercher ailleurs, songea Isabel. Il a peut-être besoin que quelqu'un lui dise ses quatre vérités.

— C'est ce que j'ai dit, monsieur Mackinlay. Je vous trouve très arrogant. Vous avez l'habitude d'exiger que l'on se plie à vos volontés. Et moi je refuse.

Elle passa devant lui, craignant presque qu'il ne lui barrât le chemin, mais il n'en fit rien et resta silencieux. Elle ouvrit la porte et sortit. Mademoiselle Carty était juste derrière. Elle a écouté à la porte, pensa Isabel, son attitude est révélatrice.

Sur le trajet du retour, Isabel conduisit encore plus lentement qu'à l'aller. Il y avait peu de circulation, et sous le vaste ciel de la fin d'après-midi, elle retrouva son calme.

Les replis des collines de Lammermuir se profilaient sur sa droite, bleu contre bleu. Entre la route et les collines, de grandes nappes vertes, quadrillées par les haies et les murets de pierre, s'étendaient à perte de vue.

J'aime ce pays, songea Isabel, je l'aime pour sa douceur, pour sa couleur, parce que son ciel est un théâtre de blancs et de gris, dont la beauté m'émeut toujours, dans tous ses états. Je l'aime pour son peuple, exaspérant et attachant, qui respire la joie et la peine, en égale mesure ; ces êtres qui complotent, manigancent et pourtant trouvent le temps de s'aimer, d'écrire des chansons, de faire de la musique, de planter des rhododendrons, de composer des vers, de parler le gaélique, et d'attraper du poisson. C'est pour toutes ces choses que je l'aime.

Dans la descente vers Flotterstone, elle accéléra l'allure, en réfléchissant à ce qu'elle avait fait. On lui avait demandé de découvrir les tares cachées de trois hommes qui n'avaient finalement rien fait de déshonorant : ils étaient simplement humains. Par contre, les deux personnes qui l'avaient attirée dans l'affaire avaient, elles, des déficiences plus graves : c'étaient des magouilleurs, dans un milieu restreint et assez narcissiques. Mais on pourrait peut-être en dire autant de tout le monde, dans tous les milieux. Ne sommes-nous pas tous soucieux de notre réputation, accrochés à nos avantages acquis, affligés de tares minimes ou fâcheuses ?

Elle les avait laissés se débrouiller seuls. Mais que faire d'autre ? Elle aurait pu dire à Alex Mackinlay : « C'est votre femme qui a écrit la lettre, vous savez, votre propre femme. » Il aurait trouvé l'idée grotesque, ou bien se serait mis en colère, l'aurait sommée d'apporter des preuves. Mais cela était justement impossible, sauf à embrouiller la situation davantage encore.

Ses pensées glissèrent à la notion de bonheur, et à son corollaire trop fréquent, le malheur. Elle espérait que cette pauvre Janet Carty rencontrerait l'âme sœur, bien qu'elle en doutât. Elle souhaitait la même chose à Jillian, dont l'angoisse et le désarroi étaient attestés par la lettre ; à l'infortuné Tom Simpson, qui n'aurait jamais le poste tellement désiré ; à John Fraser, écrasé par le chagrin et la culpabilité ; à Gordon, qu'elle avait méjugé en imaginant de la malveillance là où il n'y avait que de l'ambition ; à Alex Mackinlay lui-même, essayant de défendre l'honneur de l'institution, apparemment condamné à se comporter en tyran. À Harold Slade aussi, car tout était sa faute : *simplicité*... Mais rien n'était jamais simple. Elle dut faire un effort pour parvenir à penser : *Je souhaite le bonheur à Harold Slade aussi*. Voilà, je l'ai pensé. J'ai eu la pensée que je devais moralement avoir, et cela me fait du bien. C'est plus difficile d'aimer, mais c'est toujours préférable.

Devant elle, la route s'incurvait lentement vers la gauche. Sur la droite, le sol s'inclinait vers les plaines côtières, jusqu'au cône de Berwick Law et la brume bleue de la mer du Nord. Elle repensa soudain au garçonnet qu'elle avait rencontré, avec son air sérieux, ses taches de rousseur, ses yeux verts. Elle sourit et lui envoya mentalement un message. *N'aie pas d'inquiétude. Tu crois peut-être que tu es en prison, mais la porte va bientôt s'ouvrir. N'oublie pas. Bientôt, très bientôt.*

À Édimbourg, et deux jours plus tard, ils n'allèrent pas très loin pour leur pique-nique, à quelques pas seulement, sur la pelouse derrière la maison, près du vieux pavillon de bois qu'Isabel avait l'intention de transformer en salle de jeux pour Charlie et ses petits amis, quand il en aurait. Elle disposa sur l'herbe une couverture aux couleurs des Macpherson, doublée de caoutchouc. Pour amuser Charlie, elle avait apporté quelques jouets : un vieux camion en bois, vert avec des roues rouges, qui avait appartenu au père d'Isabel et n'aurait pas déparé un musée du Jouet, son renard en peluche, un familier peut-être de Maître Renard, le représentant de l'espèce qui avait élu domicile dans le jardin, et une araignée en laine tricotée par une veuve de Morningside et achetée dans une vente de charité à Holy Corner, qui avait un air vaguement menaçant. Charlie passerait des heures à charger le renard et l'araignée dans le camion et à les décharger, sans se lasser, fasciné par la répétition du processus.

Isabel sortit un plateau de petits sandwiches au concombre et la spécialité écossaise : une tarte aux œufs durs et à la saucisse, qu'elle avait soigneusement découpée.

— Tu crois qu'il sait que son renard en peluche est un renard ? demanda Jamie. Ou est-ce qu'il pense que c'est autre chose ?

— J'ai essayé d'observer s'il disait « 'enard » quand il joue avec, répondit Isabel. Il sait que Maître Renard est un « 'enard », comme il dit, mais je ne suis pas sûre qu'il ait fait le rapprochement.

— *'enard !* s'écria Charlie en montrant les massifs au pied du mur.

— Il est peut-être là, en effet, dit Isabel. Mais je ne le vois pas, tu le vois, Charlie ?

Isabel passa à Jamie un quart de la tarte et en coupa un huitième pour Charlie.

— Les enfants servent de réceptacle à tous nos ressentiments, comme monsieur Larkin l'a noté dans son poème[1].

— Je ne l'ai pas lu, constata Jamie. Qu'est-ce qu'il dit ?

— Oh, que les parents gâchent la vie de leurs enfants, dit Isabel avec un geste vague de la main.

— Ah oui ?

— En fait, il utilise un mot plus cru.

— Pourquoi est-ce que tu parles de ça ? demanda Jamie, perplexe.

Elle lui montra la petite part de tarte.

— Parce que je te donne la grosse part et Charlie n'en a qu'un huitième.

— Je suis sûr qu'il ne s'en apercevra pas, dit Jamie en riant. Dans la vie, la taille de la tarte dépend de celle de l'estomac. Charlie a un petit estomac.

— Tu as raison, il n'a pas l'air trop malheureux.

Les mots surgirent soudain, sans qu'elle l'ait prémédité.

— *Je n'ai jamais voulu de tarte plus grosse / Un huitième, c'est très bien / Je n'ai jamais voulu de part plus grosse / Ma petite part me convient.*

Ils éclatèrent de rire.

— Tu ne veux pas que je mette ça en musique, j'espère ? demanda Jamie.

— Pas du tout.

Ils s'attaquèrent ensuite aux sandwiches au concombre. Au-dessus de leur tête, le ciel était bleu pâle et dégagé, n'étaient les lentes traînes de quelques cumulus cotonneux, très haut. Jamie s'allongea sur la couverture et son regard se perdit dans le vide.

1. Philip Larkin (1922-1985), poète et romancier britannique, dans « This be the Verse », tiré de *High Windows*, 1974.

Ils avaient des sandwiches et du vin de sureau en quantité et des boîtes entières de biscuits extra-fins aux amandes : tout ce qu'un homme, une femme et leur enfant puissent désirer.

— Tu as été très occupée, j'ai l'impression ? observa Jamie. Je me suis fait du souci.

— Ce n'est pas la peine de te faire du souci pour moi, répondit Isabel rêveusement. Ma vie est réglée comme du papier à musique. Il ne se passe pas grand-chose, je dirige une revue, j'ai un petit garçon et un ma…

— … ri, compléta Jamie, ou presque. Quand est-ce qu'on se marie ?

— Bientôt, dit-elle. On en parlera après le pique-nique.

— Il ne faut pas oublier.

— On n'oubliera pas. Je te promets.

Il se retourna sur le ventre, posa sa tête sur ses avant-bras et regarda Isabel.

— Tu as réglé ton problème avec le professeur Lettuce ?

— Non, dit-elle, et je ne sais pas du tout quoi faire.

— Laisse-moi décider pour toi, proposa Jamie. Tu m'as dit qu'il avait écrit une très mauvaise critique du livre de Dove ?

— Oui, je l'ai reçue hier. Ils ont dû se quereller, ça leur est déjà arrivé. Comme des enfants qui se disputent. Il a complètement démoli le livre.

— Si tu ne publies pas ce papier, déclara Jamie après avoir réfléchi un moment, il va penser que tu essaies de le faire taire. Il dira que c'est un règlement de comptes à cause de leur comportement envers toi.

— C'est probable.

— Et si tu le publies, alors c'est Dove qui va penser que tu essaies de le détruire professionnellement, pour la même raison.

— Oui.

— D'accord. Voilà ce que tu vas faire. Tu vas leur écrire à tous les deux, la même lettre. Dans cette lettre, tu expliqueras que tu ne veux pas être mêlée à leur querelle privée, et que tu refuses de publier l'article. Dove n'a qu'à lire le compte-rendu et s'expliquer avec Lettuce. Ou pas. Ce sera leur problème.

Il s'arrêta, attentif à la réaction d'Isabel.

— De cette façon, tu ne te mets pas à leur niveau, tu t'élèves au-dessus.

— C'est digne du jugement de Salomon. Merci, j'ai toujours voulu m'élever au-dessus d'eux.

— Tu vas prendre de l'altitude, lentement, avec élégance, comme un Zeppelin.

Elle sourit, sachant que c'était un compliment.

— Tu es très gentil.

— C'est parce que je t'aime que je suis gentil.

— Et c'est pour ça que je t'apporterai toutes les fleurs de la montagne, dit Isabel. Pour cette même raison.

Elle continua à parler, mais Jamie ne l'écoutait plus. Son attention se relâchait. La chaleur l'endormait ; il aurait pu rester allongé là une éternité, à écouter la voix d'Isabel, comme on écoute le ramage des oiseaux, ou la rumeur d'une cascade dégringolant au flanc d'une montagne écossaise, tous ces sons qui n'ont pas de sens, mais que nous aimons de tout notre cœur. Et quand on aime de tout son cœur, on finit toujours par comprendre.

Du même auteur
aux Éditions 10/18

LA FEMME QUI ÉPOUSA UN LION, n° 3877

« Les chroniques d'Édimbourg »

44 SCOTLAND STREET, n° 4137
ÉDIMBOURG EXPRESS, n° 4235
L'AMOUR EN KILT, n° 4352
LE MONDE SELON BERTIE

« Les enquêtes de Mma Ramotswe »

MMA RAMOTSWE DÉTECTIVE, n° 3573
LES LARMES DE LA GIRAFE, n° 3574
VAGUE À L'ÂME AU BOTSWANA, n° 3637
LA VIE COMME ELLE VA, n° 3688
LES MOTS PERDUS DU KALAHARI, n° 3718
EN CHARMANTE COMPAGNIE, n° 3820
1 COBRA, 2 SOULIERS ET BEAUCOUP D'ENNUIS, n° 3975
LE BON MARI DE ZEBRA DRIVE, n° 4097
MIRACLE À SPEEDY MOTORS, n° 4226
VÉRITÉ ET FEUILLES DE THÉ, n° 4297
UN SAFARI TOUT CONFORT, n° 4445
LE MARIAGE AVAIT LIEU UN SAMEDI, n° 4536

« Les enquêtes d'Isabel Dalhousie »

LE CLUB DES PHILOSOPHES AMATEURS, n° 3931
AMIS, AMANTS, CHOCOLAT, n° 4062
UNE QUESTION D'ATTITUDE, n° 4159
LE BON USAGE DES COMPLIMENTS, n° 4271
LA DOUCE TRANQUILLITÉ DES SAMEDIS, n° 4401
► LES CHARMANTS TRAVERS DE NOS SEMBLABLES, n° 4600

MIXTE
Papier issu de
sources responsables
FSC® C003309

10/18, une marque d'Univers Poche,
est un éditeur qui s'engage pour
la préservation de son environnement
et qui utilise du papier fabriqué à partir
de bois provenant de forêts gérées
de manière responsable.

Impression réalisée par

BRODARD & TAUPIN

La Flèche (Sarthe), 69983
Dépôt légal : octobre 2012
X05897/01

Imprimé en France